マリエル・クララックの婚約
Marielle Clarac engagement

マリエル・クララックの婚約

桃 春花

illustration まろ

ICHIJINSHA IRIS NEO

CONTENTS

シメオン・フロベール
27歳。代々大臣や宰相を輩出してきた
名門フロベール伯爵家の嫡男で、近衛騎士団副団長。
将来を期待される若手出世株の筆頭。
淡い金髪に水色の瞳を持つ貴公子
然とした容貌の持ち主。眼鏡をかけている。
セヴラン・ユーグ・ド・ラグランジュ
27歳。ラグランジュ王国の王太子。
黒髪に黒い瞳の精悍な印象の美形。
シメオンとは幼少の頃からの付き合い。
Marriel Clarac engagement
character

マリエル・クララック

18歳。クララック子爵家令嬢。
茶色い髪に茶色の瞳の持ち主で、
これといった特徴のない地味な眼鏡少女。
存在感がないため周囲に
埋没しやすい特技をいかして、
人間観察や情報収集をしている。

ジュリエンヌ・ソレル
マリエルの友人で本好き。少々特殊な傾向を嗜む。

オレリア・カヴェニャック
カヴェニャック侯爵家令嬢。金髪と緑の瞳の華やかな容貌の持ち主。

エミール・クララック
クララック子爵。マリエルの父親。
人の良さそうな顔をしているが、したたかな一面もある人物。

ヒューベルト・ファン・レール
隣国フィッセルからの新任大使で、渋い男前。ユーモアのある人物。

アルベール・ポワソン
近衛騎士団団長。陽気で愛想良さそうに見えるが、
腹黒い部分もある人物。

セドリック・ポートリエ
ポートリエ伯爵家の跡取り。
伯爵家の次男と庶民出身の母親の間に生まれた。
柔和な顔立ちの美形。

パトリス・ベルニエ
ポートリエ伯爵の甥。なにかと問題のある人物。

オルガ
トゥラントゥールの妓女。最高位の花のひとり。栗毛の知的美女。

イザベル
トゥラントゥールの妓女。最高位の花のひとり。赤毛の華やかな美女。

クロエ
トゥラントゥールの妓女。最高位の花のひとり。
金髪の可愛いらしい印象の美女。

アニエス・ヴィヴィエ
流行小説の作家。若い女性に圧倒的な人気を誇っている。
その正体は不明とされている。

リュタン
ラグランジュだけでなく、近隣諸国でも名を知られている怪盗。
貴族や富豪を狙うため、庶民に人気がある。

用語

トゥラントゥール
サン＝テール市最大の歓楽街プティボンでいちばんと言われている娼館。
王族すら通うと噂されている。

この作品はフィクションです。
実際の人物・団体・事件などには関係ありません。

マリエル・クララックの婚約

1

十五で社交界に出てから三年目、ようやくわたしにも縁談がやってきた。

……らしい。

「はじめまして、マリエル嬢。シメオン・フロベールと申します」

顔合わせのために我が家を訪れたその人は、それはそれは美しい微笑《ほほえ》みとともに優雅な挨拶《あいさつ》をしてくださった。手土産《てみやげ》の小さな花束を差し出され、驚いているうちに手を取られ口づけが贈られる。流れるような動きを、わたしは呆然《ぼうぜん》と眺めているしかできなかった。

「お会いできて光栄です」

「こちらこそ……ようこそ、おいでくださいました。マリエル・クララックにございます。はじめまして」

挨拶を返し、ちゃんとおじぎもしたのは我ながら上出来だ。かろうじて貴族の令嬢として恥ずかしくない体面はとりつくろえたと思う。でも頭の中は大嵐《おおあらし》。もうなにがなんだか、めちゃくちゃよ。

だってシメオン様よ！　あのシメオン・フロベール様！　近衛《このえ》騎士団最凶の頭脳、微笑む刃《やいば》、うるわしき毒花のシメオン様！

「いや、そんな呼び名聞いたことないよ?」

と、おっしゃっていたのはお父様。ええ、わたしが個人的にそう呼んでいるだけですから。もちろん、よそでは言わないわよ? わたしだって人に言っていいことと悪いことの区別くらいはつけている。


――それはともかくシメオン様。

建国来続く由緒あるフロベール伯爵家のご嫡男にして、近衛騎士団副団長。王太子殿下とは幼少の頃《ころ》から親しく交流なさっていて、将来重臣間違いなしと言われている若手出世株の筆頭だ。

それだけでも令嬢たちが目の色を変える理由に十分すぎるというのに、さらには物語の王子様が抜け出してきたかと思わせるような、たいへんに美しい容姿の持ち主ときた。

すらりと高いお背に、均整のとれた見栄えする体格。淡い金髪に縁取られた白皙《はくせき》は穏やかな微笑みを浮かべ、知性と品性を漂わせている。眼鏡《めがね》の奥の水色の瞳《ひとみ》は、優しげな中にも凛《りん》とした強さと鋭さを併せ持っている。二十七歳という年齢は、同年代の少年たちにはない落ち着きを備えており、大人《おとな》の雰囲気が素敵だった。

いるのね、こういう人! 物語の中だけじゃなく、現実にもこんなできすぎの完璧《かんぺき》人間が存在するのね!

そしてその人が、わたしの縁談相手!?

お父様――!! 本当の本気で嘘《うそ》でも冗談でもなかったのね! 今この瞬間まで信じていなかったわごめんなさい!

いえだって、ありえないもの。我が家もいちおうは子爵家ながら、歴史でも格でも財産でも、フロベール家には遠く及ばない。お父様とお兄様はお城の役人としてそれなりに出世しているけれど、まさか大臣までは望めない。そこまで行けるほどの家柄ではない。代々大臣や宰相を輩出してきたフロベール家とでは、天と地ほどにも格差があった。

これが物語ならわたしがどこかで見初められていたとかいうお約束な裏があるものだけど、現実にはないないありえない。容姿以前に、そもそもわたしが人の目に留まるはずがないのだから。

本当に、一体どんな手を使ったらこんな大物を釣り上げられるのよ。間違いなくお父様の生涯最高の大金星よね。

「お父上からお聞きかと思いますが、あなたの結婚相手に名乗りを上げさせていただきました。受けていただけますでしょうか」

ああ、なんて柔らかに心地のよいお声。お姿だけなら夜会や園遊会で何度も遠目に見かけていたけれど、お声を聞いたのははじめてだ。美しいお顔にふさわしい美声ね。ほんの少し高めで、優しく話せば甘い響きになり、冷たい響きをともなえばきっと迫力満点になるのでしょう。やんわりじわじわ、しかし容赦なく尋問とか、想像するだけでハァハァしてきちゃう。ちょっと一回尋問されたい！

「マリエル」

後ろからお父様が囁《ささや》いて、わたしの背中をつついてきた。はっ、いけない。妄想にひたっている場合ではなかった。

わたしはあわてて気を引き締め、シメオン様に答えた。

「身に余る大変に光栄なお話です。でも、本当にシメオン様はよろしいのでしょうか？　このとおり、わたしは美しくもなければ才気走るでもなく、これといって特徴のない地味――――な女でございますが」

あちゃあ、と言わんばかりにお父様が額を押さえた。ちょっとあけすけすぎたかしら？　でも大事なことだもの。以前のように、顔を見たとたんやっぱりやめたと思われた可能性は大ありなので、しっかり確認しておかなければ。

お兄様も同感のようで、わたしをとがめる表情はしていなかった。ついでにお母様はシメオン様に見とれて、何も聞こえていないようだった。

「お気持ちが変わられましたのなら、どうぞ遠慮なくおっしゃってくださいませ。慣れておりますからわたしは平気です」

あとで変にもめたくはないので、わたしははっきりと伝える。シメオン様は驚くようすもなく、くすりと笑いを漏らした。

「そのようにおっしゃらずとも。お可愛《かわい》らしいと思いますよ。それに、とても賢い方だと伺っております」

お父様！　盛ったわね、話をうんと盛ったわね！

ちらりと視線を向けると、お父様はぶんぶんと首を振った。なにを今さら。そりゃあ、少しくらいはよく言わないと見つかる話も見つからないでしょうけれど、よりにもよってシメオン様にどんな期待をさせたのよ!?　下手《へた》に見栄を張ってあとで困るのはわたしなんですからね！

「いいえ……恥ずかしながら、何も取り柄のないつまらない女でございます。人並みなことはできますが、それ以上のものは何も……ですので、きっとがっかりさせてしまうと思います。あとでそう言われますとわたしとしても残念ですので、お考え直しになるなら今のうちに」

「まあ、なにを言うのマリエル！　せっかく望んでくださっているのに、そんな卑屈なことを言っては失礼ですよ！」

シメオン様の美貌《びぼう》に魂を抜かれていたはずのお母様が、突然復活して口を挟んできた。ちょっとお母様、いくら美形でもあなたと結婚するわけじゃないんですからね。

「こんなにいいお話をいただいて、ぐずぐず言うんじゃありません。足りないところは頑張って埋めればいいでしょう。最初から投げ出してどうします」

ああ、これを逃せば二度とわたしに縁談なんて来ないかもしれないという危機感もあるのね。お母様の顔にかつてない気迫が漂っていた。ちょっと怖い。

「お母様……」

「マリエル嬢は、相手が私ではご不満ですか？」

母と娘の対立を、甘い声がさえぎる。シメオン様に目を戻せば、ぞくりと背中に戦慄《せんりつ》が走った。

なにその微笑み――‼　こちらをいたぶるような、もといからかうような、ちょっぴり意地悪っぽさを含んだ表情！　クラクラする！　凛々《りり》しいのに色っぽいってどういう属性なの⁉

甘い微笑みの下に隠れた底知れなさ。女心をとろかす言葉を口にしながら、いったい内心ではなにを考えているのだろう。けっして一筋縄ではいかないとびきりの曲者《くせもの》――そうなの、それこそがシメオン様なのよ！

　このラグランジュ王国の貴族なら、誰《だれ》でも知っている。近衛騎士団の副団長は、美しく優しげな見た目とは裏腹に、とても冷徹で時に苛烈《かれつ》、有能きわまりない策略家だと。

　いつも穏やかに微笑んでいるからって、やんわり優しい言葉づかいだからって、侮《あなど》ってはいけない。ただの優男だろうと舐《な》めてかかったお馬鹿《ばか》さんたちは、みんな痛い目に遭っている。けっして家柄だけで今の地位に就いているわけではないのだから。

　剛の団長を補佐する、柔の副長。すぐれた頭脳の持ち主。まさに王道中の王道！　いい……！　この腹黒臭がたまらない！　わたしの萌《も》えツボど真ん中よ！

　お父様ありがとう！　こんな大好物を一生そばで観察できるなんて、マリエルは幸せです！

　もはやわたしに他《ほか》の選択肢はなかった。シメオン様はどうやら、本気でわたしと結婚するおつもりらしい。なにを考えてこの縁談に乗ってきたのか、やっぱり疑問だけれどもういいわ。わたしはただ萌えのおもむくまま、彼が差し出す手を取ることしか考えられなかった。

　理性より感情、いえ欲望。これほどわたしの萌え心を刺激する人はいない。人生最大にしてきっと一度きりの大きな幸運を、手放すことなどできようか！

「私と、結婚してくださいませんか？」

　彼の問いはまるで愛の告白。夢のような申し出に、わたしは陶然とうなずいた。

「わたしでよろしいのなら……よろこんで」

　――これがわたしとシメオン様の、婚約のはじまりだった。

2

二十七歳の今にちに至るまで、まるきり浮いた噂《うわさ》のなかったフロベール家の跡取り息子を射止めるのは、はたしてどこの令嬢か⁉

かねてからそう噂のネタにされ、憧《あこが》れと期待と好奇の目を向けられていた人の婚約発表は、ラグランジュ王国の貴族社会を、驚愕《きょうがく》とともに席捲《せっけん》した。

お相手は、クララック子爵家のマリエル嬢――と聞いて、ほとんどの人がはてと首をかしげたことだろう。

クララックという家名を知っていたとしても、そこの娘はどんな人物であったのか、誰《だれ》も記憶していなかったとしても驚きはしない。地味でまったく目立たない、印象に残らない空気のような存在。それがわたしだから。

なので逆に人々の好奇心を刺激したらしい。誰も知らない謎《なぞ》の令嬢。どんな隠れた花なのか？　と盛り上がり、いよいよシメオン様とともに公の場に姿を現した時、会場中から一斉に視線が集中したものだ。それはもう、身の危険すら感じるほどに。もし一人で来ていたのなら、たまらずに震え上がって逃げ帰っていただろう。

そしてあれこそが——と目にした次の瞬間、誰もがえ、と気の抜けた顔になった。え、アレなの？　本当に？　何かの間違いでなくて？　前座じゃないの？

そんな人々の疑問と困惑が手にとるようにわかった。すみません、コレなんですよ。ええもう、わたしも本当に？　って聞きたいです。今でもどうしてこうなったという気分です。

さして格の高くない、きれいに真ん中あたりの家柄に、これといって特徴のない冴《さ》えない娘。そんなのがシメオン様の婚約者だと聞いて、納得がいかなかった人は二桁どころか三桁に上るかもしれない。当然、あちこちの人から嫌味や皮肉を聞かされた。どこかへ行くたびに、嘲笑《ちょうしょう》混じりの陰口にさらされた。面と向かって馬鹿《ばか》にされることも日常となった。

そして今夜も——王宮で開かれた舞踏会においても、もはやすっかりおなじみの光景がくり広げられていた。

「申し訳ありません、お待たせして」

あちこちの知り合いから声をかけられ、長い間つかまっていたシメオン様が、ようやく切り上げてわたしの元へ戻ってきた。わたしは膝《ひざ》に開いていた小さな手帳を、刺繍《ししゅう》の入った手提げに戻した。急いで書きつけた内容は、人に見せられるものではない。素早く隠して、素知らぬ顔でシメオン様を迎えた。

「いいえ、お気遣いなく。シメオン様はお付き合いが多いですから、わたしのようにのんびり楽しむわけにはいきませんものね。もうご挨拶《あいさつ》はよろしいのですか？」

来る途中で取ってきてくれた飲み物のグラスを、お礼を言って受け取る。待っている間三杯も飲んだので、お腹《なか》はそろそろタプタプだ。ちょっと控えておけばよかったな。

「ええ、必要な相手には済ませましたから。婚約の話を口実になんだかんだと話しかけられて、さすがに疲れました」

「ふふ、人気者は大変ですね」

「あなたもでしょう？　けっこういろんな方と話していらしたようですが」

穏やかな微笑《ほほえ》みにちょっぴりいたずらっ気を覗《のぞ》かせながら、シメオン様はわたしの隣に腰を下ろした。あら、気付いてらしたのね。毎度おなじみの意地悪攻撃を受けていたことに。こちらのことも一応は見ていたのか。

死角はないというわけですね！　さすがです、副長！

きっと騎士団の皆様も、日々シメオン様のさり気なくも鋭い視線に監督されているのね。さぞ気が抜けないことでしょう。なんて素敵。

「わたしの場合は、ほとんどシメオン様がらみですよ。皆様とてもご興味があるようで」

うふふと笑うわたしに、シメオン様も優しく微笑み返す。はたから見ていれば仲良く談笑する婚約者同士だろう。女の方がまるで釣り合わない地味な眼鏡娘《めがねむすめ》ということで、皆様さぞかし不満だろう。

シメオン様を真似《まね》したわけじゃないの。わたしも以前から眼鏡愛用者なのよ。はずしても行動できないわけじゃないのだけれど、それだと離れたところの人が誰だかわからなくなっちゃって、ちょっぴり不都合なのだ。わたしは見た目より実を取る。人間観察ができなければ、集まりに出ている意味がない。

「こちらも同様ですよ。ある程度予想はしていましたが、婚約というのはこれほどに人の関心を引くものなのですね」

「シメオン様だからですよ。どんなお相手を選ばれるのかと、今までも興味を持たれていたと思いますよ」

「私的な話にそうまで好奇心を剥《む》き出しにされるのも、正直困ります」

呆《あき》れた調子で息を吐き、シメオン様は眼鏡を直した。

わたしとちがって、シメオン様の眼鏡は魅力を少しも損なわないどころかますます素敵に見せている。眼鏡の奥の目がふと細められた瞬間、微笑んでいるのになんともいえない冷たさが漂い、思わずハァハァしたくなる。人を変態的にさせてしまうほどハマっている眼鏡！　もう完璧《かんぺき》です！　これほどわたしの理想を体現した人はいない！　ちょっと小道具に鞭《むち》でも持ってくださいませんか！　ああでもそんな姿を見たら鼻血出そう！

「……マリエル？」

おっとり微笑んでいるつもりだったのに、内心の叫びが漏れ出してしまったのだろうか。シメオン様が軽く身をかがめてわたしを覗き込んだ。あらやだ、気持ち悪さを感じちゃいました？　そんな迫力満点の笑顔で無言の問いを向けないでくださいな。ますますハァハァしちゃうじゃないですか。

「これはまた、睦《むつ》まじいことだ」

緊張と興奮を隠して見つめ合っていたら、突然横から声をかけられた。若く張りのある美声に、わたしたちは姿勢を戻して顔を向ける。こちらへ歩いてくる姿を見るや、すかさずシメオン様が立ち上がった。遅れじとわたしも急ぎ立ち上がる。

「まるで以前から想《おも》い合っていた恋人同士のようだな。よもやシメオンがそのようになるとは、驚きと言うしかないな」

からかう調子で言って笑う人に、私は深々とおじぎをした。シメオン様は苦笑していた。

「殿下、あなたまで冷やかさないでください。もう今日《きょう》はさんざんに言われて参っているんですから」

「幸せ者の義務だ。独り者からのやっかみは甘んじて受けるんだな」

「よくもおっしゃる。それなら殿下もさっさとお相手を決められればよろしいでしょうに。なんだかんだと文句をつけては断って、陛下も困っておいでですよ」

「私の場合は好みだけで簡単に選ぶわけにはいかないからな。自由なお前がうらやましいよ」

シメオン様と親しげに会話なさるこのお方は、王太子セヴラン様だ。お歳《とし》はシメオン様と同じ二十七歳。同年のおふたりは気も合うようで、お仕事を離れて個人的にも親しく付き合っているらしい。殿下の学友として幼い頃《ころ》に引き合わされたそうだが、単なる政略の結果ではないたしかな友情が存在するのを感じた。

これも、わたしがやっかまれる大きな理由のひとつなのよね。次期国王から信頼され親しくしている人なんて、誰だって狙《ねら》うだろう。将来安泰、絶大な権力間違いなしだもの。

本当に、お父様どうやってこんな人確保したの。何かネタつかんで脅したりしていないでしょうね。シメオン様相手にそんな真似したら、家ごとつぶされるわよ。

まさかとは思うけれど、あとでいちおう確認しておこう。物語的には萌《も》える展開でも我が身で経験したくはない。

会場入りしてすぐに、セヴラン殿下にはご挨拶にうかがっているので、この場でわたしが話をする必要はない。わたしは出しゃばらず、おふたりの会話をだまって聞いていた。邪魔にならないよう空気になっていないとね。そろっと数歩あとずさって距離を取る。

本来なら、わたしは殿下のおそばにも近寄れない身だ。勘違いしてなれなれしくふるまってはならない。これはあくまでも、シメオン様がいらっしゃるからなのだ。

それに、おふたりの会話に割り込むだなんて、そんな馬鹿げた真似をする気にはなれなかった。

黒髪に黒い瞳《ひとみ》、男らしく精悍《せいかん》なセヴラン殿下と、淡い金髪に水色の瞳、柔和でありながらどこか鋭いシメオン様。対照的な魅力を持つ美青年二人が並んでいると、まるで絵のような眺めだ。ええ、その筋の本にはこういう挿絵が載っていますとも。まんま物語の主人公たちよね。わたしは男女の恋愛物が好きで、そっち系はあまり読まないのだけれど、特に苦手意識もない。そっち系が大好物な友人もいるので、理解はあるつもりだ。何冊か借りて読んだこともあるし、けっこう詳しいと自負している。

一見すると殿下が攻めでシメオン様が受けに見えるけど、実はこういう組み合わせってシメオン様攻めが王道なのよね。普段俺様な王子に、穏やかな部下がある時は強気押せ押せの上位に成り代わる……いわゆる下剋上《げこくじょう》。主従ものの王道です。

きっと友人はこの会場のどこかで今鼻血をこらえている。多分けっこう近い場所で。彼女のためにも、わたしがおふたりの間に割って入るなんて不粋な真似はしたくなかった。

公言できないだけで、そういう趣味を持つお嬢様奥様方は多いと思うのだ。そんな皆様も、ぜひ一緒にこのうるわしき光景を愛《め》でましょう！

「マリエル？」

あら、どうしたのでしょう。またシメオン様の迫力笑顔がこちらを向いているわ。何か察知したのかしら。さすが副長は鋭いこと、素敵です。

「お前の婚約者はおとなしいな。あまりに静かで存在を忘れそうになる」

セヴラン殿下のお言葉に、わたしは控えめにくすりと笑うだけで返した。ええ、そうです。それこそがわたしの特技。誰からも注目されない、地味で存在感のない己を最大限利用して人間観察に励み、人の会話に耳を澄ませている。それによって得られる成果はけっこう大きいのだ。個人的趣味と実益のために活動しているが、時々情報をお父様たちに流したりもする。お仕事に役立ててもらえば、結果的にわたしの生活が潤いますからね。

でも、最近はそれも難しくなってきた。シメオン様との婚約以来、すっかり耳目を集める立場になってしまったから、これまでのようにはいかないのだ。今後は方針を変えるべきかしら。むしろこの立場を利用して得られる情報を狙った方がいいかもね。

「失礼いたします……おお、そちらがシメオン殿の婚約者殿ですか」

にこやかに声をかけながら、見知らぬおじ様が近寄ってきた。はて、どなただったかしら？　この三年間マメに出かけては人間観察に勤《いそ》しんできたから、国内の貴族はたいてい把握している。まったく見覚えがないということは、外国の人なのだろうか。

四十代くらいの、立派な風采《ふうさい》の人だった。とっても男前で背も高い。きちんとなでつけた鳶色《とびいろ》の髪に少し白いものが交じっているのも、年齢相応の渋さを感じさせてよかった。

「おやファン・レール殿、あなたまで好奇心の虜《とりこ》に？」

シメオン様が笑顔で迎えた。このくらいは挨拶の範疇《はんちゅう》で、相手も気を悪くするようすはない。

「いや、申し訳ない。下世話な好奇心と気を悪くなさったならお詫《わ》びします。あちこちで噂を聞かされるものですから、ついどのような方かと気になりましてね。紹介してはいただけませんかな？」

「やれやれ、あなたまで。マリエル、こちらはヒューベルト・ファン・レール殿。フィッセルの新しい大使としていらっしゃった方ですよ」

ああ、隣国の新しい大使だったのね。そういえば交代したばかりだっけ。

わたしはヒューベルト卿におじぎした。

「はじめまして、マリエル・クラランクと申します。お目にかかれて光栄です」

「こちらこそ、お会いできてうれしいですよ。いや、なんとも初々しい、可愛《かわい》らしいお嬢さんですな。シメオン殿もすっかり骨抜きなごようすで」

「まあ、そのような」

うふふと笑ってごまかしておく。そんなわけないでしょうが。こちらの顔も知らずにお父様との交渉だけで成立した婚約よ？　シメオン様にとってわたしはクララック家の娘というだけの存在。これがずばぬけた美人とか特別な才能に恵まれた人とかなら、そこから生まれるロマンスもあったでしょうけれど、地味眼鏡のわたしではね。そんな展開露ほども期待していませんよ。いいの。シメオン様はちゃんと問題なく婚約者としてわたしを扱ってくださるから。それ以上のものなんて望まないし、特に興味もない。

わたしが今興味を持つのは、むしろヒューベルト卿、あなたです。

「ほう、貴公もそう思われるか。まったく、このシメオンが女性にこうもでれでれになるとは私も驚きだ」

「日頃《ひごろ》はそのようではなかったと？」

「ああ。こんな見た目でも、中身は辛辣《しんらつ》な男だからな。秋波を送る女性は多かったが、にこやかにしつつもずいぶん冷淡にあしらっていたものだ」

「それはそれは。ではマリエル嬢とは運命の出会いだったというわけですな」

「そうだな、きっと神の定めたもうた運命の伴侶《はんりょ》だったのだろう。私から見ても、ふたりは実にお似合いだ」

「殿下。大使も、そのくらいにしていただけませんか。話が拡大しすぎですよ」

彼らは冗談と社交辞令を交えつつ盛り上がる。そこから話題は次第に政治方面へと流れ、情報交換やひそかなかけひきが展開されていく。わたしはそれを、例によって数歩さがった場所から静かに観察していた。

わたしは空気。わたしは置物。

表面上はおとなしく控えて男同士の会話にしゃしゃり出ない、貞淑な婚約者としてふるまいつつ。

存在を意識させず、場に溶け込んで、すべての会話に聞き耳を立てるのだ。この貴重な機会を無駄にすることのないよう、わたしは知り得た情報を全力で脳内に書き留めていた。

ああっ！　本当なら手帳を構えて聞きたいのに！　聞いた話を忘れないよう、ちゃんと全部覚えておけるかしら。けっこう知っている人名がぽろぽろ出てきて、意外なつながりが判明していく。こっ、これは美味《おい》しい。さすが国の上層部、出てくる話題が半端じゃない。こんな場所で交わす会話だからそれほど秘密の内容ではないのだろうけれど、それでもわたしにとっては最高級のお宝情報ばかりだった。

話が一段落してヒューベルト卿が離れていくと、わたしはシメオン様たちに断って御不浄へ向かった。

まずは大自然の摂理を解消して、その後化粧室で手提げからふたたび手帳を取り出す。わたしの大事なお仕事道具よ。使えそうなネタが拾えた時のために、どこへ行く時にもけっして手放さず持ち歩いているのだ。わたしはせっせとペンを走らせ、聞いたばかりの話を忘れないうちに書き留めた。

宮廷ロマンスに政治の話は切っても切れない関係よね。深刻なエピソードを盛り込むことで、物語はぐっと深みを増す。こういう要素は想像だけで書くのは難しい。じっさいのできごとを参考にすることで、よりそれらしい面白い話になる。

ああ、なんて幸せ。こんな恵まれた立場になれるなんて。つくづくお父様には感謝だわ。お礼にうんと親孝行しよう。さっきの話の中には、お父様たちの世渡りに役立ちそうな情報もあったものね。

夢中でペンを走らせ、すべてを書き留めるにはけっこうな時間がかかった。手帳を片付け、それからようやくわたしは正面の鏡を見た。

凝った装飾に囲まれた鏡面には、若さだけが取り柄の凡庸な娘が映っていた。茶色の髪に茶色の瞳。年より少し幼く見えるのは、化粧や髪型が控えめなせいだろうか。顔の真ん中に鎮座するのは大きな眼鏡。せめてこれをはずせば、多少は可愛いと言えなくもないのだけれど。

本当にね、皆さんが陰口を叩《たた》くのも無理はありませんよ。こんな冴えない娘がよりにもよってシメオン様の隣にいたんじゃ、不釣り合いすぎて滑稽《こっけい》なほどだ。ヒューベルト卿やセヴラン殿下のお世辞も、露骨に滑るくらい白々しかった。

シメオン様はどう思っているのかしらねえ。いくらお父様との交渉に魅力を感じたとはいえ、肝心の妻になる相手がこれではさぞかしがっかりでしょうに。それとも、案外何も期待なんてしていないのかしら。やはりああいう方は条件の方を重視して、妻には貞淑できちんと家を守ることだけを求めるのかしらね。

シメオン様がその気になれば、恋愛なんてし放題だもの。結婚は家のため、個人的な楽しみは別の相手と、という考えなのかもしれない。

真面目《まじめ》に考えれば少しさみしいけれど、しかたがない。貴族社会では当たり前の話だし、嫁き後れにならないうちに相手が見つかり、ちゃんと扱ってもらえるだけで御の字なのだ。求められる役割を果たし、あとは自分の楽しみを追求しよう。それでわたしも幸せな人生を送れる。特に問題はない。

手早く化粧直しを済ませ、わたしは立ち上がった。外へ出ようと扉に手をかけたところで、首をかしげる。

あら？　開かないわ。鍵《かぎ》は内側からかけるようになっているので、施錠されているわけではない。ほんの少し隙間《すきま》を作るくらいはできるから、どうやら外の把手《とって》に紐《ひも》を引っかけて、どこかにしばりつけているらしいことがわかった。

あらまあ、頑張って細工したのね。覚え書きに夢中になるあまり、いつやられたのかまったく気付かなかった。犯人はどうせどこかの令嬢だろう。こういう経験は、はじめてではない。

陰口だけで済ませる人は善良だ。実力行使で嫌がらせをしてくる人の多いこと！　ええ、閉じ込めなんて軽い軽い。お気に入りのドレスを汚された時はさすがに参ったけれど、このくらいなら痛くも痒《かゆ》くもない。

わたしは肩をすくめ、窓へ向かった。どういうつもりで仕掛けたのかしらね。扉をふさいだって、部屋には大きな窓もある。しかもここは一階。出入りにまったく不自由しない。

窓を開けて外を見回せば、暗くなった庭がしんと広がるばかりだった。わかる場所には人気がない。本当に誰もいないのかな。窓から出ようとするところを指差して、なんてはしたないと笑うつもりかと思ったのだけれど……でもこの状況だと、それを目撃するためにひそむ方もたいがいはしたないわよね。

それともお嬢様方には、ドレスの裾《すそ》をたくし上げて窓を乗り越えるなんて想像もつかないのかしら。扉から出られないなら、そうするしかないのにね。

邪魔な裾をわし掴《づか》みにし、よっこらしょと窓枠に足をかける。引っかけたり踏んづけたりしないよう気をつけてくぐり抜け、わたしは夜の庭へ下り立った。

素早く裾を直して周囲を確認する。やはり人がいるようすはない。うーん？　この場では隠れたまで、あとで悪口を言いふらすつもりかしら。でもわたしも言っちゃうよ？　閉じ込められたのでしかたなく窓から出ましたって。

多少笑われても平気だ。もともと称賛されるような身ではない。このくらいで傷つくほど繊細なら、シメオン様との婚約なんて受け入れられたものではない。

広間へ戻るべく、わたしは庭を歩いた。どこから中へ入れるかしら。入り口をさがして建物の壁沿いに歩く。

さすがにお城は広い。どんどん広間から離れていっちゃうんだけど、ちっとも出入り口が見つからない。反対側へ行くべきだったかしら。でもせっかくここまで歩いてきたのに、回れ右するのも迷うなあ。

そのうち警備の騎士に出くわすのではないかと思う。そうしたらわたしは不審者としてとがめられるだろう。そこで事情を話して出入り口を教えてもらうか……希望としては、そうなる前に自力で見つけたいところだ。

ふと、人の気配を感じた気がしてわたしは足を止めた。庭の奥に広がる植え込みから、ひそかな声と物音が聞こえる。誰かいるのなら、近くに出入り口があるのだろうか。教えてもらいに行こうか？でもこんな人気のない暗がりで何をしているのだろう。うかつに踏み込むと大変気まずい場面に遭遇するのではないかと思った。

わたしは植え込みの物陰に身を隠しながら、足音をしのばせてそうっと気配のする方へ近付いた。

気付かないふりで立ち去るなんてしない。誰かが秘密の逢《あ》い引きをしているなら、しっかりばっちり確認しますとも。別に言いふらすためではない。単にひとつの情報として確保するためだ。得られる機会は逃さない。どんな話が、どこで役に立つかわからないのだから。

押し殺した声が近付いてくる。どちらも男性の声だった。あら、逢い引きじゃなかった？　それとももしや、そっち系だったり？　まさかねえ――まさかでしょ。まさかよね。

たじろぎながらもわたしは逃げなかった。なんだか気配が殺気立っているように感じたのも気になったからだ。

「話が違う！」

どうやらもめているようす。痴情のもつれか、別れ話がこじれたか。しかも興奮した声と物音は二人分より多かった。ええ？　三角関係ですか？　いえだから、まさかよね。

どきどきしていたら、突然「ギャアッ」と悲鳴が上がった。物陰でわたしはびくりと跳び上がった。

な、なに？　刃傷沙汰《にんじょうざた》にまで発展した？

「早くしろ！　警備兵が来る！」

「くそっ、ちょこまかと！」

「やめろ……っ、ヒィッ！」

ど、どうしよう。今わたしのすぐそばで、殺人が行われそうになっている。さすがにこれを傍観しているのは人の道に反する。でも飛び込んで助ける力なんてわたしにはない。下手《へた》したら巻き込まれて一緒に殺される。

わたしは素早くその場を退避し、建物に近付いたところで地面から手頃《てごろ》な大きさの石を拾い上げた。えいっと力を込めて手近な窓に投げつける。

ガッシャンと派手な音を立てて、窓の硝子《ガラス》が割れた。おまけにもういっちょ。またまたガッシャン。たちまち音を聞きつけた警備の騎士が駆けつけてきた。

「なにごとだ！」

「そこで何をしている！」

いちばんにやってきた騎士に、わたしはすがりついた。

「わぁぁん、怖かった……っ！　なんだかわからないけど、いきなり暗がりから人が飛び出してきて。あっちに逃げました！」

訴えながら、さきほどの植え込みの方を指差す。もめていた人たちは、息をひそめるか逃げるかしているだろう。殺人は断念したと思いたい。どうか間に合っていますように。

騎士たちが植え込みを調べに行く。わたしは保護および監視されつつ、建物のそばで待機。そうしていると、名前を呼ばれた。

「マリエル！」

シメオン様がこちらへ駆けてくる。まあ、なんて素早い現場到着。さすがです副長。

「シメオン様！」

救いが現れたとばかり、わたしは彼に飛びついた。ここでわたしが不審者だと疑われてはかなわない。無関係な通りすがりだと周りに認識してもらわねば。

「いったい、こんなところで何をしていたのです。なかなか戻ってこないからさがしていたら」

あら、お手数をおかけしましたか。それは申し訳ありません。

「ごめんなさい、化粧室に閉じ込められて、どうにか窓から出たのです。でも入り口がわからなくて迷っているうちに、おかしな騒ぎにでくわしてしまって」

「ええ、閉じ込められたことは確認しています。化粧室の扉が外から封じられていました」

あら、それもご存じでしたか。

「騒ぎというのは」

「よくわかりません……急に物音がして、暗がりから誰か飛び出してきたと思ったら窓が割れて。びっくりしているうちに逃げていきました」

もう突然のことで、何がなんだかわけがわからなくて。そう主張して、わたしは事情もわからない通りすがりだと強調する。全体的には嘘《うそ》ではない。結局何が起きていたのか、わからないままなのだから。

調べに行っていた騎士の一人がシメオン様に気付いて、報告にやってきた。人は発見できなかったが、真新しい血痕《けっこん》を見つけたらしい。ということは、襲われていた方も逃げたのね。よかったよかった、殺人は防げた。ついでにわたしの無実も証明された。これで何も見つからなかったら、わたしが一人で騒いでいたことにされてしまう。少なくとも窓を割ったことはきつくとがめられるだろう。

その後さらに質問されて、何があったのかと問われたが、とにかく突然のことなのでさっぱりわからないで通した。今ここで、どこまで話していいのか判断できなかったからだ。わたしは巻き込まれただけの不運な令嬢ということで、それほど長く拘束されることもなく広間へ戻った。心配してくれていた友人がすぐにやってきて、わたしがひとりにならないことを見届けたシメオン様は、王太子殿下へ報告に向かった。結局そのまま調査に加わることになったので、わたしは友人とともに会場を出、一人で帰宅した。

お父様とお兄様には、翌日説明した。わたしが知り得るかぎりのことを伝えると、ふたりはうまい具合に処理してくれた。結局あれは何だったのかというと、汚職の隠蔽《いんぺい》に協力していた役人が、仲間割れの果てに口封じされそうになっていたという話だった。まさかの痴情のもつれではなかった。

姿は見なかったけれど、声で誰だか察しがついたのよね。襲われていた人は、お兄様の同僚だった。一度はわたしの相手候補として紹介されたこともあったのだ。あちらがお断りしてきて正式な縁談にまでは発展しなかった。でも顔と声はしっかり記憶に残しておいた。

襲っていた方も多分あの方……くらいの察しはついたけれど、こちらは確信が持てなかったので、判断はお父様たちにゆだねた。証拠のない不確かな推測だけでうかつに追及するわけにはいかないかららね。でもわたしの推測は間違っていなかった。やはりその人で、汚職が発覚して罪に問われることになった。

宮廷全体から見ればささやかな事件。でもわたしには、なかなか刺激的な経験だった。

「やっぱりお城はネタの宝庫ね！　どろどろした人間関係に政治と陰謀！　うわべは華やかで、陰では事件や嫌がらせが日常という、素晴らしい舞台！　ああ、楽しいったらないわ！　最高！」

舞踏会から数日後、わたしは友人とひとしきり盛り上がっていた。

「マリエルったらあんなことがあったのに元気ねえ。下手をしたら巻き込まれていたかもしれないのよ」

「そうねえ、ちょっとくらいはスリリングな展開があってもよかったかしら？　でも怪我《けが》はしたくないし、あれでよかったのかしらね」

「当たり前よ。お嬢様たちの意地悪とは話が違うのよ」

呆れた顔でお説教してくるジュリエンヌだって、実は興味津々。わたしから詳しく話を聞きたがり、その前の閉じ込めの件も全部話してあげた。

「それ、多分オレリア様たちよ。あなたのあとを追うように会場を出ていったもの。あなたのことだから多分大丈夫と思っていたのだけど」

「ええ、全然問題なかったわ。結局何をしたかったのかしらね？　扉を封じただけで窓は普通に開けられたし」

「それは、窓を乗り越えて外へ出るなんて発想がなかったからよ。あの方たちならぜったいにそんな真似はしないもの」

「ごめんなさいねえ、はしたないじゃじゃ馬娘で。閉じ込められたわーっておろおろしてても仕方がないじゃない。出られる場所があるんだから、出ないと」

「オレリア様たちも、まさか相手がこんなに図太いとは思わなかったでしょうね」

ジュリエンヌは笑って肩をすくめる。どれだけ皮肉を言われようと嫌がらせをされようと、わたしがまったく堪《こた》えていないことを知っているから、彼女もそれほど心配しなかった。

「オレリア様たちにはむしろ感謝よ。こういう嫌がらせはお約束だけど、想像だけで形式どおりに書くのではただのありがち展開でつまらないもの。じっさいの経験をふまえて書いた方が、真に迫った内容にできるじゃない。取材させてくださったのだから、お礼を言いたいくらいよ。もちろん、シメオン様にも！」

わたしも笑う。シメオン様との婚約以来あの手この手で攻撃してくるお嬢様たちに、実は毎回喜んでいるなんて人に知られたら変態と思われるかしら？　他の相手ではこうはいかない。婚約者がシメオン様だからこそだ。どちらにも大感謝です。

「今回のこともネタにするつもり？」

手元の本をパラパラとめくりながらジュリエンヌは尋ねた。出版社から届いたばかりの新刊だ。

「もちろん。でもあれだけじゃ大した事件でもないから、もっと大きな事件に仕立てるわ。そうね、巻き込まれた令嬢はそのままさらわれるなんてどう？　それをヒーローが助けに行くの。お約束のロマンスよ」

「あなたがヒロインでなければ、そのとおりね。普通の令嬢は閉じ込められても窓から出たりしないのよ。そこはどうするつもり？」

「うーん……じゃあ、火事でも起こす？　このままでは焼け死ぬとなれば、いくらおしとやかな令嬢だって窓くらい乗り越えるでしょう」

話をしながらわたしは新作の構想を練る。恋愛だけの話はもう飽きた。次はハラハラドキドキの、事件の連続にしよう。その中で燃え上がる恋！　せっかく仕入れた情報を無駄にはしない。もちろんそのまま書くわけにはいかないけれど、元ネタがわからないよう手を加えつつ盛り込んでいくつもりだ。

「ところでシメオン様は、それについてご存じなの？　お仕事のこと、もう話した？」

ジュリエンヌに問われて、わたしは首を振った。

「いいえ、まだよ。どうしようかとは思っているけど、まだ言える段階ではないわ」

「そうねえ。流行小説の作家なんて、良家の令嬢がするべきことではないというのが一般認識だし」

わたしのひそかな職業。それは小説家。上流から中流の女性たちに広く親しまれる、恋愛物語を書くのがお仕事だ。

この実益を兼ねた趣味があるからわたしは毎日満たされている。現実でどれだけもてない地味女でも、物語の世界ではめくるめく恋も冒険も楽しめる。むしろ現実より物語の世界の方がきれいだし楽しい。ありえない超展開だって思いのまま。萌えひとつで生きていける。だから結婚が家のための政略でもぜんぜんかまわない。よっぽどひどい相手でなければ、多くは望まない。

と思っていたら、ひどいどころか相手はあのシメオン様！　あらゆる物語、あらゆる登場人物の中でも、もっともわたしが好物とする見た目温和な腹黒参謀系！　ああ、現実でも萌えが堪能できます！　多くは望まないどころか恵まれすぎです！

二度とない破格の幸運。これを逃さないためには、執筆活動は極力秘密にした方がいい。

そう考えると、政略結婚というのもむしろ都合がいいかもしれなかった。相手がわたしに関心を持たないのなら、隠すことは容易になる。家の中でこそこそ書いていたって、お仕事に出かける旦那様《だんな》にはわからない。実家と出版社に協力を頼めば、秘密は守り通せる。やってみせる。

次回作には自分好みの男性を登場させてほしいというお願いを残して、ジュリエンヌは帰っていった。わたしの読者は基本男女ものが好きだから、あからさまなものは書けないけれど、それとなく匂《にお》わすくらいならできるだろう。ジュリエンヌが喜びそうな美青年同士のからみもたくさん書こう。まかせて！　モデルはすぐ近くにいるから！

まんま黒髪と金髪じゃ誰が元ネタかわかってしまうから、俺《おれ》様系の見た目を金髪にしようかな。でもってお相手はやさしい栗色《くりいろ》。うん、和み系の雰囲気で、でも中身は鬼畜とかね！　うふふん、考えるだけで楽しい！　早く書きたい！

萌え萌えしながら紙に構想を書き留めていると、執事が来客を告げにきた。約束はしていなかったけれど、シメオン様が来たらしい。わたしは手早く身なりを確認してから応接間へ向かった。

「申し訳ありません、急にお邪魔をして」

今日もシメオン様はお美しい。白い近衛《このえ》の制服がこのうえなくお似合いです。

制服っていいわよね！　凛々しく禁欲的で、二割増かっこよく見えるじゃない？　それがシメオン様ならもう鼻血ものよ！

「いいえ、先日のお話の続きですか？」

彼に椅子《いす》を勧めながら、わたしはずばりと尋ねた。彼が制服のままで来たことと、約束のない訪問から答はそこにしか行き着かない。不意に婚約者の顔を見たくなったからなんて、物語みたいな流れはありえません。

「ええ、まあ」

苦笑しながらシメオン様は座った。向かいにわたしも腰かけ、小間使いの持ってきてくれたお茶を飲みながら話をする。

「あの時あなたは、突然のことで何がなんだかわからず、誰がいたのかもわからなかったと言いましたが……」

「ええ、申し訳ありません。あの時に気付いていれば、もっと早く解決しましたのにね。あの場では混乱するばかりで。家に戻って落ち着いてから、ようやく気付いたのです」

彼の言葉の先を読み取り、わたしはしおらしく謝った。暗がりでもめていた人たちの心当たりを挙げたことを隠すと、事件の解決が難しくなる。だからお父様たちは、わたしからの情報だと明らかにしていた。そうすれば当然、重要な証言をなぜあの場で言わなかったのか追及される。この展開は覚悟していた。

用意した言い訳は先のとおり。突然のことですからね？　暗い夜の話ですからね？　それまでにも意地悪されて閉じ込められて、精神的に参っていたところへのできごとでしたからね？　おびえた令嬢がまともな証言なんてできなくても当然ですよね？

隠してごめんなさいなんて態度は見せない。あの場でさっさと思い出さず面倒かけてごめんなさいだ。

先手を打ったわたしにそれ以上追及できず、シメオン様は一旦口を閉じた。優雅にお茶を飲んでいるだけな態度の裏で、きっといろいろ考えているのだろう。ああ、この緊張感。ゾクゾクする。

「彼らから事情聴取をしたのですが、窓を割ったことには心当たりがないと言うのです。誰がしたことか、あなたにはわかりますか？」

「……さあ。わたしは、てっきりあの人たちのやったことだと……ちがうと言うのなら、いったいどういうことなのでしょうね。わたしの他にも、どなたかがあの場にいらっしゃったのでしょうか」

なんだかお見通しだぞと言われているような気がするけれど、困惑した顔ですっとぼけた。今となってははじめから正直に言っておけばよかったという話だが、一度ごまかした以上嘘を通すしかない。窓を割ったのはわたしではありません。

だってあの時はどこまで言っていいかわからなかったんだもの！　もし騎士たちが何も痕跡を見つけられなかったら、わたしが一人で騒いで無駄に窓を割ったことになってしまう。騒ぐだけならまだしも器物損壊はよろしくない。そんなことでとがめられたくなかったので、知らぬ存ぜぬを通したのだ。

血痕が見つかったことでわたしの話が嘘ではないと信じてもらえ、その後犯人たちも検挙されたからよかったものの、一歩間違えればわたしはとんでもない問題児として大恥をかくところだったのだ。とてもではないが、最初からぶちまけられる話ではない。

ジュリエンヌやうちの家族なら証拠が見つからなくてもわたしの言うことを信じてくれただろう。でもシメオン様には期待できない。彼からそこまで信頼されているとは思えない。

「それはわかりません。いちおう調査中ですが」

「お役に立てなくて申し訳ありません」

いかにも役立たずな自分を恥じるようすで、わたしは身を小さくした。婚約者の役に立っていいところを見せたいのに、全然ダメな子でごめんなさい。愛想尽かされたらどうしよう。

──なんてね。

普通ならそういう場面なので、わたしの態度は不自然ではないだろう。シメオン様はしばらく黙っていたが、納得したのかあきらめたのか、軽く息を吐いただけでそれ以上つっこんではこなかった。

「まあ、これ以上あなたに危険がおよぶことはないと思いますが、しばらくは注意してください。夜会などへ出かける予定があるなら、私にも言ってください。他にもいろいろと、問題があるようですし」

違う話へ流したシメオン様に、わたしはちょっと首をかしげた。他の問題？

「どうも、ああいう場であなたを一人にするのはよくないとわかりました。陰口くらいならよくあることですから、あなたが平気そうにしているうちは大丈夫と思っていましたが、あそこまで悪質な真似をされたのでは放置しておけません」

あ、令嬢たちからの嫌がらせのことか。そういえば、化粧室に閉じ込められたことは確認済みだっけ？

「扉が封じられていたとおっしゃいましたよね？　誰かがシメオン様に知らせてくれたのですか？」

「いえ。あなたをさがしに出て化粧室に向かったところ、発見したのです」

あらまあ。そこまでしてくださったんですか。それはどうもありがとうございます。

「……あの、シメオン様は軽蔑《けいべつ》なさいます？　窓から出るなんて、はしたない真似を……」

とりあえず一般的な令嬢が気にしそうなことを尋ねてみる。このくらいで婚約破棄はないと思うけど、普通は気にするよね？

「非常時だったのですから仕方がないでしょう。日頃からしているとなれば、問題ですが」

「そんな、まさか！　あの時だけです！」

うん、最近はしていませんよ。数年前まではよくやってお母様に叱《しか》られていたけどね。

「ええ、そうでしょう。あなたがとてもおとなしい方であることは、承知しています」

そう言ってシメオン様は優しく微笑んだ。わたしをなぐさめてくださるようでいながら、無言の追及がされているように感じるのは、うしろめたいことがあるせいかしら？　きっと気のせいよね。シメオン様はわたし個人のことなんて、ろくにご存じないもの。見た目どおりの地味でおとなしい女だと思っているはず。

やむを得ない行動だったけれど、貴族の娘としてはしたない真似をしたと恥じている。そういう態度で満足してくれるだろう。

お仕事中に抜けてきたということで、シメオン様は長居しなかった。慌ただしさを詫びながら席を立ち、帰りしなにふと思い出したように言った。

「そうだ、アニエス・ヴィヴィエという名前をご存じですか？」

唐突に出てきた名前に、私の心臓は跳ね上がった。

ご存じかって？　ええご存じですよ。この世の誰より詳しいですよ。

「ええ……作家のヴィヴィエのことですよね？　知っておりますけど……」

「あなたも読んでいらっしゃる？」

「……はい。あの、シメオン様はそういうの、お嫌いですか？」

頭の固いおじ様には、低俗な流行小説なんて読んではならんと怒る人もいる。もしやシメオン様もそういう類《たぐい》の価値観なのだろうか。

「いいえ。数作読んでみましたが、なかなか面白かった」

「お読みになったんですか？　シメオン様が？」

この言葉には素で驚いた。男性が読んでなおかつ面白いと言うなんて思いもよらなかった。わたしは完全に女性を対象に書いている。はなから男性が読むとは思っていないし、読んで面白いとも思わなかった。

「従姉《いとこ》経由でね。婚約したなら、これで女心を学べと言われまして」

「ああ……そういうことですか」

なるほど、納得。でもそれでよく読んだな。

「我々男が思っている以上に女性はしたたかで、けれど純粋でもあるということがよく伝わってきました。人間模様がうまく描かれていて、恋愛以外にも注目すべきところが多かった。あの作者は人を書くのがうまい。日頃からよく人間を観察しているのでしょう」

「……そうですね」

あらぁ？　なんでしょう、また微笑みに無言の迫力が漂っているような気がしますけど、気のせいかしらねえ？

「読み込んでいくと、時折妙に既視感を覚えるのです。どうやら実在の人物やできごとが話の基になっているようです。ヴィヴィエは宮廷の人々から着想を得ているらしい」

「まあ、ではあの噂は本当なのでしょうか。ヴィヴィエが貴族の女性であると……」

わたしはなんにも知りませんよー。でもそういう噂があるのは事実だし、もちろん知っていますよー。ファンですからねー。

「かもしれませんね。もしかしたら近いうちに、王宮の舞踏会で起きた事件が書かれるかもしれない」

「まあ」

うふふ、冗談ですよねー。ええわかっていますよ、ここは軽く笑って流しておきますよー。心当たりなんてありません。わたしはただの一読者です。ヴィヴィエ先生の次回作に期待しまーす。

微笑みのシメオン様に笑顔で対抗し、最後までしらを切り通してお見送りした。動揺はけっして見せてはならない。もしかしてさぐりを入れられているのかもしれないなんて、そんなことは考えていませんよ。だってわたしは無関係なただの一読者ですからね！

自分の部屋に戻って、ちょっとぐったりした。シメオン様に隙《すき》を見せないのは、とても疲れる闘いだった。

シメオン様……ひょっとして、気付いていてらっしゃるの？　なぜ？　どこからばれた？　わたしのひそかなお仕事について、彼が知る機会などなさそうなのに。

考えすぎかしら。身にやましいことがあるから、疑われているように感じてしまうのかしら。

書きかけの構想を、私は泣く泣くボツにした。とてもこのままでは書けない。シメオン様が読めば、きっとわたしによるものだとばれてしまう。事件についてもさることながら、ジュリエンヌサービスの美青年たちが誰と誰か、絶対に気付かれる！

あぁん……萌えまくってたのにぃ……。

もう少し手を入れれば、それとわからないように書けるだろうか。いえそれよりも、シメオン様の言葉はわたしに対する牽制《けんせい》だと考える方が先かしら。

作家活動を暗に非難されている……と受け取るのは、うがちすぎだろうか？　でもそういう可能性も十分にありうるので、除外するわけにはいかなかった。

わたし、もう少しシメオン様について知るべきかもね。見た目の印象や世間の噂だけでなく、騎士団内部からの声なども集めてみるべきかも。旦那様になる人がどういう人なのか、もっとしっかり詳しく把握しておかないと。

どうやって情報を集めようかと思案する。シメオン様に疑われず、自分の趣味を続けるために。この縁談が壊れることのないように、でも自分の譲れない一線は死守したい。

わたし、もしかしてとても厄介な人と婚約したのかも。

そう思いながらも、わき上がる萌えを抑えられなかった。

なんておそろしい、油断のならない人。さすがシメオン様、素敵すぎます。

未来の旦那様、マリエルはますます貴方《あなた》に萌えています。どうかこれからも、お見捨てなくよろしくね？

3

――私の婚約者を一言で表すならば、「変」だ。

ひっきりなしに話しかけてくる人々をどうにかさばいて戻ってくると、マリエルは壁際に一人で腰かけていた。

「申し訳ありません、お待たせして」

長い間放っておかれたというのに不満そうな顔を見せることもなく、静かに微笑《ほほえ》んで私を迎える。私をねぎらい、気にかける言葉を口にして、自身の側に起きたことは何も言わない。

彼女は彼女で、ついさっきまでいろんな人間に声をかけられていたのだが。

離れながらも時折は確認していた。私と婚約したことで一躍注目を浴びるようになったマリエルは、これまで縁のなかった妬《ねた》みや中傷を受けるようになった。さきほどもさんざんに嫌がらせをされたり言われたりしていたのだろう。

それをおくびにも出さず、何も問題はなかったという顔で泰然と私を待っている。普通ならばよくできた娘だと感心し、婚約者として満足する場面なのだが……。

「マリエル？」

彼女が私に向けてくるまなざしに、異様な輝きがある。表情はとりつくろっても、好奇心と何か得体の知れない情熱を含んだ視線までは隠せない。この地味でおとなしそうな娘が、今脳内でどんな妄想をくり広げているのか、知りたくもないけれど無視するには漂ってくる気配が不気味すぎた。

婚約者へ向ける親愛のまなざし？　恋する相手に夢中な娘？　――そんな可愛《かわい》らしいものか。違う。これは絶対に違う、そんなものではない。

傍目にはそう見える光景だっただろうが、まったくの誤解だと私は確信を持って断言できた。

「はい？」

可愛らしく首をかしげ、何も考えていませんと言わんばかりのとぼけた表情で返してくるマリエル。いかにも無害そうな、特徴を挙げるのが難しいほどに平凡な見た目の娘が、実はどんな人物なのか。

私が知っていることを、彼女自身もまだ知るまい。


彼女をはじめて見かけたのは、今から数年前。今夜と同じく王宮で開かれた舞踏会でのことだった。喧騒《けんそう》を離れ、人気のない場所で一息つこうと歩いていた時、複数の女性の声が聞こえてきた。

静かな場所へ来たつもりだったのにと、内心舌打ちする。声からして若い娘たちだ。見つかると面倒くさいことになる。他《ほか》へ行こうとした時、気になる言葉が聞こえてきた。

「そもそも、あなたのようなみっともない方が王宮に出入りすること自体、恥知らずなふるまいではなくて？」

ずいぶんと刺々《とげとげ》しい口調だ。見下す調子も含まれている。どうやら仲間同士で盛り上がっているのではなく、けんかでもしているらしい。やれやれと思いながらも私は足を止めた。

女性は姿かたちばかりは華やかに美しいが、水面下での対立や嫌がらせは呆《あき》れるほどにえげつない。正直関わりたくない世界だ。しかし近衛騎士として、もめごとが起きているなら無視するわけにもいかない。ただの口げんかでおさまる程度ならば放ってもおこうが、怪我人《けが》が出るような事態にならないか、確認だけはしておかねばならない。

大きな柱の陰からそっと覗《のぞ》けば、休憩用の小さな中庭に五、六人の少女が集まっていた。どうも、全員で一人を囲んでいるらしい。

囲まれているのが誰《だれ》か、ドレスが邪魔でよく見えない。かろうじて、淡い青紫のドレスがちらりと見えた。

取り囲んでいる令嬢たちの顔を確認すれば、見覚えがある。カヴェニャック侯爵令嬢の取り巻きだ。着飾った娘たちの中心に、ひときわ華やかな少女がいることも確認できた。

カヴェニャック家のオレリア嬢は、光沢のある淡い青紫のドレスを着ていた。

……どうやら、ドレスの色が同じだったことで、難癖をつけているらしい。あれこれと投げつけられる言葉からそれがうかがえる。オレリア嬢と同じ色を着るなど身の程知らずの厚かましい女、というのが彼女たちの認識らしかった。

まったくもって、ばかばかしい。女というものは、どうしてそんな些末《さまつ》なことを気にするのか。ドレスの色など何色でもいいではないか。そもそも何百人と人が集まっているのに、全員がまったく違う色を着ることなど不可能だ。どうしたってかぶる相手が現れる。当たり前の話なのに、なぜそれが許せないのか理解できなかった。

心の底からうんざりする。とりあえず文句を言うだけで手を出すようすはないので、踏み込まず見守りだけにとどめておいた。

オレリア嬢とその取り巻きは、さんざん言いたいだけ悪態をまき散らし、最後に侮蔑《ぶべつ》もあらわな笑い声を上げながら立ち去っていった。その場に残されたのは、茶色い髪の娘一人になった。

うつむいた顔をまっすぐな髪が隠している。かすかに震えているのは、泣いているのか。よってたかってあれだけ言われたのだから当然だな。色は同じでも、ドレスの質は明らかにオレリア嬢のものより劣っていた。それほど高位の貴族ではないのだろう。色だけ真似《まね》てもみっともないと、そこもオレリア嬢たちが攻撃する材料になっていた。精一杯おしゃれしてきたのだろうに馬鹿《ばか》にされて、さぞかし傷ついただろう。

原因はくだらないとしか言いようがないが、いじめられて泣いている令嬢を気の毒に思う気持ちくらいはあった。出ていってなぐさめるべきか、その場でしばし迷う。

下手《へた》に親切にするとなつかれて、その後大変面倒くさいことになる場合がある。基本的に、若い娘が相手の場合こちらからは声をかけないようにしている。私と親しげにしているとまたオレリア嬢たちから目をつけられるだろうし、彼女のためにも距離は取っておいた方がいい。

だが、ここで無視して立ち去るのも、可哀相《かわいそう》ではある。

どうしたものか……。

悩んでいると、小さな声が聞こえた。中庭の令嬢が漏らした声だ。嗚咽《おえつ》をこらえきれなかったのか。しかたない、なつかれない程度に軽くなぐさめるかと、あきらめて彼女へ足を向けかけた時、さらにはっきりと声が聞こえてきた。

「ふふ……うふふ……うふっ」

——なんだ？

泣いているにしては妙な声だった。嗚咽というよりも、あれは笑い声ではないのか？

「ふ……ふふふふふ……」

うつむいた令嬢はまだ肩を震わせている。しかし聞こえてくるのは明らかに笑い声だ。私は気味が悪くなって踏み出しかけた足を止めた。

まさか気が触れたか？　あの程度のいじめで錯乱するなど、弱いにもほどがあるのでは。

さきほどとは違う理由でためらっていると、別な声が響いた。

「マリエル！」

年若い——幼いと言ってもいい年頃《としごろ》の娘が駆けてくる。知らない顔だ。おそらく社交界に出たばかりなのだろう。黒髪の少女は、中庭の娘を目指してやってきた。

呼ばれた娘がようやく顔を上げた。そちらもやはり幼かった。大きな眼鏡《めがね》をかけた顔は、見るからにうれしそうに頬を紅潮させていた。

「ジュリエンヌー！　すっごかったー！　もう絵に描いたような集団イビリ！　典型的な意地悪お嬢様！　臨場感満喫よ、ゾクゾクしちゃった！」

……おい。

「囲まれるってあんな感じなのね！　周囲がドレスの壁でけっこうな迫力よ。いいわあ、オレリア様サイコー。惚《ほ》れちゃいそう」

「……まあ、心配はいらないと思っていたけど」

ジュリエンヌと呼ばれた黒髪の少女は、呆れた顔で肩をすくめた。

こっちも呆れている。なんだその全開の笑顔は。あれほどひどい悪態を投げつけられ馬鹿にされて、なぜそうも喜ぶ。

「ああっ、忘れないうちに書き留めないと！　ありとあらゆる言葉を駆使して罵《のの》ってくださったのよ。よくあれだけいろんな言い回しが出てくるなって感心しちゃったわ。さすがみなさん教養にあふれて、語彙《ごい》が豊富でいらっしゃるのねえ。見習わなくっちゃ」

マリエルというらしい令嬢は、手提げから何か取り出した。小さな手帳と、ペン？

「あれだけ聞かされたらほとんど考える必要がなくて助かるわ。悪口辞典が作れそう。また来てくださらないかな。いろいろ参考になりそうでぜひ今後ともお付き合い願いたいんだけど」

「どうかしら。オレリア様からしたら、わたしたちなんて気にするほどの存在でもないと思うわよ」

「そうねえ。今夜はたまたまドレスの色がかぶったから目をつけてもらえたけど、毎回そう上手《うま》くはいかないわよねえ」

上手くいくって何だ。いびられて何が「上手い」んだ。

「意地悪令嬢に目の敵にされるには、それなりの特徴が必要よね。物語のヒロインは美人とか優れた特技があるとか、何かしら理由があっていじめられるもの。ヒロインになれるだけの資質ってものが必要なのよ。わたしじゃ無理よね……誰かそういう人いないかしら。密着取材をさせてほしいわ」

話しながらもマリエル嬢はせっせとペンを動かす。慣れているのか、ジュリエンヌ嬢は向かいに座って見守るだけだ。

どうやら心配はまったく必要なかったらしいとわかった。しかし別な意味で理解できない。物陰から女性の会話を盗み聞きするなど誉められた行為ではないが、マリエル嬢の異様さが気になって私はその場を立ち去れずにいた。

「これでもかといじめられる薄幸の美人が、素敵な男性と出会い、最後には幸せになって周りを見返す。読者はやっぱりそういうのが好きなのよね。でも見せ場を際立たせるためには、それに至るまでの展開が大事よ。いじめ描写が薄っぺらじゃ白けちゃう。いかに読者を物語の世界に引き込むかが難しいのよねえ。ヒーロー以上に悪役が輝かないといけないのよ」

読者……物語……悪役……なるほど。

調子よく続くマリエル嬢の言葉を聞いているうちに、なんとなくわかってきた。どうやら小説のことを言っているらしい。彼女は小説を書くのか？　さきほどのオレリア嬢たちからのいじめを、参考にできると喜んでいるのか。

そういうことかと、ようやく理解できた。奇怪としか言えない反応に脳の病を心配したが、いちおう理由があってのことと知り安心した。

　――しかし納得はできない。

あの状況で小説の参考になることしか考えないなど、普通の少女の反応か？

人目につかない場所に連れ込まれ、集団から攻撃されながら、小説のネタにできると喜ぶか？　自分に向けられた悪意と侮蔑に満ちた言葉の数々を、ありがたく聞いて手帳に書き付けるなど、絶対に普通の行動ではないだろう。

いったい彼女はどういう人物なのか。おそらく社交界に出てきたばかりの、まだ子供っぽさが目立つ娘に、私は不可解さを覚えずにはいられなかった。

その後も夜会や園遊会などに出席するたび、彼女の姿を見かけた。マリエル嬢は人が集まる場所に出てくるのが、好きらしい。

　職業柄人の顔や特徴を覚えるのが身についていることと、彼女が常に眼鏡をかけていることから判別できたが、実を言うとマリエル嬢は存在を見つけ出すのが難しい。特別な美貌《びぼう》もなければ、反対に目を引くほどの醜女でもない。髪はありふれた茶色。中肉中背で、十人並みという言葉を体現している人物だ。

　どこにでもいそうな、人混みの中にまぎれるとすぐにわからなくなる娘。何かに似ていると考えて、あれだと思い出す。そう、野生生物が周囲の風景に溶け込んで姿をくらます、擬態と保護色だ。

　木の葉そっくりの虫や、身体《からだ》の色を変えるトカゲなど。人混みの中からマリエル嬢を見つけ出すのは、森の中で身を隠す生き物たちを見つける遊びに似ていた。

見つけた時はひそかに達成感を覚えたものだ。ここにいたかと声を上げそうになる。森で虫を追いかけた幼い日のように、マリエル嬢をさがし出すのがいつしか習慣になっていた。

そして見つけるたびに、彼女は変だった。

集まりには積極的に出てくるくせに、人と話をすることもなくたいてい一人でいる。自分から声をかけられない内気な性格なのかと思ったが、そういう娘ならば誰かに気付いてもらうことを期待しているものだ。集団の隅にくっついたり、目につくような場所をうろうろしたり……私の周りにもよくそういう令嬢が現れるので、違いがはっきりわかる。マリエル嬢は注目されることを望んでいない。それは確信できた。

そういう目で見ていると、彼女があえて目立たないようにふるまっていることもわかってきた。

容姿だけのせいではない。身なりも人目を引かないように、常に無難なものにまとめられている。若い娘ならば少しでも目立つように、他の娘よりも美しくなるように、装いには工夫を凝らすものだろう。それがマリエル嬢にはない。いつもおとなしい装いで——さりとて地味すぎて逆に目立つこともなく、絶妙に平凡な、可もなく不可もなくといった装いばかりを選んでいる。毎回それだと、わざとやっているとしか思えない。あそこまで目立たないよう無難さを維持するには、実はけっこう努力が必要なはずだ。

なぜそんな真似をする？　——それも、観察していればわかった。

自ら話すことはないが、人の話は聞きたがる。盛り上がっている人々のそばにさり気なく近寄っていって、風景に擬態して気付かれないままじっと聞き耳を立てている。相手は老若男女おかまいなしだ。あちこちにまぎれ込んでは人の話を拾いまくっている。誰も彼女の存在を気にしないのがすごいが、もともと大勢が集まっている場だ。これといって特徴のない娘が近くにいても、風景のひとつと流してしまうのだろう。自分とて、あの夜のできごとがなければ、彼女の存在に気付いていたかどうか自信がなかった。

そうやって人の会話を集めた後、物陰でこっそり手帳に書きつけている姿もよく目にした。そういう時は実に楽しそうな表情になっていた。またいいネタが手に入ったのだろう。いったいどんな小説を書くつもりなのやら。呆れながら見ているうちに、おかしくもなってきた。

若い娘が社交界に出てくる目的は、ほとんどが結婚相手を得るためだ。自分を売り込み、少しでも条件のいい相手を見つけようと躍起になっている。そんな場所で目立たないことを第一に心がけ、ひたすら小説のネタを集めるマリエル嬢――何をしに来ているのかと、つっこみたくてたまらない。

そんなふうに、仕事や社交のかたわら奇妙な少女を観察する日々が数年間続いた。

「シメオン、お前は結婚しないのか？」

ある日、視察のお供をしている最中、セヴラン殿下が脈絡もなく問いかけてきた。私は軽く眉《まゆ》を上げただけで済ませた。

「そのお言葉、そっくりそのままお返しいたしますが」

「私は相手を吟味しているだけだ。独身主義を宣言した覚えはない」

部下たちも周りにいる中で、いったい何の話かと私は息をつく。

「私も独身主義を主張した覚えはありませんよ」

「ならばなぜ結婚せぬ。相手をさがそうともせんではないか。もうじき三十になるというのに女っ気がまるでないと、あらぬ勘繰りを受けるぞ」

「ご心配なく。そんな勘繰りをされるとしたら、間違いなく相方は殿下になりますから」

「それが心配だから言っているんだ！　私のためにも結婚しろ！」

すでに何か言われたのだろうか。やけにむきになって殿下は指を突きつけてきた。

「お前の母親も心配しているぞ。跡取り息子がいつまでも独身ではまずいだろう。なんなら私が相手をさがしてやってもよい。見合いしろ。さっさとしろ」

「見合いですか……そうですねえ」

殿下の懸念はともかく、結婚については考えないでもなかった。

ここ最近両親、特に母からしきりにせっつかれているのだ。女性ほど急ぐ必要はないとはいえ、二十七で婚約も決まっていないのでは不安がらせてもしかたがない。私もそろそろ本気で考えるべきかとは思っていた。

別に結婚したくないとか、女に興味がないとかいうわけではないのだ。単に仕事優先で後回しになっていたのと、これぞと思う相手がいなかっただけの話で。

しかし見合いは気が進まなかった。どんな令嬢が出てくるのか不安だ。オレリア嬢のような、うわべは完璧《かんぺき》でも中身に問題のある人物だとたまったものではない。人柄優先で紹介してほしいが、女性というものは本性を隠すのが上手い。気立てのいい品行方正な娘というふれ込みで紹介されたのが、実は陰湿な性根を隠し持っている可能性も少なくなかった。

多くは望まない。人として安心して付き合える相手がいい。

そう答えると、殿下はひどく困った顔をされていた。殿下ご自身も妃選びに苦労しておられるから、私の言い分に共感されるはずだ。理想どおりの相手が見つかったら、私に紹介する前にご自分が求婚されることだろう。

難しいものだ。

どうしたものかと思ううち、マリエル嬢の父親であるクラテック子爵と話をする機会があった。彼は、娘の結婚相手を紹介してもらえないかと頼んできた。

「部下の方々の中に、ちょうどよさそうな方はいらっしゃいませんかねえ。娘は今年十八でして……まあ、お世辞にも美人という評価はできませんが、頭は悪くありません。賢く立ち回って、果たすべき役目はきちんと果たします。そのあたりはちゃんと躾《しつ》けておりますので、自信を持って嫁に出せます。ただ、どうにもおとなしい娘でして、なかなか男性の目に留まることができませんでね。華やかな近衛《このえ》の皆さんから見ると物足りなく思われるかもしれませんが、結婚相手としては悪くないはずなんですよ。妻と恋人は違います。家を預ける相手には、貞淑と堅実さが必要です。娘はその点お買い得ですよ――と言ってですね、どなたかに声をかけてはいただけませんか」

人のよさそうな顔をした子爵は、なかなかに上手い言い方をした。マリエル嬢に美しさや華やかさは求められないことを認めつつも、結婚相手としては十分な資質をそなえていると主張する。見かけによらず世渡り上手で、着実に出世している彼らしい戦略だ。そういう売り込み方をすれば、話に乗ってくる男もいるだろう。

だが、少しばかり正直ではない。

マリエル嬢の一面を説明してはいるが、肝心な部分が抜けている。あの、他に類を見ない奇矯さは、結婚相手にとってささいなことと切り捨てられない重要な要素だろうに。

ありのままに言ったら見つかる話も見つからない。伏せた事情はわかる。しかし当人を知っている私としては、そのまま部下に話を持っていくのはためらわれた。

途中で本性がばれて破談になどなれば、さすがのマリエル嬢も傷つくだろう。社交界に噂《うわさ》が流れれば、今後の相手さがしにも影響する。ただでさえ縁がなさそうな彼女にとっては、致命的な傷になりかねない。

……いや、彼女ならその状況すら喜んでネタにするか？　ありそうだ。

喜色満面で手帳に向かうマリエル嬢の姿が容易に想像できて、ため息が出てきた。あの娘には、たしかに誰かがいい縁を紹介してやる必要があるだろう。自力では絶対に相手を見つけられまい。

彼女の趣味を理解しつつ受け入れてくれる男がいればいいのだが……と考えて、一人いることに気が付いた。

そうだな。別に部下に話を回さなくても、私が受ければいいのではないか？

私は隠された彼女の趣味を知っている。ちょっとおかしな性格であることも知っている。だが嫌ってはいない。今では楽しんで観察しているくらいだ。

マリエル嬢は、間違いなく奇矯な人物ではあるが、性悪ではなかった。噂を集めるのに熱心でも、それを言いふらすことはしない。彼女の行動はあくまでも小説の参考にするためであって、他人の噂そのものに関心を持ち面白おかしく吹聴することはない。なにかと噂話で盛り上がる社交界の中では、得難い存在と言えるかもしれなかった。

行動原理が常に小説のためというあたり、素直に美点と称賛しきれないものもあるが……悪くないのではなかろうか？

こちらも結婚相手をさがしていたところだ。ちょうどいいと思い、子爵に私が名乗りを上げると伝えたところ、大変に驚かれた。

「いやあ、それは実に光栄なお言葉ですが……正直なところ、釣り合いが取れないのでは？　我が家とフロベール家では家格が違いますし、シメオン殿ほどの方でしたらもっと条件のいい令嬢がいくらでも見つかりましょう。年も少々離れておりますし……」

話に飛びつかず、むしろ懸念を示すあたりに、彼が見た目どおりの呑気《のんき》な男ではないことがうかがえる。目の前にごちそうをぶら下げられてもすぐに食いつかない、罠《わな》を用心する賢さがあった。

子爵が何を警戒したのか、私にはわかった。クララック家と釣り合う程度の男が相手であれば、マリエル嬢の本性がばれても上手くとりなすことで押し切れる。ちょっと変わった趣味を持っているだけだと、適当にごまかすつもりだろう。私が相手だとそれは通用しない。もとから力関係が不均衡なので、文句をつけられれば対抗できない。欲を出して飛びついても結局大損をしかねないので、避けるべきと判断したか。

おそらく子爵は、私に何か問題がある可能性も考えたのだろう。だからこんな釣り合わない縁談に名乗りを上げたのではないかと警戒している。賢いことだ。

「そうですね、たしかに十八の令嬢から見れば、私などおじさんでしょうが」

「いや、いや、シメオン殿を見てそう思う女性はいますまい。まあ九歳やそこらの差など、よくある話ですが」

「ええ、うちの両親も八歳違いです。なので、私がお願いしてもよいかと思ったのですが、エミール卿は気乗りなさいませんか」

「いや、そういうわけではありませんが」

穏やかな笑顔でおっとり受け答えしつつも、脳内では忙しく検討しているのだろう。彼の苦労を察し、私は顔には出さず笑った。

慎重な人間は、時に考えすぎて余計な気苦労をしてしまう。私も同じ系統の人間なので馬鹿にすることはできない。子爵がためらう気持ちはよくわかる。実のところはまったくの取り越し苦労なのだが。

私は子爵がどう対処するかに興味を持って、種明かしをしないまま話を続けることにした。

「こちらにとっては身に余る素晴らしいお話ですが……そちらのご両親はどう思われますかな？　あまりに格下の家が相手では、難色を示されるのではないでしょうか」

「そのように卑下されずとも。クララック家とて、それなりに長く続く家柄ではありませんか。派手に目立つことはなくとも、代々誠実に王に仕え、一定の評価を得ているはずです。あなたやご子息も有能な仕事ぶりで認められていらっしゃいますし」

「いや、ははは、そんな持ち上げられるほどのものでは」

「当家は伯爵、そちらは子爵、釣り合いに問題はないと思いますが」

「はあ、そうですかねえ……」

ふふ、脂汗がにじみそうな雰囲気だな。それでも表情には出さないのだから大したものだ。

「いやあ、しかし娘は、なんと申しますか、地味な子でして。伯爵家の奥方として表に顔を出すには、不足が多いかと」

「家をまかせる人物として問題はないと、おっしゃったではありませんか。私はまさにそういう女性をさがしていたのです。流行や噂話にばかり熱心で、ろくに家にいない妻では困ります。必要な社交ができるだけでいい。特別華やかでなくとも、きちんと家を守ってくれる人を望んでいるのです」

「ほう、意外と保守的な考えでいらっしゃる」

「うぬぼれと思われそうですが、寄ってくる女性は多いのでね。華やかなだけの女性には、もう辟易《へきえき》しています。生涯の伴侶《はんりょ》として付き合っていく相手なのですから、うわべよりも中身の方を重視したい。落ち着いた、堅実な女性と結婚したいのですよ」

「ふむ……」

この言葉には心が動いたのか、子爵は考える顔になった。じっさい遊び人ほど結婚相手は地味だったりするものだ。いろんな女を見ているだけに、本当に価値のある人物をちゃんと見極める。そうした事例を思い出したのだろう、笑いでごまかすのをやめてさぐるように尋ねてきた。

「……本当に、見た目はまったくもって地味の一言ですよ?」

「なんら問題ありません」

「おとなしいばかりで、面白味に欠けますが」

いや、面白いだろう。あんなに面白い人間は、そうそういない。

「物静かな人にも、その人なりの魅力があるかと」

「昔から物語を読むのが好きな子でしてね、そのせいか少々夢見がちな、現実ばなれしたところもありますが」

ものは言いようだな。少々どころか非常にかっ飛んでいる。夢見がちなどという可愛《かわい》い言葉で表現できる範囲かどうか疑わしいものだ。

「それは、感受性が豊かということでは？」

「そのようにも言えますか……」

嘘にはならないだろう。周囲の人々からネタを拾い集めているのを、少しばかり美化して表現しただけだ。

そうですねえ、と子爵は息をついた。

「では、とりあえず一度会ってやっていただけますかな。じっさいに見て、お気に召さなければはっきり言っていただいてけっこうです。本人抜きで話しているばかりでは伝わらない部分もありましょう。ぜひ直接おたしかめになってください」

とうとう子爵の了承が得られ、マリエル嬢と顔合わせをすることになった。本人を見れば私も気を変えるだろうと、彼は考えたようだ。もちろんそんなはずもない。私はクララック家を訪問し、はじめてマリエル嬢と言葉を交わし、その場で正式に婚姻を申し入れたのだった。

私が見込んだとおり、マリエルは陰湿さのない明るい人柄だった。常に控えめにふるまい、出しゃばることをしないが、話をすれば案外気の利いた受け答えが返ってくる。父親の言うとおり頭はいいようだ。物語をたくさん読み、ついでに自分でも書いているだけあって、要領よくまとめて話すことが上手い。知性的な相手との会話は余計な苛立《いらだ》ちを感じることもなく、いい相手を見つけられたことに私は満足している。

母は、少しばかり違う意見を持っていたようだが。

「シメオン、本当にあのお嬢さんでいいの？」

両家の顔合わせの後、不満と疑問をないまぜにした、非常に複雑な表情で聞かれた。

「ええ。いいと思ったから求婚したんです。母上は気に入りませんか？」

「そういうわけではないけれど……」

母は困った顔をする。

「落ち着いた、きちんとした方だということはわかりましたよ。教養もあるようですし、問題があるというわけではないのだけれど」

問題はない。ただ、非常に地味なだけで。

うっかり存在を忘れそうになるほど、周囲の風景に溶け込みすぎるだけで。

評価に困るほど存在感の希薄な、保護色をまとった生き物に、母が物足りない思いを感じていることはよくわかった。もっとわかりやすい美しさや愛らしさがほしいのだろう。

マリエルは奇矯な性格を完璧に隠し、どこから見ても平々凡々な、まるで特徴のない令嬢を演じきっていた。私にも隙《すき》は見せない。貞淑と言えば聞こえのよい、空気のような存在になりきっている。内面を知らなければ、あれを評価するのは難しいだろうな。私もどこを誉めればいいのか少々考える。通り一遍の、お世辞のような言葉しか出てこない。彼女が意図してそういうふうにふるまっているので、注目すべき部分が見つからないのだ。

さっさと本性を暴露して婚約破棄されてはならぬと、用心しているのだろう。無駄な努力だったと知った時、どんな顔をするだろうか。面白そうなので、もっとも効果的な瞬間を待って、私はまだ彼女に何も告げていない。だまされたふりで調子を合わせている。

驚く顔を想像すると笑いがこみ上げた。その半面、複雑な気分にもなった。隠すということは、私に気を許していないということだ。婚約者とはいえ、私たちの関係はまだ形だけのものでしかない。

それがなんとなく不満でもあった。

「副長、婚約者の方がいらっしゃいました」

馬場に出ていた私のところまで、部下が取り次ぎにやってきた。約束の時間ぴったりに、マリエルが到着したようだ。馬の世話を係の者にまかせ、私は表へ向かった。

これまで一度もわがままやおねだりをしたことのないマリエルが、先日珍しく願い事を言ってきたのだ。

「できましたら、一度近衛騎士団を見学させていただきたいのですけど……」

言われた瞬間は妙なことを望むと思ったが、おそらくこれも小説のネタ集めだろうと理解した。団員に身内がいるとかでもなければ、騎士団の本部など女性には覗けない世界だ。未知の領域を開拓しようと乗り出したか。

婚約してから知ったことだが、彼女の小説は趣味ではなく仕事として本格的に取り組んでいるものだった。ちゃんと正規の出版社から何冊も発行されている。

従姉から押しつけられた小説を読んだら、どこかで聞いたことのある話がちりばめられていたのだ。宮廷を舞台にした恋愛模様や、ちょっとした事件など、元ネタを知っている者が読めば何を参考にしたのかがすぐにわかる。それゆえ作者は貴族の女性ではないかという噂があるそうだ。アニエス・ヴィヴィエというのは執筆用の名前で本名ではないだろう。正体は誰かと、読者の間で興味を持って取り沙汰《ざた》されているらしい。

……私にはわかる。きっと彼女だ。この、実にいきいきと描写されている敵役の令嬢はオレリア嬢だろう。ドレスの色がかぶって難癖をつけてくるって、あの夜のまんまではないか。

さしずめ、次の物語のヒーローは近衛騎士といったところか。婚約の影響か？　まさか私がネタにされるのではないだろうな。

……ありそうだ。

「お邪魔になるようでしたら無理は申しません。ただ、聞いたところによりますと、団員の家族が届け物をしたり上役の方に面会したりと、案外部外者も出入りしているそうですね？　もし、お許しがいただけるのでしたら、シメオン様が働いていらっしゃる場所を見てみたいのです」

知らない者が見れば婚約者のことを知りたがる娘と、微笑ましく受け取っただろう。控えめに願い出るマリエルに、私は呆れるべきか笑うべきか迷いながらうなずいた。

まあ、見学くらいならよかろう。せいぜい次作に役立ててくれ。ただし私が参考にされたとわかるような書き方はしないでくれよ。

貴族の娘らしく小間使いを供に連れて、マリエルは玄関前で待っていた。中へ通さなかったのかと部下に問えば、ここで待つと言われたのだと返ってきた。

「マリエル」

声をかけるとこちらに気付いて振り返る。その瞬間、何に驚いたのかマリエルは目を瞠《みは》った。手で口元を押さえ、食い入るように私を見つめてくる。何かおかしなところがあるか？　私は自分の姿をあらためた。

……別に、普通だと思うが。

「お嬢様、鼻血が!?」

「い、いいえ、大丈夫よ。大丈夫、なんとかこらえたわ……くっ、なんという破壊力。想像以上よ……！」

「眼福ですよね！　お気持ちはわかります！」

こちらに背を向けて小間使いとこそこそやり合っている。鼻血と聞こえた気がするが、具合でも悪いのか？

「どうしました？　どこか具合を悪くしましたか？」

震える肩に手を置いて覗き込めば、あわてて表情をとりつくろって顔を上げた。

……元気そうだな。頬は上気しているし、目がきらきらと――ギラギラと輝いている。

「いえ、おかまいなく。少々日射しが強くて、目がくらんだだけです。もうまぶしくって」

たしかに今日は晴天だな。太陽はそっちの背中側だが。

あの異様な熱のこもったまなざしで、マリエルは私を見る。上から下まで、舐《な》めるようにじっくりと。そしてほう、と息をついた。言葉で説明すると婚約者に見とれてうっとりする娘だな。しかし何か違うものを感じる。本当にそれだけか？　別の感情が混じっていないか？

「では中へ入りましょう。訓練場などはのちほど回ることにして、先にお茶を差し上げます」

私は従者に乗馬鞭《むち》を預け、マリエルをうながした――ら、その瞬間彼女は大変にがっかりした顔になった。なんだ⁉

視線が私を通り越して、従者の方へ向かっている。あっちが目当てだったのか？

ちらりと従者を確認する。入隊したばかりの少年だ。マリエルよりも年下の、見習い坊やである。彼女の気を引くような、目立つところがあるとも思えないが……。

と、そこまで考えて、マリエルの視線が従者の顔ではなく手元に向かっていることに気付いた。持っているのは、私から受け取った鞭だ。

……あれに、どんな関心が？

追及してはならない気がして、私は少々強引にマリエルを移動させた。行き合う隊員たちが興味津々の目を向けてくる。私の婚約者ということで誰もが関心を持ち、そしてマリエルの姿を見るとい

ぶかしげな顔になった。牛肉だと思って食べた料理が鶏肉だったような、悪くはないがこれじゃない感がどの顔にも浮かんでいた。

女の価値は容姿だけではないぞ。ならばマリエルにどんな価値があるのかと、問われても困るが。

応接間に通し、あたりさわりのない話をしながら一服していると、話を聞きつけたらしい上司が覗きにきた。

「おお、そちらがシメオンの婚約者殿か！　お邪魔してかまいませんかな？」

口先だけ遠慮するようなことを言いながら、すでに私の隣まで来ている。野次馬根性を隠しもしない中年男の登場に、マリエルは驚くこともなく立ち上がっておじぎした。

「はじめまして、マリエル・クララックです。今日《きょう》は厚かましいお願いをして申し訳ございません。ぜひ一度、騎士団のようすや団員の皆様を拝見したかったものですから」

「ようこそ、団長のアルベール・ポワソンです。なんのなんの、こちらこそお会いできて光栄ですよ。むさくるしいところにこんな可愛らしい令嬢をお迎えできるなど、うれしい話です」

女好きの団長はマリエルのような地味な娘にも愛想をふりまいた。容姿で評価して馬鹿にすることがないのはよいが、いささか軽薄すぎるのがこの上司の欠点だ。これで仕事もきちんとしない無能だったなら、とっとと追い落としているところだ。

団員の家族や知人が訪ねてくることなど珍しくもないのに、私の婚約者というだけでそうも好奇心を持つのが面倒くさい。扉の外には他にもいるようだ。隙間《すきま》からこそこそと覗く気配がした。どいつもこいつも、暇を持て余しているようだな。あとでちゃんと仕事を割り振ってやろう。

「いや、ついにシメオンが婚約したということで、皆興味を持っておりましてな。マリエル嬢にはうっとうしく思われるかもしれませんが、許してやってください」

「いいえ、思ったより和気藹々《あいあい》とした雰囲気で、うらやましゅうございます。女のわたしは家にいるばかりですから、仲間と仲良くお仕事をするという光景に、少しばかり憧《あこが》れます」

「ははは、まあ楽しい面もありますが、男ばかりの集団なぞむさいだけですよ。こいつもこんな顔をしていますが、男相手には容赦なくてね。部下たちがいつも悲鳴を上げとります」

「ふふ、団長様はおおらかでいらっしゃるようですね。ちょうど釣り合いが取れているのではありません？」

「たしかに、私に足りんところをよく補ってくれますので、ありがたいと思っておりますよ」

誰がおおらかだ。この親父《おやじ》はそう見せかけているだけだ。陽気で人がいいばかりの男に騎士団の長など務まるものか。

対外的には私が参謀的な立場と見られているようだが、団長は必要な時には悪どくもしたたかにもなれる人物だ。私を隠れ蓑《みの》に使っているあたりに、彼の人の悪さが窺える。

好奇心で乗り込んできたような顔をしつつ、マリエルのことを値踏みする目的もあったのだろう。わかっていたが、私は放っておいた。多分、マリエルに心配は無用だ。

ふたりは妙に気が合うようすで盛り上がる。互いに、私のことをどう見ているかさぐり合っているようだった。団長がそこを気にするのはわかるが、マリエルは何が知りたいんだ？

そのうち覗き見だけで我慢できなくなった部下たちが乱入してきた。一気に応接室が人でいっぱいになる。誰もがはじめはマリエルに興味を持っていろいろ尋ねたが、そのうち自然と話題は私のことになっていった。詳しく知りたいと思わせるところがマリエルになく、じきに興味がそがれるのだろう。だが、それだけではないと見ていて気付いた。

控えめに無難な受け答えをしながら、マリエルはさり気なく話題を誘導していく。自分のことから私の話に移るよう、上手く水を向けている。私が騎士団でどんなふうに過ごしているか、周りからどのように見られているのか――婚約者として興味を持ち気づかう姿を装いながら、知りたい情報を着実に入手している。

……常々思っていたが、マリエルには諜報《ちょうほう》の才能がありそうだな。自分に関心を持たせることなく、聞きたいことを聞き出す手管に長《た》けている。これが男ならなかなか怖い人物だっただろう――いや、彼女の兄も似たような人物ではなかったか？

父親といい、あの家の人間はどうも一筋縄ではいかない印象だ。

その後もずっと周りが騒々しく、最後まで野次馬されまくりだったのに、マリエルは少しも機嫌を損ねることなく満足した顔で帰っていった。どう見ても婚約者との時間を邪魔された娘の態度ではない。あの達成感に満ちた、充実した顔！　私との約束は、彼女にとってはあくまでもネタ集めの手段にすぎないというわけか。わかっていたが、本当に小説のことしか考えていないな。

職務放棄して雑談に興じていた部下たちに、夜までたっぷり働けるよう仕事を与えてやった後、執務室へ戻る私のあとをなぜか団長がついてきた。

「なかなか、お前に似合いのお嬢さんじゃないか」

ひやかしてくるのを、冷たく見返してやる。

「そうですか、団長にそう言っていただけるとはうれしいですね」

「あれは見た目どおりの凡庸な娘ではないな。頭がよさそうだし、抜け目もなさそうだ。利を狙《ねら》う狡《ずる》賢《がしこ》いばかりの女なら、少し考えた方がいいんじゃないかと言うつもりだったが……なにか、違うな」

どさりと椅子《いす》に腰を落として団長は首をひねった。

「単純にお前のことを知りたいだけに見えた。いや、婚約者として正しい姿だ。何も悪くはないんだが……お前に惚《ほ》れたからではなく、もっと別の理由があるように思えてな」

さすがに団長は、あのやりとりの中でちゃんとマリエルの本質を見抜いていた。だが彼女の思考や行動の原点がどこにあるかまでは思い至らないようだ。それで普通だ。気付く人間がいたら、きっと彼女の同類だ。

わかったうえで婚約したのだし、問題視しているわけでもない。私は流行小説を低俗なものと一括《ひとくく》りに見下すつもりはない。彼女の作品にはどれもちゃんとテーマがあって読者の心に訴えかけてくる。最初に従姉から押しつけられた本だけでなく、これまでに発行されたものすべてを読んだ。作者自身が楽しんで書いていることがありありとうかがえ、何かが心に残る作品ばかりだった。マリエルは人を観察することも、描くことも好きなのだろう。つまり人間という生き物が好きなのだ。それは立派に長所ではないかと思う。

――なのに、最近妙にすっきりしない気分を感じる。私はどこに不満を感じているのだろう？　彼女が妻としての役割をきちんと果たしてくれるなら、少々変わった趣味を持っていても容認するつもりだったのに。

「お前には、理由の心当たりがあるのか？」

団長の問いに、私はうなずいた。

「ええ。心配するようなものではありませんよ。ごく私的な目的ですから、何も問題ありません」

「それにしては不満そうだな」

はっきりと指摘され、私は束《つか》の間沈黙した。

「……そのように見えますか？」

「ちゃんと彼女と話をしているか？　形だけでなく、本音でだぞ。そんな作り笑いでごまかしてばかりいないで、互いを理解し合う努力をしろよ。家族になって一生付き合う相手なんだから、素で向き合えた方がよかろうが。夫婦なのに表面をとりつくろうだけの関係だなどと、冷たすぎて泣けてくる。恋愛結婚じゃないからって、ことさらによそよそしくせずともいいだろう。もっと仲良くなれ」

「…………」

私がどれだけ表面をとりつくろおうと、あっさり見抜いてくる団長に言葉を失う。ちゃんと仲良くしているつもりだったが……言われてみればたしかに、形だけのものだ。私たちは問題なく付き合っているようでいて、心を許し合っているとは言えなかった。互いに本性を隠している。体裁を整えているだけだと言われても、否定できなかった。

彼女に言うべきだろうか？　ずっと以前から知っていたと。あなたの趣味も知っていると。

そうすれば彼女も本音で向き合ってくれるだろうか。だが先日言外に匂《にお》わせて反応をたしかめるような真似をしてしまった。あれで警戒されているはずだ。いきなり切り出せば、逆に関係を悪くしかねない。

どうしたものか……。

悩みを隠し持ちながら近衛の仕事を続ける。セヴラン殿下にお供して公爵家の夜会に向かった先で、あまり相手をしたくない女性につかまってしまった。

「今夜はお一人ですのね。婚約者の方はお連れではありませんの?」

深い真紅のドレスに身を包んだオレリア嬢が、自信をたたえた笑顔で話しかけてくる。例によって取り巻きの令嬢たちもくっついていた。女たちの視線を浴びると、獲物として狙われた動物の気分になってくる。

みんな、マリエルに負けず劣らず目が輝いているな。ああ、そうだ。こういう目を向けられることには慣れている。以前からそうだった。……だが、マリエルの視線は何か違うと感じたのだ。

こもる熱意は誰にも引けをとらないのに、受ける印象が違う。何が違うのだろうと、疑問に思う。

「殿下の護衛としてお供してきましたので。仕事で来ているのですよ」

その殿下の元へさっさと戻りたかった。護衛なのに長く離れてはいられない。しかしこのまま行くと間違いなくオレリア嬢はついてくる。私が婚約して以来、彼女は狙いを殿下一人に定めたようだ。とうの昔に除外されているとも知らず、近付く機会を狙っている。殿下をわずらわせるわけにはいかないので、どうやって追い払おうかと私は悩んだ。

「ああ、そうですわね。最近は婚約者の方とご一緒のお姿ばかりお見かけしていましたから、失念していましたわ。そうですわよね、殿下の方が大切ですよね」

くすくすと令嬢たちから笑いが上がる。何かあると感じ取り、私は素早く会場に視線をめぐらせた。

……ああ、そういうことか。

遠くにマリエルの姿が見えた。来ていたのか。今日は仕事だからと当然誘わなかったし、向こうからも何も言われなかったので、来ないものと思い込んでいた。婚約者同士が同じ会場へ向かうのに、まったく別々に来たのではなにごとかと思われただろうな。

オレリア嬢たちに視線を戻せば、すました表情の下から好奇心や嘲笑《ちょうしょう》が見え隠れしていた。きっと私に声をかけるより前にマリエルの方へ行き、いろいろ言ってきたのだろう。

マリエルはどう思っただろうか。オレリア嬢たちからの嫌がらせなど、平気どころか喜んで聞いただろうから、そこは心配していない。だが私が同じ場所へ行くのに誘わなかったことは気にしたのではなかろうか。

急に焦燥感を覚え、私はオレリア嬢たちを振り切ってその場を離れた。これまでのように、変に反感を持たれるのも面倒だからと、とりつくろう気にもなれなかった。それよりも今はマリエルのことが気になってしかたがない。

まっすぐマリエルのもとへ向かうと、彼女も私に気付いて眼鏡の奥の目をまたたいた。

「こんばんは、シメオン様」

拗《す》ねるようすも不安がるようすも見せず、いつもの笑顔で挨拶《あいさつ》してくる。落ち着きはらった態度に、安堵《あんど》するどころか不快感がこみ上げた。さきほどまでの焦燥が、苛立ちに変わる。そんな自分に困惑しつつ、私は顔が厳しくならないよう意識しなければならなかった。

「あなたもいらっしゃるとは思いませんでした。申し訳ありません、殿下のお供で来ると、先にちゃんと話しておくべきでしたね」

「まあ、おかまいなく。わたし、存じておりましたよ？　先日部下の方からうかがいましたから。もちろんお仕事の方が大事です。気になさらないでくださいな」

いつの間に、誰から聞いたんだ。私の知らないうちに、部下たちとうちとけているようだな？

「殿下のおそばへ行かれなくてよろしいのですか？　早く戻らないと、お叱《しか》りを受けるのでは」

おまけにさっさと追い払おうとする。私がいるとネタ集めの邪魔だとでも言いたいのか。

「あなたもおいでなさい。出席しているのなら、ご挨拶をすべきでしょう。これまでとは違って、私の婚約者という立場なのですから」

「ええ、それはもちろん……ですが、今はたくさんの方とお話をされていて、お忙しそうですから。ご挨拶はもう少しあとにした方がよいのではと思っておりました」

けっして出しゃばらず、分をわきまえたふるまいは誉めてしかるべきだ。彼女は何も間違ったことは言っていない。正しいことを言っている。

頭ではそう理解できるのに、無性に腹立たしかった。

「そんなことを言っていたらいつまで経《た》ってもご挨拶できませんよ。殿下の周りから人がいなくなることなどないのですから。いらっしゃい」

強引にマリエルを連れて殿下のもとへと歩く。少し戸惑ったようすを見せながらも、マリエルはそれ以上私に逆らうことをせずおとなしくついてきて、そしてそつなく殿下に挨拶を済ませ、さっさと離れていった。

ずいぶんと素っ気ないな。オレリア嬢たちと大違いじゃないか。向こうはなんとかして自分に注目されようと、機会があれば飛びついてくるのに。あの半分ほども熱意が持てないか？　私と殿下を、やはり熱のこもった目で見ていたくせに。

……だが、オレリア嬢たちの目とは違う。くらべて、はっきりわかった。

マリエルの目には異性への好意や関心というものがない。そこにあるのは、人間という生き物に対する興味だけだ。

彼女は恋をしていない。

とうにわかりきった話のはずなのに、なぜかその事実に衝撃を覚え、妙に気落ちしてしまった。

私は本当に、何が不満なのだ。彼女との交流もなく、父親との話だけで決めた婚約だ。恋愛感情が存在しないのは当たり前で、そんなものを求めてもいなかったのに。

私はただ、安心して妻に迎えられる相手を求めていただけだ。マリエルがちょうどいいと思っただけで。

それだけの、はずなのに。

「辛気臭い顔をするな。そんなに気になるならさっさとマリエル嬢を追いかけろ」

殿下が顔をしかめておっしゃる。態度に出てしまっていたかと、私は気を引き締めた。

「いいえ、職務を放棄して私事に走れません。彼女もそれは望んでおりませんから」

「苛々《いらいら》しながらそばにいられると私もうっとうしいのだ。許すから、行け」

「別に、苛ついてなど……」

「いつになく感情が漏れていることにも気付かないのか？　さっきどんな目で彼女を追いかけていたのか、解説してやろうか？　気になっているのだろう」

「…………」

そうもあからさまだったのだろうか。己をとりつくろうこともできていなかったのかと、そこにも衝撃を受けてしまう。

だが、言われるままに婚約者のもとへ走るなど、できるはずがなかった。殿下が許してくださろうとも、それはだめだ。職務はそう軽々しく放棄すべきではないし、殿下から離れるのもよろしくない。いかに周りに人があふれていようと——否、人混みにまぎれて害意を持った者が近付いてくる可能性も十分にありうる。マリエルの方には何ものっぴきならない事情などないのだから、後日あらためて会えばいい。

殿下は呆れた顔でため息をついた。

「そうやって自分を抑え込んで気持ちを隠すから、彼女も何も気付いてくれないのだろう。もっと正直に向き合ったらどうだ」

「隠すといって、別にそのようなつもりは」

「彼女が気になる、追いかけたい——それをそのまま伝えればよかろう」

「……気にならないと言えば嘘《うそ》になりますが、追わねばならないほどの理由はありませんよ。正直、気にする必要もないと思っております」

「だが、気になるのだろう？」

「……………」

私はあきらめてため息をついた。子供の頃《ころ》から互いをよく知る関係だ。殿下に対してごまかすことはできない。

自分でもよくわからない気持ちを、私は正直に告白することにした。

「そうですね、気になります。何が気になるのか、自分でもわからないのですが。マリエルは婚約者として申し分ない。私をわずらわせるようなふるまいをせず、文句やわがままも言わない。出しゃばらず、呼ばれるまでおとなしく待っている。今夜も私が仕事で来ていることをよく理解していて、別々に行動することをまったく気にしておりませんでした。理想的な婚約者です。どこに不満を覚える理由があるのか、自分に問いたい。彼女の何が悪いというのか」

疲れたこみかみを軽くもみほぐす私と反対に、殿下は気が抜けた顔になった。

「お前……本気で気付いていないのか」

「何をですか」

信じられん、と呟《つぶや》く殿下を私は軽くにらむ。そうも大げさに驚かなくてもよいではないか。まるで私が馬鹿みたいだ。

「みたい、ではない。馬鹿なのだ」

抗議すると即座に言い返された。

「あー……私も馬鹿かもしれぬな。お前がこれまでさんざん女にもてて、それをうまくあしらってきたから色恋には慣れているものと思い込んでいた。大いなる間違いだった。今認識をあらためた。お前は単に情緒が未発達だっただけだ」

「……さようですか」

「笑顔で怒るな！　事実だろうが」

なぜか殿下は数歩あとずさった。脅したつもりはないのだが。

「なまじ女の方から寄ってくるから、自分から努力する必要もなくこれまで意識してこなかったのだな。二十七にしてようやく思春期か。微笑ましいと言うより、気持ち悪いな」

「気持ち悪いとはずいぶんなおっしゃりようを」

「遅めの春を微笑ましく見てもらえるのも、二十歳くらいまでだ。その歳《とし》で初《うぶ》なところを見せられても気持ち悪いわ」

「さきほどから妙なことばかりおっしゃいますが……情緒だの初だのと、今の話にどう関わりが？」

「そう聞いてくるあたりが情緒未発達だと言うのだ。ああ、面倒くさいからはっきり教えてやる。お前の苛立ちは、マリエル嬢の気が引けないせいだ。彼女にかまってもらえない、自分に注目してもらえない、それが気に食わないのだろう」

「…………」

なんだそれは、と思った。まるでぐずる幼児ではないか。私が幼児並みに甘えていると言うのか。

……だが、否定できるだろうか？　なんとなく心当たるような気がして、そんな自分にまたも衝撃を受けてしまった。

「相手を気にし、自分を見てもらいたいと思う。素っ気なくされるとさみしく、腹立たしくも思う。そういう気持ちをな、人は『恋』と呼ぶのだ」

「…………」

……恋？

「お前はマリエル嬢に恋をしている。それが答だ」

殿下の言葉に、私は絶句してしまった。どう反応すればいいのか、とっさには言葉が見つからない。

恋だと？　私が？　マリエルに？

なぜそうなる。

「……ありがたく拝聴しておきます」

「あっ、思考停止して逃げるな！　認めろ、お前は彼女に惚れたんだよ！　それ以外に何がある？これまでにも私が何度も言ってきただろうが。今までの女性への態度とはまったく違って、驚くほどにでれでれだと！　振り返って考えてみろ。お前は常にマリエル嬢に優しい顔を見せて、大事にしていただろうが。婚約者としての義務だけには到底見えなかったぞ。そもそも、なぜ彼女と婚約した？クララック子爵に誰か紹介してくれと頼まれた時、なぜ自分が名乗り出た。普通に考えればお前と彼女では釣り合わん。フロベール家側にとって不足なだけでなく、クララック家側にとっても負担となる縁組だ。それを押し切ったのはなぜだ」

「それは……」

つっこまれて返答に窮する。マリエルが、私の希望にちょうどいいと思ったからで……だが、本当にそれだけだろうか。

さがせば、他にも希望に合う女性は見つかっただろう。誰も彼もがオレリア嬢のような性悪ではない。ちゃんと釣り合う家から、問題のない花嫁を迎えることもできたはずだ。そのくらいはわかっていた。

マリエルがいいと、思った理由は。

「実は以前から彼女のことを知っていたと言ったな。面白い娘がいると思って見ていたと。あんな地味で目立たない娘をそうも熱心に観察していた理由は何だ？　ただの好奇心だけで何年も見続け、あげくに婚約までするか？」

「…………」

殿下は大きく息を吐き、私の肩を叩《たた》いた。

「ひとつひとつを考えれば、わかるだろう。あとは素直に認めるだけだ。わかったら、明日《あす》でもいいからちゃんと彼女と話をするんだぞ」

私はもう何も言えなかった。頭が混乱し、言葉が見つからない。表情をとりつくろうこともできず、ただ馬鹿のようにうろたえるばかりだった。

そんな……私が、そんな……？

そうだったのか？

いや、まさか。そんなまさか。

まさかと思い、なぜ否定せねばならないのかとも思う。それで何か問題か？　いや問題とかそういう話でもなくて。だから――ああもう、何を考えているのかわけがわからない。

「まあ、なぜ相手がアレだったのかとは思うがな。お前を射止めるどんな魅力が彼女にあったのか、そこは大いに不思議だ。これといって目を引く特徴もなく、私は顔を覚えるのにも苦労したがなあ」

それは表面的な話だ。彼女の内面はけっして平凡でも地味でもなく、興味を引いて当然のものだ。

――と、とっさに内心で反論せずにいられない自分にも気づき、私はまた混乱するのだった。

そうなのか……？　私は、本当に……？

認めたくないわけではない。だがあまりに衝撃的すぎて、気持ちがついていけなかった。

その夜は動揺がおさまらず、あってはならないことに職務に集中できなかった。殿下の御身になにごとも起きなかったのがまったくもって幸いだ。

そして私は、眠れぬ夜を過ごした。まるで、十代の少年のように。

これが私の、あまりに遅すぎる春のはじまりだった。

4

——最近、シメオン様がおかしい。


「お嬢様、今日《きょう》も届きましたよ」

小間使いのナタリーが、一輪の薔薇《ばら》をたずさえてやってきた。

「伝言や手紙などはあって？」

「いえ……ございません」

「そう。いいわ、ありがとう」

わたしは薔薇を受け取り、保護に巻かれている紙から出して花瓶に放り込んだ。そこには同じ真紅の薔薇が何本も生けられている。まだ蕾《つぼみ》に近いものから完全に開ききってしまっているものまで、状態はさまざまだ。

「……これはもうだめかしら」

わたしは見頃《みごろ》を過ぎ、形が崩れるほど開ききった花にふれた。その刺激で花びらが数枚、ほろりと落ちた。

「お水も変えた方がよろしいですね。整えてまいります」

ナタリーが花瓶ごと抱えて持ち出していく。それを見送り、わたしはため息をついた。

何日シメオン様のお顔を見ていないだろう？　あの夜会からずっと、お誘いもなければ会いにも来てくださらない。手紙すら来ない。代わりに毎日、薔薇が届く。

お仕事が忙しくて時間を取れないのかしら？　でもそれなら、何か伝言くらいあってもよさそうなものよね。シメオン様は律儀な方だから、何も言わずに放置するとは思えない。

……やっぱり、愛想尽かされちゃったのかしら。

心当たりを考えると、胸がずしりと重くなった。

ブラシェール公爵邸で夜会が開かれた日、シメオン様がお仕事なことを知っていたわたしは、何も言わず一人で出かけた。会場でお姿を見かけても、あちらはセヴラン殿下のお供をしていらっしゃるのだからと、お邪魔にならないよう離れていた。

婚約者が王太子殿下の信任厚い近衛《このえ》騎士となれば、そういうことは今後もいくらでもあるだろう。わたしは大したことと思わず、久々に一人で情報収集に励むつもりだった。

でも、それがいけなかったようだ。わたしを見つけてやってきたシメオン様は、笑顔の下に不機嫌そうな気配を漂わせていた。

婚約したのに一人で遊びに出かけるなんて、慎みがないと思われてしまったのでしょうね。いつになく強引で苛立《いらだ》ったようすのシメオン様が怖くて、わたしは殿下へのご挨拶《あいさつ》もそこそこに逃げ出してしまった。

その後は話しかけることも話しかけられることもなく、離れたままで終わった。それっきり、今日までシメオン様とは会っていない。

多分、あれでひどくお怒りになったのだろう。婚約者を放り出して一人で遊び歩く放蕩《ほうとう》娘と、呆《あき》れられてしまったのだろう。

否定できないわね……たしかにちょっと、軽率だったかも。

寛大な殿方なら奥様が気ままに出歩くことにうるさく言わないけれど、昔かたぎな方や気難しい方はそう簡単に外出を許してくれない。夫婦同伴で出向く場所以外、あまり外へ出られない奥様も珍しくない。

きっとシメオン様もそういう人なのね。婚約したのだから妻と同じ扱いで、わたしの行動を監督したいのだわ。なのに無断でひょいと出かけてしまったものだから、腹を立てたのだろう。

せめて事前にお伺いを立てておけばよかった。無断というのがまずかった。己のうかつな失敗を思うと、ため息が止まらない。

あーあ……生涯最大、一度きりの幸運を逃しちゃったかしら。

まだ婚約解消を言い渡されたわけではない。でもあれからひと月近く、一度も会わず手紙ももらえないのは、すでに破談状態と思うべきではないかしら。

水を換え、見苦しくなった花を抜いてきれいな花だけになった花瓶をナタリーが戻しに来た。天鵞絨《ビロード》のようなしっとりとした花びらを持つ、情熱的な真紅の薔薇。愛情を伝えるのにもっともふさわしいとされる花だけれど、わたしにとってはまったく別の意味を持つ。

毎日何も告げずに一輪だけ届けるって、書いたわねえ。そのエピソード、ものすごーく、心当たりがあるわあ。

アニエス・ヴィヴィエの小説を読んだとシメオン様はおっしゃった。これは間違いなく、あの話を真似《まね》ているのだろう。わざわざ私に再現してみせるというのは、すべてを知っているぞという無言のメッセージに他《ほか》ならない。

あの話のヒロインは誰《だれ》からの贈り物かわからずときめきと困惑に翻弄《ほんろう》されるのだけど、シメオン様ははっきりご自分の名前を出して贈ってくる。わたしに、隠しても無駄だと姿も見せないまま追い詰めてくる。毎日薔薇を見るたびに、わたしは気持ちが重くなっていく。

「はあ……萌《も》えない」

花瓶の前で頬杖《ほおづえ》をついて、わたしは肩を落とした。不思議ね。シメオン様の鋭い追及はドキドキする喜びなはずなのに、全然楽しめない。反対の気持ちばかりが膨れていく。

もう間違いない。わたしがアニエス・ヴィヴィエであることを、シメオン様は確信していらっしゃる。きっとそれも怒らせている原因だろう。

でも証拠はないはずだ。出版社に問い合わせたって作家の個人情報は漏らさない。権力で強引に聞き出すなら、その理由を問われるはずだ。自分の婚約者かもしれないからなんて言えば、恥をさらすことになる。流行小説に不快感を持つ人なら、絶対に言いたくないだろう。

下手《へた》に騒ぎたてれば恥をかくから、わたしに自分から白状させようと仕向けているんでしょうね。

毎日ネチネチと薔薇を送りつけて、こっちが耐えきれなくなるのを待っているのだわ。傍目には毎日愛情を伝えてくれる理想的な婚約者と見せながら、わたしをじりじりと崖《がけ》っぷちへ追い込んでいく。

さすがの鬼副長っぷりに感心するけれど、問題が問題だけに萌えてはいられない。

うーん、もう降参しちゃおうかなあ。もともと釣り合わない話だったのよね。なんの奇跡か間違いか婚約まではできたけれど、そのまま結婚にこぎつけられると思うのが厚かましかった。

シメオン様がわたしを見限ったのなら、悪あがきをしても意味がない。このましらをきり続けても、そのうち何かしら理由をつけて破談にされるだろう。夜会の件だけでも、婚約解消の十分な理由になるのだから。

今はっきり言ってこないのは、きっとシメオン様の最後の優しさだわ。向こうから破談を言い渡されれば、わたしに問題があったからだと世間に知れ渡り、大恥をかく。だから上手《うま》い言い訳を考えて自分から辞退しろということだろう。

せっかくの配慮だ。とってもとっても残念だけれど、あきらめよう。今ほどそばにいられなくても、遠くからでもお姿をかいま見ることはできる。それでいいじゃない。短い間でもたくさん素敵な思い出をいただいた。特に騎士団本部へお邪魔した時のアレ！　夢にまで見た鞭《むち》装備のシメオン様！　あれはよかった……物柔らかな中に危険な匂《にお》いをひそませた、鬼畜要素ありの腹黒美形！　眼福とはまさにあのことよ、ごちそうさまでした！

目を閉じて至福の光景を思い出し、うっとりと浸る。うん、この思い出だけで一本書ける。それで十分だわ。いい夢を見させてもらったと思いましょう。きっとお父様たちも納得してくれる。みんな、うちには無理な縁談だと思っていたのだもの。

チリチリと胸を刺す痛みに蓋《ふた》をして、わたしは便箋《びんせん》を取り出した。夜会以来シメオン様が怖くて、こちらから連絡するのもためらっていた。でも、もう腹を括《くく》った。ペンを走らせ、シメオン様への手紙を書き綴《つづ》る。

わたしのいたらなさで失望させ、申し訳ありませんでした、と。身の程をわきまえて、婚約の話は辞退させていただきます……作家活動のことは書かないけどね。証拠を押さえられない限り、こちらからは絶対に言わないわよ。でもわたしが観念したことは伝わり、シメオン様を満足させるだろう。

気をつけて言葉を選び、何度も読み返して修正を加え、清書した手紙をしっかり封して使用人に託す。フロベール家へ届けるよう頼み、出て行くのを見届けると、なんだかどっと気が抜けてしまった。

あーあ……終わったわね……。

しばらくはまた噂《うわさ》されるだろう。行く先々で笑い者にされ、オレリア様たちはここぞと勝ち誇って嫌味を言いにくるだろう。それはそれで参考になるからどんと来いなんだけど、妙に力が出ない。わたしとシメオン様の差を考えれば、婚約は夢か幻を見ていたようなもの。目が覚めて現実に戻っただけなのに、思いの外がっくりきているようだ。

だめだめ、いつまでも落ち込んでいないで、切り替えないと。

わたしは手早く身支度して家を出た。ナタリーは連れず、馬車も用意させずに徒歩で行く。少し歩けば車通りに出られるから、流しの辻《つじ》馬車を拾えるだろう。

貴族の女性、しかも未婚の娘として、こんな外出の仕方はあってはならないことだ。それこそ放蕩者と後ろ指をさされる。でも、うちの家族や使用人は気にしない。

わたしが庶民のような服装で一人歩きをしていたら、まず間違いなく誰も注目しないからね。どこかの家の使用人がお遣いに出ているとでも思われるだろう。街まで行けば、周りは同じような人ばかり。完全にまぎれてしまって家族ですらわたしを見つけ出せなくなる。

今の私はどこから見ても中産階級の娘だ。飾り気の少ない淡いクリーム色のドレスに同色の帽子《ボネ》をかぶり、短い編み上げ靴で颯爽《さっそう》と石畳を闊歩《かっぽ》する。社交界へ出る時と違って、大股《おおまた》でズカズカ歩いちゃう。シャルダン広場でショコラのクレープと焼き栗《ぐり》を買って、ラトゥール川沿いの散歩道を歩こう。市場まで足を延ばしてもいいし、商社や新聞社が並ぶ商業街を見にいくのもいい。貴族の社交界に出入りするばかりでは見られない、市井の雰囲気や人々を見てこよう。ついでに出版社に寄って、次回作の打ち合わせをしてきてもいいかもね。

今までどおり小説中心の生活に戻れば、婚約もシメオン様も忘れられる。元どおりのわたしに戻るのだ。

開き直って明るいことを考えると、少しだけ気持ちが軽くなった。わたしはちょうど走ってきた辻馬車を呼び止めて、秋も深まる街へくり出した。

街を見物しながら買い物を楽しみ、そろそろ帰ろうかという頃《ころ》だった。

「失礼ですが、クララック家の令嬢でいらっしゃいますね？」

近付いてきた女性が呼び止めたので、わたしは驚いてしまった。

身なりは悪くない。上流の家の使用人という雰囲気の、二十代くらいの女性だ。

「あの……？」

「驚かせてしまって申し訳ありません。わたしはフロベール家の……シメオン様の遣いの者です」

どきりと胸が音を立てた。シメオン様から遣いが？　なぜ？　あの手紙を読んだから？

さっそく婚約解消に向けて話し合おうということだろうか。にしても、なぜこんな場所で呼び止められるのだろう。わたしがここにいると、シメオン様はもとよりこの人だって知らなかっただろうに。

「実はシメオン様がこの近くにいらっしゃいまして。偶然お嬢様をお見かけして、お連れするようにとわたしに命じられたのです。馬車でお待ちですので、ご足労いただけませんでしょうか」

なんと。この大都会の中で、それも貴族街ではなく市中で、たまたま行き合うなんて。

たいへんな偶然、というより運命？　やっぱりわたしとシメオン様は運命で結びつけられているのかしら。大勢の人の中からわたしを見つけ出してくれるなんて、愛ゆえかしら。

――なんて、物語ならときめきが盛り上がる場面よね。現実はそんな都合のいいものではないけれど。

「どちらの馬車ですか？」

周囲を見回してそれらしい馬車をさがす。あちらです、と示されたのは、あまり人通りがない道へ入る曲がり角だ。馬車の端っこがちらりと見えていた。

わたしは女性に連れられて、馬車へと歩いた。家紋も入っていない目立たない造りの馬車には、馭《ぎょ》者《しゃ》の男が一人ついているだけで、他のお供がいるようすはなかった。

「さあ、どうぞ」

扉を開けて女性がうながす。近付いて中を覗《のぞ》き込むと、案の定乗っていたのはシメオン様ではなかった。ええ、わかっていましたよ。シメオン様のお遣いなら、侍女ではなく従僕か見習い騎士のはずだものね。

どん、と背中を突き飛ばされて馬車の中に倒れ込む。外に残った足を馭者が抱え上げ、わたしを無理やり馬車に放り込んだ。起き上がるより早くさっきの女性が乗ってきて、閉めた扉の前に陣取りわたしが出られないようにする。じきに馬車はあわただしく走り出した。

「ごきげんよう、マリエル様。こんなところでお会いするとは思いませんでしたわ」

馬車の主が、侮蔑《ぶべつ》と敵意をにじませた声を出した。わたしは乱れた裾《すそ》を直し、彼女の向かいの座席に腰かけた。使用人の女は主のそばに座る。

「ごきげんよう、オレリア様。わたしも驚きました。オレリア様でも市中へ出かけたりなさるのですね」

薔薇色のドレスに身を包んだ、豪華な金髪の美女が赤い口元を吊《つ》り上げた。

「ええ、劇場へはよく行きますわ。途中の風景を窓から眺めるのも楽しいわね。まさかそれであなたを見つけるとは思わなかったけれど。今日はずいぶんと変わった装いでいらっしゃるのね？　まるで庶民のよう！　とてもよくお似合いよ。でも侍女も連れずにご自分の足で歩き回るだなんて、クララック家はずいぶんと自由な家風でいらっしゃるのねえ。格の低いお家はそんなものなのかしら。わたくしの周りではとうてい考えられない話ですわ」

ホホホホホ、と高らかにオレリア様は笑う。絵に描いたような悪役令嬢の姿を、わたしはうっとりと見つめた。

馬車の窓から街を眺めていてわたしを見つけてしまうだなんて、信じられない。このわたしを人混みの中から見分けるとは、それはもう愛でしょう。オレリア様がこんなにもわたしを愛してくださっていたなんて、感激だわ。

——うん、まあ、わかってる。きっとアレね、嫌いなものほど目につくということなのでしょう。うちのお母様もネズミが大嫌いで、驚くほど気配に鋭いものね。

それでもこの格好のわたしを見つけ出すのだからたいしたものだ。憎しみは下手な愛情より強く人を結びつけるのかも……あら、このフレーズ使えそう。手帳に書いておきたいけど今出すのはだめかしらね。

「ぼやっとしてらっしゃるけど、何かおっしゃらないの？」

つい見とれていたら、少し白けた顔でオレリア様がおっしゃった。わたしの反応が薄かったため、ご不満なようだ。

「申し訳ございません、オレリア様があんまり素敵だったもので、見とれてしまいました」

「は？　なに、それ。今さらそんなしらじらしいお世辞を言って、わたくしの歓心を買えるとでも？」

お世辞だなんて。心からの言葉なのに。伝わらなくてマリエル悲しい。

「いいえ、そういうつもりでは。単なる萌えの発露です」

「……は？」

「それで、シメオン様からの遣いと偽ってわたしをお呼びになった理由は何なのでしょう？　と申しますか、この馬車はどちらへ向かっておりますの？」

私は窓を流れる風景に目をやった。知らない街角を進んでいて、今どの辺りを走っているのかよくわからない。

カヴェニャック侯爵邸へ連れ込まれるのかしら。でも多分、貴族街方面へは向かっていないと思う。わたしが聞くべきことを聞いたので、ようやくオレリア様は満足そうにフンと笑った。

「とても楽しい場所へお連れしようと思ってね。きっとあなたも気に入ってくださるわ。期待してらして」

「ええ、展開には大いに期待しておりますが、先にひとつお伝えすべきことが」

「……なんなの」

またオレリア様の眉《まゆ》が寄る。美人はどんな表情をしてもうつくしい。

「オレリア様がわたしを不快に思われる理由は、シメオン様との婚約でしょう？　ですが実は、婚約を解消しようと思っているのです。今日シメオン様にお手紙を出したばかりです。あちらもそのおつもりでしょうから、多分すぐに決まると思いますが」

「なんですって？」

一瞬、オレリア様のお顔がきょとんとなった。あら、そんな間抜けな表情をなさると険が消えて、ずいぶん可愛《かわい》らしくなるのね。オレリア様の新しい魅力、発見。

「ですから、オレリア様がわたしを敵視なさる必要もなくなるのですけど」

「……そんなたわごとを真に受けるとでも思って？　シメオン様の方から破談を言われるならわかるけれど、なぜあなたが断るのよ。ありえないでしょう」

「ええ、何もなくお断りするつもりはありませんでした。いろいろ、問題が発生しまして。シメオン様はわたしの世間体を考えて、ご自分から破談を言い出すのではなく、わたしから辞退するという形にさせてくださったのです。きっと数日中には婚約解消が発表されることになると存じます」

「………………」

オレリア様はうさんくさそうに、わたしを見つめた。すぐには信じられず疑っているようだ。嘘《うそ》もごまかしもないので、わたしは動じることなく緑の瞳《ひとみ》を見返す。しばらく馬車の中は重い沈黙に包まれた。やがてオレリア様はまだ疑わしげに目をすがめながら言った。

「その話が本当なら素晴らしいことね。シメオン様ほどのお方が、あなたのようなつまらない人に人生を無駄にされるなど、耐えがたいことですもの。でも、事実かどうかは疑わしいわね。この場を逃れる方便ではなくて？」

「逃れなくてはならない場面なのですか？」

ああ、どうしよう。ゾクゾクする。悪口やたわいのない嫌がらせとは違う、もっと強引な手段に出てくるなんて。まるで物語のような展開だわ。もっとも物語のヒロインには救いにきてくれるヒーローがいるけれど、わたしは自力でなんとかしなければならない。萌えてばかりいないで、状況は冷静に把握しておかないと。

「あら、いいえ。そうね、楽しいことと言ったのよね。ふふ、余裕ぶってみせているけれど、いつまでそんな虚勢が続くかしら」

ああ、獲物をいたぶる愉悦に歪《ゆが》んだ顔がいい！　それでこそ悪の華！　美しく迫力のあるオレリア様だからこそさまになる。わたしが真似をしてもこうはいかない。

ハァハァする内心を隠し、しおらしく黙っていると、やがて馬車が停《と》まった。どこかの建物の前だった。

「こちらは？」

そろそろ暗くなってきた時間なのに、ずいぶんとにぎやかだ。表の繁華街とはまた異なる雰囲気のここは、もしや歓楽街というものではないだろうか。

そこはかとなくいかがわしい雰囲気の店が並んでいる。通りを歩く姿は圧倒的に男性が多い。ちらほら見かける女性は素人《しろうと》ではなさそうだ。

「食事をしたり音楽を聴いたりして遊ぶお店よ。さ、お降りになって」

侍女が扉を開くと、すでに馭者が待機していた。強引に引きずり出されたわたしのあとから、オレリア様が降りてくる。

「これは、もしかして……憧《あこが》れの娼館《しょうかん》というものですか!?」

「憧れ？」

はっ、いけない。興奮のあまりつい本音がこぼれてしまった。

「いえ、ですから殿方たちの憧れの」

あわててごまかす。これまで入るどころか近寄ることもできなかった禁断の園を前にして、うっかり暴走しそうな自分を懸命に抑えた。

「ふふ、大丈夫よ。ここはプティボンでいちばん格式の高い店だから。顧客には貴族の男性も多いのよ」

プティボン……おお、その名は間違いなくサン＝テール市最大の歓楽街。そこでいちばんの店というと、『トゥラントゥール』!?　王族すらひそかに訪れるという、あの!?　セヴラン殿下もいらっしゃるのかしら!?

「わたし、ここで働くんですか!?」

「はあ？」

話でしか聞いたことのなかった場所に興奮を抑えきれず、つい叫んでしまったら、オレリア様はおもいっきり眉を上げて馬鹿《ばか》にした顔になった。

「働きたいなら店に頼んで差し上げるけど……あなたでは客がつくかしらねえ」

ああ、そうですね。一流の美女を取り揃《そろ》えたお店に、わたしなんかが並べるはずありませんでした。

いえ、がっかりしているわけじゃないわよ？　娼館に売り飛ばされるなんて物語じゃないんだから、我が身に起きてほしくはない事態だ。興奮はしても現状はちゃんと認識している。オレリア様にその気がないようで一安心だ。ええ、がっかりなんかしていませんとも。

どれだけ素晴らしいネタを仕入れても、無事に帰宅しないと小説にはできないのだから、売り飛ばされるのは困る。

でも、それなら何をするつもりでわたしをここへ連れてきたのだろう。

話をしている間にまた馬車がやってきて、わたしたちの近くに停まった。降りてきたのは見覚えのある顔だった。

「こんばんは、ジャコブ。急に呼び出してごめんなさいね」

若い男性にオレリア様が甘い声で語りかける。やはりモレ男爵家の若君、ジャコブ様だった。オレリア様の熱烈な信奉者と聞いている。本人は愛する人に尽くす自分に陶酔しているけれど、都合のいい使い走りにされているだけだと陰で笑われている人だ。

さり気なく噂を聞き集める中で、時々耳にする話だった。オレリア様とその取り巻きたちは、悪口ネタの常連である。ご本人も悪口がお好きだけれど、周りからも同じように言われているとご存じかしら。

「オレリア様、ああ、僕の金の薔薇！　あなたがお呼びならたとえ地の果てへでも駆け参じましょう。この愚かな愛の下僕に、今宵《こよい》は何をお命じになるのです？　なんでもおっしゃってください」

ジャコブ様は熱に浮かされた目で、芝居がかった台詞《せりふ》を口にした。本当、陶酔しきってるわね。

「ありがとう。この子をね、そこの店に連れていってあげてほしいの。普通の女性が見ることのできない場所を、見学させてやって」

ジャコブ様の視線がオレリア様からわたしに移る。とたんに目から熱が消え、石ころでも見下ろすかのような冷やかさになった。

「誰です、このみすぼらしい女は。あなたのおそばに置くには、まったくふさわしくない。小間使いといえども、もう少しあなたにふさわしい者を選ばれるべきでしょう」

「まあ、おほほ。違うわよ。こちらはクララック家の令嬢、マリエル様なの。市井のようすを学びたいと、わざわざこんなお姿になって出ていらしたのよ」

馬鹿にするつもりで言ったのだろうオレリア様の言葉は、限りなく真実に近かった。

「クララック……ああ、あの」

ジャコブ様の目がますます冷たくなる。彼にとってわたしは、オレリア様の眼前を汚すゴミみたいなものだろう。

「せっかくだから社会見学の機会を増やしてさしあげようと思ってね。わたくしではあの店には入れないから、あなたが連れていってあげてくださらないかしら。食事をして、数時間ほど滞在してくるだけでいいわ。個室ではなく他の客と一緒にね」

……つまり、オレリア様の狙《ねら》いは、わたしを娼館に連れ込ませ、そしてそれを他の客（貴族もいる）に目撃させ、悪い噂の元にしようということか。

貴族の娘が娼館に出入りしていたなんて、たいへんな醜聞だ。ただの噂でなく事実として目撃されていたならば、もう二度と社交界に顔を出せないほどの事態になる。婚約だって即破棄される。わたしの話を疑っていたオレリア様は、たとえ嘘でも本当になるようこの策を考えたのか。

いえ、それ以前からよね。ジャコブ様を呼びに行かせたのなら、わたしを捕獲する前だ。たまたま街でわたしを見かけて即座に作戦を立て、素早く手を打つなんて……素晴らしい！　まさに悪役の鑑！

って、萌えてる場合じゃないのだけれど。うん、店に連れ込んで周りに目撃させるだけって、ちょっと肩すかしな気分もある。それだけ？　って言いそうになった。めいっぱい悪辣《あくらつ》になったつもりでもその程度って、やっぱり育ちのいいお嬢様なのね。わたしもお嬢様のはずだけど、もっと悪辣な場面をいくらでも思いついてしまうのはなぜかしら。きっと物語の読みすぎね。

想像したほどひどいことをされるわけではないらしい。いちおう安心していいのだろうか。でもオレリア様の作戦だって、十分に困る内容だった。

娼館の中は見たい。でも好奇心より我が身の安全を優先しないと。

逃げることはできるだろうか。わたしはそっと周囲を見回した。すると、こちらへ近付いてくる集団が目に入った。

庶民の男たちだ。すでにお酒が入っているのか、大きな声で笑ったり怒鳴ったりしながらやってくる。

彼らはすぐにこちらに気付いて注目してきた。そうでしょうね、いくら格式の高い店とはいえ、娼館の前で立ち話をしている派手な男女が目を引かないはずがない。

「こりゃあ、どちらのお姫様で？　たいした別嬪《べっぴん》さんじゃねえか」

「さすが天下のトゥラントゥール、表で客引きするような女でもこの美貌《びぼう》か」

「そんな坊ちゃんより俺《おれ》の相手をしてくれよ。いい客になってやるぜ」

からまれたのは当然オレリア様だった。ついでで侍女もちょっかいを出されていたが、男たちの意識がわたしに向けられることはなかった。

「なっ、何よお前たちは！　けがらわしい、さわらないで！」

オレリア様が悲鳴を上げて身をよじり、無遠慮にさわってくる男の手から逃れる。その前にジャコブ様が立ってかばった。

「さがれ、下賤《げせん》の輩《やから》が！　このお方は貴様らごときがふれてよい存在ではない！」

実に立派な、毅然《きぜん》としたお姿だった。物語のヒーローのように、きりりとした顔でオレリア様を守ろうとしたけれど。

「うっせーよ」

無情なひと言と腕のひと振りで、あっけなくジャコブ様は吹っ飛ばされてしまった。石畳に叩《たた》きつけられ、その場でうめいて立ち上がれなくなる。

ああ……現実のかなしいこと。愛と勇気だけでは解決しないのね。

お嬢様を助けようとした馭者も殴られてへたり込んでしまい、オレリア様たちが甲高い悲鳴を上げた。男たちに抱き寄せられ、無理やり引きずって行かれそうになる。

「いやぁ！　やめて！　もうっ、なんでこんなことになるのよ!?」

なんでって、そりゃあこんな時間にこんな場所へ来たら、こうなるに決まっている。

貴族でなくても若い女の子は歓楽街になど踏み込むべきでない。世間の常識だ。

わたしも若い女の子に含まれるはずなのだけれど、男たちはわたしの存在にはまったく気付かなかった。馬車にくっついているから同化しちゃってよく見えないのかしらね。

「そこ！　何をしている！」

気付かれないうちに助けを呼びに行こうと思っていたら、助けの方から来てくれた。鋭い声とともに数人の男が走ってきて、オレリア様を連れ去ろうとする男たちに飛びかかった。

あら……この人たち、目立たない普通の服装だけれど、中身は軍人ね。

素人には見えないよく訓練された動きで、彼らはあっという間に酔漢を撃退した。危機を逃れたオレリア様は涙目になっていた。

「お怪我《けが》はございませんか？　カヴェニャック家のご令嬢とお見受けしますが、このような場所で何を……」

「しっ、知りません！　わたくしはただの通りすがりですわ！」

ぎょっとなってオレリア様はあとずさる。ここで身バレするとは予想外の展開だろう。わたしに仕掛けようとした策が、今自分の身に起きかけていると悟り、彼女はあわてて身を翻した。

オレリア様と侍女が馬車に飛び込み、なんとか起き上がった馭者もあたふたと戻って馬に鞭を入れる。呆気《あっけ》にとられて見送る人々を置き去りに、たちまち馬車は走り出した。

「ああっ、オレリア様！　お待ちください僕の薔薇！」

復活したジャコブ様がやはり芝居がかった叫びを上げるが、おいてけぼりをくらった姿はしまらない。周りの目に気づき、彼もそそくさと自分の馬車に向かった。が、馭者がいない。どうしたのかとさがせば、さきほどの騒ぎにすっかり怯《おび》えて物陰に隠れていた。

「なにをしている！　さっさと出せ！」

……あの馭者、若様が襲われても助けに入らず隠れていたなんて、クビかしらねえ。

そして二台の馬車が走り去り、わたし一人が残された。

オレリア様……わたしを忘れていっちゃうなんてひどい。悪役なら最後まで責任持ってくれないと。

しかたがないので、辻馬車が拾えるところまで行こうと歩き出した。ところが助けてくれた男性たちはちゃんとわたしの存在に気付いていて、すぐに止められた。

「あちらへどうぞ」

やけに丁重なしぐさでうながされる。見ればいつ来たのか、少し離れたところに馬車が一台停まっていた。

「あの？」

「ご心配なく。我々の主《あるじ》が、あなたを保護してくださいます」

一般人のふりをした軍人が、そう言ってわたしを馬車へ連れていく。今度は誰が出てくるのだろう。首をかしげながらついていったわたしは、開かれた扉の向こうの姿に目を丸くした。

「このような場所で人目につくのはよくない。早く乗れ」

少し厳しい声で命じられ、後ろからも急《せ》かされて、わたしは馬車に乗り込む。どうしようとためらっていると、座れと言われた。おっかなびっくり、向かい合って座席に腰かける。

はあ、と呆れた息がこぼされた。

「まったく、こんな場所で顔を見るとは思わなかったぞ。いったい何をしていたのか、説明してもらうからな」

黒い髪と黒い瞳。シメオン様とは趣の異なる、精悍《せいかん》な美貌を誇る青年がわたしをにらむ。驚きのあまりわたしはつい言い返してしまった。

「こちらこそ、街でお会いするとは思いませんでした。殿下がこのような場所に出向かれるとは、やはり、お目当てはトゥラントゥールですか⁉　王族すら通うという噂は本当だったのですね！　それで、なじみの妓女《ぎじょ》はどなたで⁉」

「最初の言葉がそれか！　目を輝かせて何を聞いてくる⁉」

即座につっこんでくるセヴラン殿下もまた、普段とはまったく異なる身なりをしていらした。

さすがに一般人とまではいかずとも、中流貴族くらいの地味な装いだ。お忍びで出ていらしたのだということが一目でわかった。でも殿下、わたしもつっこんでいいですか？　いくら身なりを変えたところで、美貌と威厳が自己主張激しすぎてまったく無意味です。

遠目にならなら目立たない、という程度の効果しか見込めそうになかった。

「申し訳ございません、つい好奇心が暴走しました」

「……正直すぎるが、まあよい」

あわてて謝ると、セヴラン殿下もコホンと咳払《せきばら》いをして表情を戻した。

「のんびりしている時間もないので、詳しい話はのちほど聞かせてもらう。このまま、だまってついてこい。途中でよけいなことをしゃべったり、勝手な行動をせず静かにしているように」

「はい」

王太子殿下のお言葉に逆らえるはずがない。わたしはしおらしくうなずき、その後は置物のように静かにしていた。馬車は少し動いただけですぐにまた停まった。殿下にうながされて降りれば、トゥラントゥールの正面玄関前だった。

おお……憧れの花園が目の前に。中からきれいな楽の音が漏れ聞こえてくる。いい香りもする。貴族の館《やかた》のように豪華な入り口付近に、雰囲気を壊す不粋な喧騒《けんそう》や人混みはなかった。執事よろしく上品な男性が出迎えてくれる。

「入り口で何を感動しとる。早くこい」

先を歩いていた殿下が振り返り、わたしを呼んだ。入っていいんですね!? いいんですね!? ではいざ、禁断の花園へ!

大理石の廊下に敷かれた赤い絨毯《じゅうたん》へそっと踏み込めば、足音が吸い込まれる。わたしはどきどきしながら殿下のうしろを歩いた。きれいなお姉さんたちはどこ!?

誰にも出くわさないまま、わたしたちは進む。入ってすぐのところに扉が並んでいて、案内人は右の扉を開いた。左から音楽や笑い声が漏れ聞こえてくるのに反し、こちらは静かだ。誰もいない廊下を歩き、階段をいくつか上り、館の三階に着いた。

「こちらでございます。お連れ様は、先にご到着されています」

奥まった一室の前で案内人が言う。この状況、隠れた逢《あ》い引きですか!? 市井にはそういう場を提供する宿もあると聞くけれど、トゥラントゥールほどの店がそんなことに使われるとは驚きだ。だってここには、美しく魅力あふれる妓女が山ほどいる。わざわざそんな場所を使ったら、男性の目が他へ移りまくっちゃうのではないだろうか。

次々襲い来る感動と驚きの波に翻弄されながら、わたしは殿下に続いて室内へ入った。想像どおり豪奢《ごうしゃ》な内装だった。きらめくシャンデリアの下の長椅子《ながいす》から立ち上がった人が、殿下におじぎする。

「お待たせしたかな。途中で少々拾い物をしていてな、申し訳ない」

「いいえ、さほどでも。約束の時間より早いですよ。拾い物というのは、そちらで？　ずいぶん可愛らしいものが落ちていたのですな」

冗談めかして答えた人の目がわたしに向かう。渋い落ち着きのある整った顔には見覚えがあった。

「こんばんは、マリエル嬢。お互い意外な場所での再会となりましたね」

「ごきげんよう、ファン・レール大使。あなたが殿下の『お連れ様』だったのですね」

部屋の中で殿下を待っていたのは、フィッセルの新任大使だった。なんと、きれいなお姉さんではなく渋いおじさまとの逢瀬《おうせ》だった！　これは予想外の展開！　でもアリかもしれない。美青年と美中年の組み合わせもある種の王道よね！

たしかにこれなら、他へ目移りする心配は必要ない。美しかろうがどうしようが、女性である時点で対象外ならば。

「……なにか、誤解されているような気がするが」

殿下がいやそうなお顔でわたしをにらんだ。あら、表情に出ていましたか？

「人目につかぬよう、内密の会談をするのにこういう場所を使うこともある。それだけだ。それぞれ関係のない客のふりをして出入りすればよいし、この店は客の秘密を絶対に漏らさないので信用できるのだ。言うまでもないことだが、ここで見聞きしたことは口外無用だぞ。家族にも言うな。ぺらぺらとしゃべれば、そなたの首ひとつでは済まずクララック家の存亡に関わると思え」

「もちろんです、誰にも言いません。黙っておふたりを見守ります」

「いやだから、会談だからな⁉　政治の話だからな⁉」

わたしがきっぱりと約束しているのに、なぜか殿下は不安そうなお顔だった。そんなにわたしは信用できないだろうか。さすがにこれは小説のネタにもできないと、わきまえる分別くらいはあるのに。

「……だが先に、まずそなたの話を聞かせてもらおう。なぜそのようななりで、このような場所にいた？　一緒にいたのはオレリア・カヴェニャックと、もう一人はジャコブ・モレだったな？　彼女たちと何をしていた」

猫の子のようにわたしをつまんで椅子に押しやり、ご自身も腰を下ろしながら殿下が尋ねてきた。外国の大使と同席しながらという妙な状況で、わたしは事のいきさつを説明した。

オレリア様が気に入らない相手に嫌がらせをすることは社交界ではよく知られている話なので、殿下もさほど驚かなかった。やることがいささか悪質すぎると呆れてはいたが、わたしが一人歩きしていたことにも呆れていたので、五十歩百歩といったところだろう。ファン・レール大使は口を挟まず、面白そうな顔で聞いていた。

「まったく……おとなしすぎるほどおとなしい、地味で特徴のない娘と思っていたのに、今日は驚かされっぱなしだ。そなたからの手紙でシメオンは真《ま》っ青《さお》になっていたぞ」

「手紙のことをご存じで？」

「そなたから連絡があればすぐ知らせるようにと家人に言いつけていたらしい。フロベール家から王宮へ届けられた。おかげで今日はシメオンを連れてくることができなかった。動揺して机の角に手と足を同時にぶつけ、さらにあわてて眼鏡《めがね》を落とすような状態では、いても役に立たんからな。さっさと行ってこいと放り出したのだが……そなたがここにいるということは、行き違ったのだな」

「はい。手紙を出してすぐに出かけましたので」

殿下は疲れたようすで深々と息を吐き出した。椅子に肘《ひじ》をついて、こめかみを押さえる。そのお姿が妙になまめかしく見えて、ちょっと萌えてしまった。

「なぜ、婚約解消などと言い出した」

あら、とわたしは首をかしげた。

「それもご存じですか」

「シメオンのようすがただごとではなかったのでな。何が書いてあるのかと問い質《ただ》した。あの男の何が不満だ？　……いや、欠点がないとは言わん。切れ者だの策士だの言われているが、じっさいのところは融通の利かないくそ真面目《まじめ》な男だ。意外とボケているところもあるし、見た目ほど格好のよい男ではないが」

殿下のお言葉に、わたしはうんうんとうなずいた。そう、シメオン様はとっても真面目な方。婚約して以来なんとなく感じていたことを、団長様や部下の人たちからも話を聞いて確信した。騎士団内では、シメオン様は生真面目な方で知られていた。

頭脳派なのは事実で、智略で活躍する場面もある。でも普段のシメオン様は真面目に職務に励み、誰に対しても公正で、厳しい中にも思いやりを持ち、部下たちから慕われている人だった。みんな鬼副長に愚痴を言いながらも、顔は笑っていた。

わたしが抱いていた人物像と現実の間にはくい違いがあった。鬼畜腹黒参謀ではなくて、がっかりしてもいいところなのに、不思議とそういう気持ちにはならない。むしろ新たな魅力だと思えた。見た目と中身の違い……ギャップ萌えというものかしら。

そういう人だからいきなり婚約解消を突きつけるのではなく、わたしから辞退できるよう配慮してくれたのだろう。その割に無言で追い詰めてきたりもしたのが、やっぱりちょっと腹黒かなとは思うけど。

「だが、頼りがいはあると思うぞ。浮気の心配もない。あいつにそんな器用さはない。結婚すれば妻一人に操を立てて、けっして他の女とは付き合わぬだろう。融通が利かぬとは言っても横暴なわけではないから、悪い夫にはならぬはずだ。自分勝手に妻を抑圧することはない。よほどに羽目を外したりせぬかぎりは、ある程度自由にさせる度量くらいある」

いろいろと言葉を並べて、殿下はしきりにシメオン様を弁護する。聞いていてわたしは不思議に思った。なぜそうもシメオン様の方ばかりをかばうのだろう。

「お言葉はいちいちごもっともと存じます。わたしはけっして、シメオン様に不満など感じておりません」

「では何が問題なのだ⁉　嫁姑《よめしゅうとめ》問題か⁉　フロベール伯爵夫妻は反対などしていないぞ。細かいことはさておき、息子が結婚する気になってくれたことを大喜びしているぞ」

殿下はシメオン様側に問題があると思い込んでいるようだ。ということは、シメオン様から何も聞いていないのだろうか。問題はわたしの方にあるのに。

どう説明しようかと考える。ファン・レール大使の方もちらりと見た。無関係な人の前で、あまり恥ずかしい話はしたくないのだけれど。

わたしは作家活動については知らんふりをして、夜会に一人で出かけたことでシメオン様を怒らせたと話した。婚約者のいる身でふらふら遊びに行くような慎みのない娘では妻にできないと思われたのだろう。あれ以来一度も顔を見せず、はっきり言ってはこないものの遠回しに責められている。世間体を考えて、こちらから辞退するようにという彼の意図を汲《く》み取り、婚約解消を申し出た――

話すうちに殿下はどんどんと呆れたお顔になっていった。お気持ちはわかるけれど、そんなにあからさまに軽蔑《けいべつ》しなくてもいいじゃない。ちょっと失敗しちゃったけれど、いちおう婚約者にふられた傷心の令嬢よ。

反対にファン・レール大使の方は、何がおかしいのか肩をふるわせて笑いをこらえていた。わたしから顔をそむけ、椅子の肘掛けをつかんでぷるぷるしている。こちらもひどくない？　笑い上戸なのだろうか。でも婚約解消の何がそうまでウケたのだろう。

「何も言う気になれんな……」

しばらくして殿下がため息混じりにおっしゃった。なにか、ものすごく疲れたお顔だった。

「あれから会っていないと？　一度もか？」

「はい」

「手紙などは……」

「手紙も伝言もいただいておりません。お言葉以外のものなら毎日届けられましたが、つまりそれがわたしに辞退をうながす合図のようなもので」

「なんだ、それは」

よくわからないというお顔の殿下に、今度は答えられなかった。薔薇がなぜそういう意味になるのかと聞かれれば、秘密をすべて話さなければならなくなる。いずれシメオン様からお聞きになるかもしれないが、わたしみずから認めてしまうわけにはいかない。

なんとなく室内に沈黙が落ちた時、扉が外から叩かれた。殿下の護衛が入ってくる。知らない顔だけれどきっと彼らは近衛騎士なのでしょうね。

「殿下、副長が到着しました」

「すぐにこちらへ通せ」

「はっ」

きびきびと騎士が出ていく。すぐにまた扉が開いて、シメオン様が姿を現した。

「…………」

眼鏡の奥のきれいな目が、まっすぐにわたしを見据える。よほどに急いで来たのだろうか、いつもきちんとしている髪や服装が少し崩れていた。婚約解消が済まないうちからまたわたしが問題行動を起こして、主君や外国の大使の前でたいへんな恥をかかされ、怒り心頭だろう。すぐには言葉が出てこないようすで、ただだまってわたしを見つめていた。

コホン、と咳払いがわたしたちの間に割って入った。

「向こうの部屋を使わせてやる。ふたりで話し合ってこい」

続き部屋につながる扉を殿下が示す。そこでようやく殿下の存在に気付いたという顔でシメオン様は目を向け、頭を下げた。

「申し訳ございません、お言葉に甘えて失礼させていただきます」

「ああ。しっかり話し合って、誤解をといてこい」

――誤解？

殿下に急かされて、わたしも立ち上がる。シメオン様に背中を押され、わたしは殿下と大使に軽くおじぎして隣の部屋へ向かった。

しかし入るなりシメオン様がぴたりと足を止めた。驚いた顔で部屋の中心を見ている。そこには三人くらい余裕で寝られそうな、天蓋《てんがい》つきの立派な寝台が鎮座していた。

――おお、こちらは本番用の部屋でしたか！

あっちの部屋で酒食を楽しんだあと、こちらへ移ってアレやコレを楽しむというわけですね！　大きな照明はなく小さめのランプがいくつか置かれ、薄暗い空間を妖《あや》しげに盛り上げている。天蓋から垂れる帳《とばり》は上品でありながらなまめかしい紫色。この寝台でたっぷりと愛を語り合ったあと、腕に抱いた妓女からおねだりされちゃったりとかするのかなっ。

「……なにをしているんです」

シメオン様の声に我に返った。いけない、つい夢中で布団の手ざわりや帳の模様をたしかめてしまっていた。あ、枕《まくら》がいい香り。

「ドキドキしますね。シメオン様はこのお店によく来られるんですか？」

「し、仕事です、仕事！　殿下のお供で来るだけで、けっしてそういう目的では！」

「トゥラントゥールの『花』で今もっとも位が高いのはオルガ、イザベル、クロエの三人ですよね。シメオン様はお会いになったことありますか？　どなたがいちばん好みで？」

「なぜそんなに詳しいのですか!?」

なぜでしょうね。オルガが栗毛、イザベルが赤毛、クロエは金髪だなんてことも知っていますよ。現地に来たのはこれがはじめてだけれど、噂だけはたくさん仕入れていた。かなうことなら一目でも姿を拝みたいものだ。

シメオン様は前髪をかき上げ、はあ、と息を吐いて眼鏡を直した。

「……何から話せばよいのか……どうしてこんな場所で保護されているのかも非常に不可解なのですが」

「それは話すと長くもない事情が。のちほど殿下からお聞きくださいませ」

同じ説明を何度もくり返すのが面倒でそう答えると、眉をひそめながらもシメオン様はうなずいた。

「そうですね、今いちばん重要なのはそこではない。私が何より聞きたいのは……なぜ婚約解消など と言い出されたのか、その理由です」

じっとりとこちらをにらんでくる目に、わたしは首をかしげた。なぜって？　それをあなたが聞きますか？

「私に、耐えがたいほどの不満がありましたか？　女性の気持ちはよくわからない。知らぬ間にあなたを傷つけるようなことをしていたのなら、教えてください。改善に務めますので」

――はいぃ？

ますますわけがわからなくて、わたしの首は傾きっぱなしだ。どういうことだろう、話がちっともつながらない。

こちらこそ、シメオン様に愛想を尽かされたのだと思っていたのに。シメオン様は自分が愛想を尽かされたと思ってらっしゃるの？　なぜそうなるのかしら。さっぱりわからない。

「あのぅ……婚約解消を望んでいらっしゃるのは、シメオン様の方ではありませんの？」

「私が？　なぜ？」

眼鏡の奥の目が大きく開かれ、眉がぐぐっと上がる。そんな顔をなさってもやっぱり美しくて、そして凛々《りり》しい彼にあらためて見惚《みほ》れつつ、わたしは言った。

「もう隠してもしかたがないので白状しますが……わたしの秘密を、ご存じでしょう？」

「秘密……小説のことですか？」

ずばりと答えが返ってくる。わたしはうなずいた。

「アニエス・ヴィヴィエの名で出版していることですね？　ええ、あれは間違いなくあなただろうと確信しておりますが」

「どうしてわかっちゃったんでしょうね……ええ、そうです。わたしがアニエス・ヴィヴィエです。貴族の娘が流行小説を書いて売っているなんて、さぞ軽蔑なさったでしょうね」

「え？」

「そこへもってきて、婚約者のいる身なのに一人で遊びに出かけるなんて、慎みのない軽薄な女と思われたのでしょう？　だからあの時、あんなに怒ってらしたのですよね。申し訳ありませんでした。あれ以来シメオン様から一度もお誘いがなく手紙も伝言もいただけなくなって、代わりに小説のことを知っているとほのめかす薔薇が毎日届けられて、悟りました。シメオン様は婚約解消を望んでいらっしゃると。でもご自分から切り出されたのでは、わたしがどんな不貞をはたらいたのかと口さがなく噂されますから、わたしの方から辞退するよううながしてくださったのでしょう？　そうすれば、分不相応な縁談だったから当然だろうと世間も納得してくれますし」

目だけでなく口まで開いて、シメオン様はわたしを凝視する。なにか、心底驚いているようすにわたしは話しながらも首をかしげた。さっきからかしげっぱなしで元に戻らなくなりそうだ。

「……なぜ、そうなる」

シメオン様の喉《のど》から、うめき声のような言葉が漏れた。わたしにかけた言葉でなく、無意識に出てきた言葉のようだった。

額を押さえ、めまいをこらえるような顔でシメオン様は考え込む。わたしは自分の認識がもしかして間違いだったのだろうかと、彼のようすを見ていてようやく気付いた。

「違ったのですか？」

「大違いです！　なぜそうなるのですか！　……いえ、あの夜のことは、私も心が狭かったと反省しています。けっしてあなたの言うようなことを考えたのではなく、違うことで……その、勝手に拗《す》ねていただけで」

「拗ねた？」

「そ、それはもう反省しています！　あなたは何も悪くない。私の態度が悪かっただけです、申し訳ありません。一人で出かけたと言っても、あの時はそれで問題なかったでしょう。お互い事前に連絡くらいしておくべきだったとは思いますが。しかしそんなことで怒ってなどおりません」

「……そうなのですか」

あら、びっくり。シメオン様はとても寛容な方だったのね。

ではそれなら、なぜあんなに不機嫌にしていたのだろう。別の理由で拗ねていたと言ったけれど、いったいどんな理由があればシメオン様が拗ねるのかわたしにはわからなかった。

「あれ以来一度も顔を出さなかったことは、謝罪します。その……仕事が忙しかったというのもありますが、それは半分口実で……どうにも、顔を合わせづらく」

「……あの日は、お互い気まずくなりましたものね」

「そうですね……それにいろいろ、気付くことがありまして、平静な気持ちであなたと顔を合わせる自信がなく。もう少し落ち着いてからと思っていたら、なにかかえって会いづらくなってしまい」

うんうん、それはよくわかるとうなずいた。

けんかしたらさっさと謝って仲直りしちゃうべきなのよね。冷静になってからとか言って下手に時間を置くと、よけいに気まずさが増してしまう。昔ジュリエンヌとやらかした時にものすごく後悔したわ。あの時は仲直りまで二ヶ月もかかってしまい、それもお祖母様《ばあさま》の助けがあってのことだった。

あれ以来わたしたちは、けんかをしてもできるだけすぐ謝って仲直りするように心がけている。

そこまで考えて、なんとなくわかった。シメオン様はわたしとちょっと気まずくなったことを引きずって、でも縁切りまでは考えていなかったから、仲直りするために毎日薔薇を贈ってきたのか。あれは無言の脅迫ではなかったのか。

あら……すっかり誤解していたわ。

「申し訳ありません、わたし大変な思い違いをしていたようです。てっきり、小説のことを知っている、隠しても無駄だとわたしに詰め寄るため、薔薇を贈り続けていらしたのだと思っていました」

謝ると、シメオン様はとても情けなさそうなお顔になった。鬼副長のこんな顔、部下のみなさんが見たらきっと驚くわね。わたしも驚いた。迫力が消えてなんだか可愛らしいとか思っちゃったのは、内緒にしておくべきかしら？　胸がキュンとときめいたわ。

「そんなふうに思われて……あれは、単に、そういうのがお好きかと……」

「わたしが、ですか？」

「……書いていたでしょう？」

「……書きましたね」

ええ、まあ、そういう物語は書きました。やがて贈り主の正体を知ったヒロインは、ひそかに見守ってくれていた彼の想《おも》いに気づき、諸々《もろもろ》の誤解とわだかまりを越えて結ばれる――そういう展開でしたね。

え、純粋にそれを真似しただけ？　いやでも、ひそかじゃなく堂々と名前を出しての贈り物だったし、意図が変わってくると思うのが普通じゃないですか？

よもやそんなつもりで贈られていたなんて。ネチネチと追い詰める腹黒いやり口だなんて思ってしまってごめんなさい。ついでにわたしは薔薇より菫《すみれ》や鈴蘭《すずらん》の方が好きだなんてとても言えない。

「あのー……ええと」

がっくりと肩を落とすシメオン様がそれ以上口を開かなかったので、わたしは頭を整理しつつ言った。

「それはどうも、ありがとうございました。勘違いして申し訳ありません。ではシメオン様は、婚約解消を望んでいらしたわけではないと、そう解釈してよろしいのですね？」

「……ええ」

ため息をつきながらシメオン様はうなずいた。

「そんなことはまったく考えておりません」

「わたし、小説を書くのはやめられませんけど」

「かまいませんよ。たしかにおおっぴらに明かせる話ではありませんが、私個人は問題視していません。以前にも言いませんでしたか？　あなたの話は面白かったと。よほどにくだらない内容であったなら違ったでしょうが、読んで不快感を覚えることはありませんでした。むしろ心に残るものが多かった」

……おお。

寛容を通り越してシメオン様が神に思えた。わたしの活動を容認するどころか、好意的に受け取ってくれているなんて。女性による女性のための女性の物語を書いてきたのに、男性からこんなに高評価を得られるとは思ってもみなかった喜びだ。

シメオン様って、ちょっと女性寄りな内面を持っていらっしゃるのかしら？　ああ、だから殿下と並ぶとお似合いなのかも――

「マリエル？」

目の前で手を振られて我に返った。いけない、つい感動と妄想の世界に意識が飛んでいた。

「ありがとうございます！　わたし、次はシメオン様をモデルに書かせていただきますね！　お相手はやはり黒髪がいいですか⁉」

「なんの相手ですか！」

感激しながらシメオン様に詰め寄った時、背後でブーッと吹き出す声が聞こえた。一人分ではなく、何人もの笑い声だった。

「や、やだ……なにあれ、面白い」

「あの冷血騎士がかたなしじゃない。笑えるぅ」

「お前たち、控えろ」

「そうおっしゃる殿下だって、笑っていらっしゃるじゃありませんの」

「ははは、いや若い人たちはいいですな。実に微笑《ほほえ》ましい」

「微笑むどころか爆笑寸前ではないか、ファン・レール殿？」

「いえいえ、黒髪のお相手は誰がモデルなのかとか、そんなことは考えておりませんよ」

「……誤解が国境まで越えていかぬよう、そこはしっかり抗議しておかねばな」

「あらいいじゃなーい、わたしそういうのも好きよー」

「そういうのもどういうのもない！」

閉じたはずの扉が、いつの間にか細く開いていた。その向こうにうごめく人影は、ひとつやふたつではなかった。

「…………」

「…………」

わたしたちは無言で少し距離を取った。

「ずいぶんと、品のない真似をなさる。そんなに見たいのでしたらコソコソ覗いたりなさらず、こちらへ入られればよろしいでしょう。歓迎いたしますよ」

――うわぁお。

扉へ向かって声をかけるシメオン様のお顔は、それはそれは美しくもおそろしい、凄味《すごみ》のある笑顔だった。ああっ！　これぞ鬼畜腹黒参謀！　わたしの好みど真ん中！　最高に素敵ですシメオン様！

ハアハアしながら見上げるわたしに気付き、シメオン様は表情をあらためて咳払いした。そしてその場で、ひざまずいた。

え、なにごと？　と驚く私の手を取り、彼は頭《こうべ》を垂れる。

「改めてあなたに求婚します、マリエル。どうか私の妻になってください」

……わぁぁお。

さっきとは別のときめきがわき上がった。まさに物語さながらの、愛の見せ場だ。贈られた口づけにうっとりしながら、わたしはうなずいた。

「ええ、よろこんで。あなたほどに萌えられる人はいらっしゃいません。どうか末永く、あなたをそばで見つめさせてください」

「……ええ」

最後にちょっぴり反応が微妙だったように感じたのは、気のせいかしらね？

確認する暇もなく、扉から人がなだれ込んできた。

「きゃー見せつけてくれるわね！」

「シメオン様ってば、婚約者の前ではずいぶんとお可愛らしいこと」

「ほーんと、この煮ても焼いても食えない男があたふたしちゃって」

お、おお。花が。きれいな花が突進してくる。視線が白い胸元に吸いよせられる。なんて大胆に開かれた襟。豊かな谷間のまぶしいこと！　夢のようなきれいどころがわたしたちを取り囲む。

「不躾《ぶしつけ》な。遠慮というものを知らないのですか、あなた方は」

「入れと言ったのはシメオン様じゃない」

「そうよ。そんなことより、あなたがアニエス・ヴィヴィエって本当なの⁉」

赤毛のお姉さんの手がわたしの頬《ほお》をはさみ、強引に自分へ振り向かせた。なんてすべすべとやわらかな手。胸がときめくいい香り。そして谷間が。谷間が目の前に。

「あ、はい……」

なんとかうなずくと、キャーッとお姉さんたちから歓声が上がった。

「うっそー、ヴィヴィエ本人と会えるなんて！」

「わたしあなたの本全部持ってるわ！　『霧の城の恋』がいちばん好き！」

「まさかこんな可愛いお嬢ちゃんが書いていたなんてねえ。あとでサインしてくれない？」

きれいなお姉さんたちにもみくちゃにされて、いつしかシメオン様とは離れていた。向こうの方でシメオン様は、セヴラン殿下とファン・レール大使に肩を叩かれてなぐさめられていた。部屋の中、どこを見てもとびっきりの美男美女ばかりだ。なんという至福、なんという極楽。まぶしすぎて目がつぶれそう。

「あ、あなた方は……もしかしてオルガさんとイザベルさんとクロエさんですか？」

「あら、わたしたちのこと知ってるの？」

「知ってるも何も、トゥラントゥールの最高峰の花はサン＝テール中の憧れです！　わたしこそサインください！」

「貴族のお嬢様が何をおっしゃるの。こちらはただの妓女よ」

「それこそ何を！　トゥラントゥールの花はみんな、一流の教養と技能を身につけた淑女ではありませんか！　年季で縛られているわけではなく、誇りを持ってお仕事なさっている職業婦人でもあります！　お金さえ出せば買える商品なんかじゃない、何度通ってもどんなに貢いでも、気に入られなければけっして床入りはできない天女ですよ！　その中でも最高位の花なんて、もはや女神です！」

「……だから、なぜそうも詳しいのですか」

シメオン様の声が聞こえたような気がするけれど、それどころじゃない。わたしは目の前の女神様たちに夢中です。

ああ、今日はなんて素晴らしい日でしょう。オレリア様にはヒロイン気分を味わわせていただいたし、シメオン様との誤解もとけて仲直りできた。婚約は継続され、それどころか執筆を秘密にしなくてよくなった。さらにさらに、憧れの花たちと対面できるなんて！

どうか夢を見ているのではありませんように。この一夜が幻と消えてしまいませんように。

意気投合し盛り上がるわたしたちから離れて、男性陣は静かに語らっていた。

「シメオン……今さらだが、本当にアレでよいのか？」

「……はい」

「そうか。お前がよいのなら何も言うまいが……」

「いやいや、よいではありませんか。退屈しない楽しい奥方になりそうですな」

「大使、他人事《ひとごと》だと思って」

「男女の間に適度な刺激は必要です。人生は長いのですから、ゆっくり楽しんでいかれるがよろしいでしょう」

「……そうですね……」


これから二ヶ月ほど後に、アニエス・ヴィヴィエによる新作が出版された。対立関係から始まる恋と陰謀の物語はなかなかの評判を博し、トゥラントゥールの花たちにも大ウケだった。

「それはいいのですが、この、脇《わき》で妙な雰囲気を出している二人組は何なんですか」

今回もシメオン様はわたしの作品を読んでくださった。隣り合わせに腰かけながら、尋ねてくる。

「なにって、ヒーローの親友たちです」

「それはわかります。そうではなく……なぜ男同士でこのような雰囲気を」

「わたしの親友のため、ひそかな同好の士のためです。でも、何もはっきりとは書いていませんでしょう？　一般女性向けの話ですからね、これ以上は書けません。匂わす程度です」

「書けるなら書くのですか!?」

「わたしは書きませんけれど、そういう本はありますよ。ちょうどジュリエンヌから新しいのを借りたばかりで。お読みになります？」

わたしが取り上げた本を、シメオン様は頭を抱えながら断った。さすがに男性にこの手の本は無理かしらね。本気で本物の人でないとね。

「まあ……そういう要素を取り入れるだけならうるさくは言いませんが……なぜか妙に知った人物と似ている気がするのですが？」

「ホホホ、あらどなたでしょう？　黒髪と金髪ではありませんけど」

「やはり私たちなんですね!?　なぜ、よりにもよってこの二人なんです!?」

「まあ、なんのことでしょう。よくある王道の組み合わせですよ？　物語においては珍しくもない、ありふれた話です。読者も特にどなたがモデルだとか考えたりしませんとも」

「そうならよいのですがね、わかる人にはわかりますよ……まったく、絶対に！　続編は書かないでくださいよ」

渋いお顔をしながらも、シメオン様は私の腰に腕を回し、ぴたりとくっつくほどに抱き寄せた。最近やけに距離が近い。以前は隣り合わせではなく、別々の椅子に向かい合って座っていたのに。

女性が好む物語を読んで、いろいろ研究していらっしゃるのね。政略結婚と冷たく割り切らず、わたしと良好な関係を築いていこうと努力してくださるのがうれしい。わたしも頑張って、いい奥さんをめざそうと思う。旦那《だんな》様のために全力で尽くしますよ！

小説は書き続けるけどね。

意外と脇の二人に反響が大きく、編集からぜひ続編をと言われていることはどうしよう？　ジュリエンヌも喜んでいたし、わたしとしては書きたいんだけどな。

見上げれば、しかめっ面がゆるんだ。笑いかければ微笑みが返ってくる。わたしは広い肩に頭をあずけた。

またトゥラントゥールへ行って、上手なおねだりの仕方を教わってこようかな。

わたしの髪を一房すくい、口づけを落とすシメオン様にくらくらしながら、わたしは楽しい明日のための計画を考えていた。

今日も、明日《あす》も、その先も。

毎日楽しく幸せに暮らしていきましょうね？

マリエル・クララックの恋模様

1

今、ラグランジュ王国を騒がせるもっとも熱い話題といえば？

「それはもちろん、怪盗『リュタン』です！」

わたしは買い集めてきた新聞を広げる。どの紙面にも小さくはない枠を取る、庶民の英雄、貴族にとっては悪魔がいた。

少し前の婚約破棄騒動も落ち着いて、あらためて婚約者として仕切り直したわたしたちだ。今日《きょう》はふたりでおでかけの日。それなりに仲良くしていますよ。毎日楽しいです。

「見てください、どの新聞も特集記事を組んでいますよ」

シメオン様に対しては趣味を隠す必要もなくなったので、堂々と好きな話をできるのがありがたい。

目下気になっているのは盗みとペテンの天才、リュタン。ラグランジュのみならず、近隣諸国でもその名を知らない者はないと言われるほどに有名な、天下の大泥棒だ。

いちばん最近の被害は先々月の、バシュレ男爵家宝剣盗難事件だった。

「リュタンは美術商を装い、じっさいに価値のある本物を持って男爵に近付いたのですって。そうやって信用を取り付け堂々と男爵家のコレクションを品定めして、時価百万アルジェは下らないとされる宝剣を盗み出したそうです。はあ、百万アルジェ……二百冊くらい書けば稼げるかしら？」

馬車の中で記事を追いながら自分の原稿料に換算してみるわたしに、隣のシメオン様は呆《あき》れ顔だ。

「今度はコソ泥が『萌《も》え』とやらですか？　他人の財産をかすめ取るような卑劣漢の、何が面白いのです」

非難の響きを含んだ声に、わたしは顔を上げてシメオン様を見た。冷ややかなお顔が素敵！　なぜ今その手に鞭《むち》がないの！　もう常に携帯してくださいな、眼鏡《めがね》とともにシメオン様の一部として！

「いいえ、萌えは感じませんね。おっしゃるとおり、泥棒はよくないことですから。でも話題としては興味があります。そろそろまたリュタンが何かやらかすのではと、こうして新聞も特集を組むくらいですし。次は誰《だれ》が被害を受けるのか、みなさん戦々恐々でしょう？」

貴族や富豪ばかりを狙《ねら》い、毎回凝った仕掛けをするリュタンは、庶民からは人気らしい。新聞も格式の低い大衆紙になると、リュタンをほとんど称賛しているような書き方だ。たしかに怪盗という響きには、ちょっぴり心がくすぐられた。ワクワクしてしまったのは認めるわ。でも楽しめるのは架空の物語としてであって、じっさいに被害が出ているのに喝采《かっさい》を送る気にはなれない。貴族たちはいつ自分が狙われるかとピリピリしていた。

ちなみに我が家は狙われない。自信を持って断言します。盗まれるほどの宝物なんてありませんからね。屋敷だって小さいから、リュタンの視界には入らないでしょう。

うちは大丈夫なんだけど、

「シメオン様のお屋敷には、高価な美術品や宝石がたくさんあるのでしょう？　いつ狙われるかわかりませんし、気になりませんの？」

敷地面積だけでも確実に我が家の五倍はあるフロベール伯爵家が、次に狙われたとしても不思議はない。わたしはシメオン様の無関心さが不思議だった。

「無論、用心はするよう使用人たちにも言いつけてありますよ。しかしリュタンとやらに限らず、盗人の侵入に用心するのは当然の話です。昨日《きのう》今日はじまった話ではありません」

「そうですけど、リュタンは並みの泥棒とは違いますし」

「たしかに盗みの手際はよさそうですね。無駄に手口に凝る癖といい、いかに巧みに人を欺くかという点にこだわっている印象がありますから、乱暴な押し込みを働くことは考えにくい。これまでも人を傷つけたという話は聞いていません。それならば、過剰に恐れる必要はない。犯罪は許せませんが、コレクションのひとつやふたつ減ったところで暮らしが傾く家もありませんよ」

平然とおっしゃるシメオン様に、育ちのちがいを感じた。たしかに宝物はただ大切にされているだけで、生活の糧になるわけではない。あってもなくても変わらないと言えばそのとおり。

でも盗まれたらやっぱり大変な衝撃でしょうに。それを恐れなくていいと言い切ってしまえるほど、普通の人は無頓着《むとんちゃく》にはなれないだろう。

それだけシメオン様のお屋敷には宝物がゴロゴロしているということかしら。うーん、お金持ちめ。

「警察はなかなかリュタンの手がかりを得られないようですね」

格差があるのは先刻承知ながら、あまりに話が合わないので、わたしは同意も否定もせずに流した。

「これだけ続いているのに、どうして逮捕できないのかしら」

「打てる手は限られていますから。目撃情報を集めて似顔絵を作り、闇《やみ》市場に盗品が流れていないか調べる。どうしても後手に回ってしまうので、難しいのですよ」

「目撃情報といっても、リュタンは変装の名人らしくいろんな人物に化けていますからね……いっそ狙われそうなお家で張り込んだ方がいいと思いません？」

「この国に貴族がどれだけいると思うんです。中産階級の資産家も含めるとなると、警察に対処しきれる数ではありませんよ」

「では騎士団も協力すればよいではありませんか」

わたしは新聞を置いて身体ごとシメオン様に向き直った。実はこれがいちばん言いたいことだった。

「王太子殿下あたりから、ご命令とか出ていませんの？　シメオン様が指揮を執られれば、リュタンの逮捕も不可能ではないと思います」

わたしはけしてリュタンの味方ではない。これ以上被害者が増えないよう、早く逮捕されればいいと思っている。そして願わくば、シメオン様に逮捕していただきたい。

鬼副長と怪盗の対決！　それこそが萌えですよ！　まだまだわかっていませんね、怪盗単体に萌えるんじゃないの、シメオン様とからむことで俄然《がぜん》萌えるんです！

数々の盗みを成功させ、警察を出し抜いてきた怪盗を、冷徹に追い詰めるシメオン様。悪役さながらの酷薄な光を眼鏡の奥の瞳《ひとみ》に浮かべ、屈辱に歯ぎしりするリュタンを楽しげにいたぶる――妄想、いえ想像するだけで鼻血が出そうです！　ハンカチ用意して待機していますから、ぜひ実現を！

「頑張ってください！　わたしにできることなら、なんでも協力しますから！」

そしてきっと作品に活《い》かしますから！

期待を込めて見上げるわたしに、シメオン様はため息をついた。コツンと軽くおでこを叩《たた》かれる。

「小説のための取材なら危険のない場所になさい。犯罪捜査になど首を突っ込むのではありません」

「あら、シメオン様と一緒なら危険なんてありませんでしょう？」

お見通しですか。ちょっぴり首をすくめつつも、わたしは負けずに言い返した。

「犯罪の取り締まりは警察の仕事です。近衛騎士が介入するような話ではありません」

「でも警察だけでは難しいと」

「だとしても。管轄外のことにしゃしゃり出るわけにはいきません」

「王太子殿下からご命令が出れば別ではありませんの？」

「そのような命令が下るのは、王室にも関わる事件の時だけですよ。いくら殿下やたとえ国王陛下であろうとも、組織の枠を無視するようなご命令は出せませんし、出されません。越権行為の乱発は秩序の崩壊を招きます」

シメオン様の反応はつれなく、そしてくやしいことに正論でもあった。

伝統的に騎士と呼ばれていても、馬を駆って戦場を走り抜けた時代と違って、現代の職務は警察とさほど変わりない。だから協力して犯罪捜査に当たるくらい……と思ったのだけど、そう簡単にはいかないようだ。むしろ昔と違って組織の枠が厳格に決められているだけに、管轄外のことに介入するのは許されなかった。

ちぇ。わかっていましたよ。ええ、子供じゃないんだから、わたしだって社会の決まりくらい承知していますです。でも事態を憂慮された殿下か陛下が、特別にご命令を下されたりしないかなー、とちょっと期待したんですよ。

ああ、わたしの萌えが……。

「……もしリュタンが王宮の宝を狙ったら？」

往生際悪く尋ねるわたしに、シメオン様はやれやれと言いたげに答えた。

「そうなれば我々の出番ですね。コソ泥ふぜいに、王宮に侵入する度胸があればの話ですが」

あるかもしれませんよ。だって「いたずら妖精《リュタン》」だもの。わざわざ署名を残していくような自己顕示欲の強い目立ちたがり。不必要なまでに凝った演出をするのは世間を驚かせるため。多分お宝より名声をほしがっているのでしょうから、そのうち調子に乗って王室の秘宝を狙いに来るかもよ。

でも舞台が王宮じゃ、わたしは覗《のぞ》くことすらできない。そういう展開はうれしくないわね。

「もし、個人的に遭遇すれば、管轄とか関係ありませんよね？」

「はいはい、そんなことがあればね。さあほら、いつまでも言っていないで。着きましたよ」

シメオン様にうながされて窓の外を見れば、馬車は公園へ入ろうとしていた。小春日和の暖かな午後、たくさんの人が遊びに訪れている。彼らの財布を目当てに、軽食の屋台も並んでいる。にぎやかな音楽を奏でる大道芸人の姿もあった。

公園の中心には、大きな天幕が張られていた。それがわたしたちの目的地だ。

大人《おとな》から子供まで、さまざまな人が目を輝かせて天幕へ向かっている。サーカス団がやって来ていると、それもサン＝テール市をにぎわす話題のひとつだった。

高い席料を払ったのと運がよかったおかげで、わたしたちの席は舞台のすぐ前、かぶりつきな位置だった。目の前で猛獣が見事な芸を披露している。

虎《とら》をこんなに近くで見たのははじめてだ。なんて大きいの。被毛は天鵞絨《ビロード》のよう。太い脚に大きな爪《つめ》がすごい迫力。間に柵《さく》もないのがちょっと怖い。でも可愛《かわい》い。あの巨大な肉球をぷにぷにしたい！

熊《くま》の玉乗りも可愛かった。明らかにウケ狙いで登場したアヒルたちなんて、クラバットを着けられていて、お尻《しり》を振りながらガアガア行進するのがもうたまらなく萌え可愛かった。

人間たちも負けていない。脅威の柔軟性を持つ女性の人間ばなれした動きや、怖いほど高い場所に張られた綱の上で芸をする男性、やはり高い場所でブランコからブランコへと飛び移ったりする人々。一度に十個もの器具を操り、落とすことなく巧みに投げては受け止めて。さらにそれを二人、三人で息を合わせたり。超人的な身体能力と素晴らしい技で息つく暇なく楽しませてくれる。

「うわあ、うわあ、あっ、あんなに何人も積み上がって！　崩れてしまいそうで怖いですね！」

「いや、うまくバランスを取っていますよ。崩れないよう訓練しているんですから、大丈夫ですよ」

「って言ってるそばから崩れましたよ！　あああ大変、大丈夫なんでしょうかっ」

「今のはわざとですよ。観客を驚かせるためです――ほら、立ち上がった」

舞台の演目に興奮するわたしに、シメオン様はいちいち冷静に答えてくださる。あんまり真面目《まじめ》で落ち着いた声なので、ちょっと水を差された気分になってわたしは隣を見た。シメオン様にとってサーカスの演目なんて退屈でつまらないのかしら――そう思ったら意外にも柔らかな笑顔にぶつかり、不意打ちをくらった心臓が跳ねた。

いかにも曲者《くせもの》っぽい腹黒笑顔じゃない。そんなシメオン様をこよなく愛《め》でるわたしだけれど、ただ純粋に優しく微笑んでいらっしゃるお姿にドキドキしてしまう。萌えとは違うときめきに戸惑って、わたしは思わずうつむいてしまった。

「シメオン様、その、退屈ですか？」

「いいえ、ちっとも」

「本当ですか……？」

くすりとこぼれる笑いが、耳をくすぐった。

「ええ、見ていて飽きません」

……それって何がですか。何を見て飽きないと言ってらっしゃるんですか。

興奮して騒ぐのは子供っぽかったかしら。ちょっと、はしたなかったかもしれない。

わたしは恥ずかしくなって舞台に視線を戻した。なんだかシメオン様と見つめ合うことができない。

鬼副長は萌えて観察できるのに、王子様になられるとどうしていいのか困ってしまう。

ちょうどその時、あらたな人物が舞台に登場した。とても大きな人だった。長身のシメオン様よりさらに背が高い。首から下はすっぽりとマントにくるまれて足元まで隠されているけれど、かなりいい体格なのがマント越しにもわかった。肩幅とか相当に広そうだ。けれど露出している顔は、薔薇《ばら》が似合いそうに美しかった。

古代の彫刻のように、形よく巻いた金色の髪。彫りの深い、やはり彫刻のような顔。近くの観客席から「まあ」とか「あら」とか女性たちの感嘆の声が上がった。

シメオン様やセヴラン殿下とはまた系統の違う美形ね。なんというか、濃い？　美しいには美しいのだけれど、憧《あこが》れの対象にはなり得ない、ちょっと離れて見ていたい美貌《びぼう》だ。微妙に引いてしまうのは、やけにつややかな唇のせいかしら（何か塗ってる?）。それともお人形のように長い睫毛《まつげ》のせいかしら（付け睫毛ではなさそう）。

美しい男性はゆっくり舞台を一周すると、中央に立ってバサリとマントを脱ぎ捨てた。

――その瞬間、天幕内がどよめいた。

わたしも驚愕《きょうがく》に口を開いて凝視してしまった。やけに気取った、自己陶酔的なしぐさで現れたのは、下帯一枚をまとったほぼ裸身に近い姿だった。無意味に美しいポーズを取って観客たちに見せつける肉体は、それはもう――なんというか――たくましかった。

たくましい、なんて言葉で表現しきれるものではない。なんなのあの盛り上がった筋肉は!?　ええ、見事な身体ですよ、贅肉《ぜいにく》なんてかけらもなさそうですよ！　がっしりと大きく見るからに硬そうな肉体は、さながら鋼《はがね》か巌《いわお》のよう。

首から上は美しいのに……下はなぜアレなの……。

たしかに古代の彫刻も筋肉質だわね！　でも全体的に美しく見えるよう、バランスが絶妙に計算されているでしょう？　あそこまで筋肉ばっかりすごくないわよね！

上と下のあまりの不釣り合いさが、逆に異様な美を生み出していた。見る者に悪寒をもたらし、目をそらしたいのにそらせない、まるで呪《のろ》いのような魅力だ。

衝撃の光景に頭が真っ白になった。ついさっき感じた戸惑いなんて、一瞬で吹き飛んでしまった。奇怪な美の呪いが意識を占領する。わたしは無意識に震える手をバッグに入れていた。手帳とペンをがっしと掴《つか》み、取り出そうとしたら、一瞬早く伸びてきたシメオン様の手が押さえた。

「よしなさい、何を書き留めるつもりですか」

「もちろんあの筋肉とポーズです！　こう見えてもスケッチは得意なんです！」

「スケッチしてどうするんですか⁉」

「資料にするに決まってるじゃありませんか！　あれほどの個性、ただ見て終わるだけにはできません。ぜひ今後の参考に！」

「いや個性的すぎて使い勝手悪いですよきっと。参考にしようがないですから記録に残すのはやめましょう。ついでに記憶にも残さずに」

「シメオン様はアレが忘れられますか⁉」

「心の底から忘れたいと思います」

「そう言ってらっしゃる時点で無理ですよ！」

もめるわたしたちの前であれこれポーズを取っていた筋肉美形は、やがて台車に乗せられて運ばれてきた大きな錘《おもり》を持ち上げた。一つだけなら持てる男性も多いだろう。二つ持てる人もいるだろう。でも三つ、四つと数が増えていく。脅威の筋肉を見せびらかした後は、脅威の怪力を見せつけてきた。

「あの人、馬車くらい余裕で持ち上げられるんじゃないかしら……」

「実は軽いのかもしれませんよ。重そうに見せかける演技かも」

さすがにシメオン様も、眼鏡をかけ直して舞台に注目している。彼の疑いに答えるように、筋肉美形が錘を投げ出した。

ドッスン！　おそろしい地響きを立てて、錘が舞台に落下する。

「……軽そうですか？」

「……重そうですね」

感嘆と恐怖の入り混じったどよめきがおさまらない。今度は右腕と左腕に一人ずつ、人を乗せて持ち上げた。さきほどの軽業のように、あとからさらに人が乗って上へ上へと積み上がっていく。さっきと違うのは、いちばん下で支えているのはたった一人、筋肉美形だけという点だ。

最終的に三人ずつ、あわせて六人もの人が上に乗った。総重量はどれほどだろう。あれを一人で支えられるというのがこの目で見ても信じられない。

上から順にくるりと宙返りしながら飛び下りて、最後に全員で揃っておじぎをする。盛大な拍手と歓声がわき上がった。

わたしも夢中で拍手しながら、筋肉を目に焼き付ける。作家のはしくれとして、なんとしてもあの脅威を文字で表現してみせなくては！

「すごいですね！　世の中にはいろんな人がいるんですね！　クラゲみたいなお姉さんもすごかったけど、あの人も人間とは思えません！　見た目だけの衝撃じゃないですね！」

「たしかに、見事でした」

同意しながらも、シメオン様の声は冷静だ。わたしは納得できなくてふたたび彼を見た。

「もう、シメオン様、感動が薄いです！　あんなとんでもない力と技（と筋肉）を見せられて、感想がそれだけですの？　もっと驚いてくださいな」

「サーカスなのですから、常人ばなれした技を見せられるのは当然でしょう。そんなに驚くようなことでもないかと」

「サーカスに来て驚かないなんてつまらないですよ。こういうのは、うんと驚いて楽しまないともったいないです」

「私の分まであなたが驚いてらっしゃるから元は取れていますよ」

「ふたりが倍ずつ驚けば四倍お得じゃないですか！」

「……その計算、おかしくないですか？」

夢中で言い合っていると、近くからぷっ、と吹き出す声が聞こえた。シメオン様が隣を振り返る。男性客がくすくすと笑い、隣の女性に小声でたしなめられていた。

「いや、失礼……とても楽しそうで、つい」

こちらを向いた顔は若い。二十歳をいくつか超えたくらいだろうか。上品で身なりのよい貴公子的な人物だが、見覚えはなかった。その向こうに座る女性を目にしたシメオン様が「おや」と呟《つぶや》いた。

「ポートリエ夫人でしたか。これは気付きませず、失礼を」

おっとりとした雰囲気の老婦人が、シメオン様の挨拶《あいさつ》に応《こた》えて会釈した。

「いいえ、こちらこそ声もかけませず。あとから来ましたし、おふたりのお邪魔をしてしまってはと思いまして」

こちらの人物は、わたしも知っていた。ポートリエ伯爵家のシモーヌ様だ。もう大分とご高齢で、あまり社交界に出てこなくなった方だけれど、フロベール家と並ぶ名門の奥方として有名な人物だった。目下、違う理由でも話題になることが多い。

夫人はわたしにも優しい笑顔で会釈してくださった。

「ごきげんよう、ポートリエ夫人。久しぶりにお姿を拝見できて、うれしゅうございます」

「ごきげんよう、マリエルさん。孫と出かけられるのがうれしくて、年甲斐《としがい》もなく遊びに来ましたの」

夫人はちゃんとわたしの名前を覚えてくださっていた。シメオン様と一緒だからわかったのでしょうね。でも社交界でよく見せられるような、皮肉や嘲笑《ちょうしょう》の色はまったくなかった。はにかみながら、うれしそうに微笑んでいる。

彼女をそんな顔にしているのがこの男性かと、わたしはあらためてさきほどの人物に目を向けた。

少し長めの栗色《くりいろ》の髪に、海のように深い青色の瞳をしている。育ちのよさを十分にうかがわせる、優雅な雰囲気の青年だ。本日三人目の美形――さっきの筋肉と違って目に優しい柔和な顔立ちだ。シモーヌ様の孫というのが納得できる、穏やかそうな方だった。

「ご挨拶もなく失礼しました。セドリックと申します。マリエル嬢、と、そちらは……？　申し訳ありません、ずっと外国暮らしでしたもので。よろしければお名前を」

問われて、シメオン様は挨拶を返した。

「シメオン・フロベールです。はじめまして」

「フロベール伯爵家は知っているでしょう？　そのご嫡男で、近衛騎士団の副団長をしてらっしゃるのよ。王太子殿下のご信任が厚い、とても優秀な方なの」

シモーヌ様が横から説明する。セドリック様のお顔に軽い驚きが浮かんだ。

「そうでしたか。いや、これはお会いできて光栄です」

「こちらこそ。次代のポートリエ伯爵とは、ぜひ一度お会いしたいと思っておりました」

そつのない言葉を返すシメオン様の陰で、わたしはあふれる好奇心を懸命に隠していた。貴族社会ではリュタンよりも注目されている存在が目の前に現れるなんて！　思いがけない出会いの幸運に感謝だわ！

シモーヌ様たちとなごやかにおしゃべりをしながら、その後も続く出し物を見物する。わたしはいつものように気配を抑え、会話をなるべくシメオン様にまかせて、さりげなくセドリック様を観察していた。もちろん露骨にじろじろ見たりしないし、儀礼的な微笑みで好奇心を隠していたつもりだ。

でもなぜかしら。妙にしばしば、セドリック様と目が合うのは。

彼の青い瞳には、はっきりとこちらに対する好奇心が浮かんでいた。


天幕の外へ出ると、ずいぶん日が傾いていて、吹きつける風が冷たかった。わたしは首をすくめて上着の襟元をかき寄せる。もうすっかり冬本番、街路樹も寒そうな姿になっていた。

そろそろ襟巻きが必要かしらと思っていると、ふわりと柔らかいものに包まれた。シメオン様がご自分の絹の肩掛けをわたしに巻いてくださっていた。

「ありがとうございます……でも、シメオン様がお寒くありません？」

「大丈夫ですよ。私はこのくらい、どうということはありません」

大人の余裕を見せて微笑むシメオン様に、また胸が騒ぎ出す。寒かったはずなのに今度は火照ってきて、シメオン様を直視できなくなってしまった。

近頃《ちかごろ》こんなことが多い。ただ素敵、かっこいいとはしゃぐだけではいられなくて、自分でも制御できない気持ちを持て余し気味だ。それがなんだか怖くて、わたしは極力自分の内側から目をそらす。すべてを冷静に客観視できる理性は保っていたかった。

彼はわたしの大好きな鬼畜腹黒参謀系美形。中身はちょっと不器用な生真面目さんだけど、時々曲者な面も覗かせる。切れ者で有能な萌えのかたまり。……そしてわたしの、政略結婚の相手。

それでいい。それ以外の認識なんて必要ない。わたしは萌えさえあれば十分なのだから。

気持ちを落ち着けて歩き出す。わたしたちが馬車を停《と》めた辺りには、他《ほか》にも何台も停められていて、同じように天幕から出てきた紳士淑女が乗り込んでいた。年長者に対する礼儀として、わたしたちは先に帰らずポートリエ家の馬車の前までシモーヌ様たちをお送りした。

「どうぞお気をつけて」

「ありがとう、そちらもね。シメオン様、来週の夜会には、ぜひマリエルさんとご一緒にいらしてくださいませね」

そういえば、そんな予定もあったっけ。シメオン様は笑顔でシモーヌ様にうなずく。

「ええ、よろこんでお伺いさせていただきます」

「もちろんご両親もお待ちしていますけど、この子のお披露目ですからね、なるべく同年代の方に紹介してやりたいと思っていますの。わたくしたちも、もうあまり社交界には出られませんし、この先のことを考えると早いうちに人脈を作っておきませんと。厚かましいお願いですけど、手助けしてやっていただけませんかしら」

ずっと外国暮らしをしてきたセドリック様は、ラグランジュの貴族社会には知人もなく、ろくに顔も知られていない。伯爵家を継ぐ身としてそれはあまりに心許《こころもと》ない話で、シモーヌ様が案じるお気持ちはよく理解できた。現伯爵夫妻が後ろ楯になって助けてあげようにも、もう一線は退いたお年寄りだ。若い世代に人脈を作るのは難しい。

たまたま出先で顔を合わせただけの、やはり初対面であるシメオン様に協力を頼むのは、ご自分でおっしゃるように少々厚かましいのかもしれない。でも孫を心配してなんとかしてやりたいというお気持ちは強く伝わってきたし、遠からずポートリエ伯爵となる人との交流はこちらにとっても重要だ。悪い言い方をすればこれで恩が売れるわけで、シメオン様に断る理由はなかった。

「私にできることがありましたら、いつでもご協力しますよ。友人たちも来るでしょうから、セドリック殿をご紹介いたしましょう」

「まあ、うれしいこと——ありがとうございます。よろしくお願いしますね」

シモーヌ様は大喜びして涙ぐんでいらっしゃる。お年寄りになると、ちょっとしたことでも感激してしまうのね。シメオン様に何度もお礼を言って、わたしにもよろしくと言ってこられた。うん、顔つなぎにはあまりお力になれないと思うけど、情報だけは山ほど抱えていますからね。そっち方面から協力させていただきます。

シモーヌ様を先に馬車にお乗せして、少し待っていただくよう言ってから一旦扉を閉め、セドリック様はわたしたちに向き直った。

「はじめてお会いしましたのに、図々しいお願いをして申し訳ありません。ですが、祖母の言いましたように、私はこちらの国にはまったくなじみがありませんので、おふたりに助けていただけますと大変に心強く思います」

「これまではリンデンにいらしたのでしたね。外国といってもそう遠く離れているわけではないのですから、さほど変わりませんよ。知り合いさえ作れれば、すぐに馴染まれるでしょう」

「ええ……」

その知り合いを作るお手伝いをすると約束しているのに、セドリック様はまだどこか不安そうなお顔だった。

何か他にも言いたいことがあるようで、シメオン様は軽く首をかしげて彼の言葉を待つ。少しためらったあと、セドリック様は思いきったようすで口を開いた。

「実は、助けていただきたいことは他にもありまして……近衛騎士団副団長でいらっしゃるシメオン殿を見込んで、ぜひお力を拝借したいのです」

「……騎士団の力が必要なことでも？」

シメオン様は表情を変えず、冷静に問いかける。でもわたしにはわかる。今鬼副長に切り替わりましたね！　静かなまなざしでセドリック様を観察している。その目、それが好きです最高です！と、ひそかにハァハァしていたら頭をコツンとやられた。どうして振り返りもせずにわかったの。

シメオン様には第三の目があるのかしら。それはそれで素敵！

わたしたちのやりとりを不思議そうに見ながら、セドリック様は答えた。

「いえ、そこまでは……ですが、ええ、一般人には少々難しい問題がありまして……」

素早く馬車に目をやり、セドリック様は声をぐっと抑える。

「身の危険を感じる事情があるのです。祖母たちには心配させたくありませんし、他に相談できる相手もなくどうしたものかと悩んでいました。本当に、厚かましいと承知していますが、どうか助けていただきたいのです。私は情けないことに、荒っぽいことにはとんと不慣れで、一人で戦うすべも知恵も持っておりません。誰かに頼るしかないのです」

「それは、リンデンから持ち込まれた問題ですか？」

だったら警察に相談しろ、というシメオン様の心の声が聞こえた気がした。リンデンで何かやらかしてその後始末に困っているのなら、面倒を見てやるつもりはないと思っているに違いない。けれどセドリック様は首を振った。

「本家に入ってからです。ご存じのとおり、跡取りのいなくなった本家に唯一の直系である私が迎えられました。祖父母は私を認めてくれましたが、どうも親族の中には快く思わない者がいるようで」

なるほど、とシメオン様が呟《つぶや》き、わたしも内心でうなずいた。つまりお家騒動というわけですね。

「そうしたことなら、ポートリエ伯爵には隠さず相談なさった方がよろしいかと」

「私も悩みました。しかし祖父は高齢で、近年体調を崩すことも多くあまり衝撃を与えたくありません。祖母にもです。できるだけ、ふたりには聞かせたくないのです。それに、もし祖父が私をかばおうとすると、かえって逆効果になりそうな気がします。私は大ごとにはしたくない。犯人をつきとめて、二度と馬鹿《ばか》な真似《まね》をしないと約束させれば、それでよいのです」

馬鹿な真似、ねえ？　それはいったいどんなことかしら。跡取り問題にからむ何者かの悪意となると、物騒な匂《にお》いがプンプンする。物語でもお馴染みの展開だ。もしやセドリック様は、命を狙われていらっしゃるのだろうか。

わたしはシメオン様の顔を見上げた。彼はあまり乗り気ではなさそうで、困ったように考えている。彼が断りの言葉を口にする前に、わたしはずいっと進み出てセドリック様に言った。

「どれだけお役に立てるかわかりませんけど、わたしたちでよろしければ協力いたします。ポートリエ家が正しい後継者を迎えて落ち着くことは、個人の問題にはとどまりません。いろんな方面に影響しますし、由緒ある大きなお家が妙なことになりますと、国にとってもよろしくないですからね。それに、せっかく知り合えたお友達が困ってらっしゃるのに、知らん顔なんてできませんもの。ねえ？　シメオン様」

にっこりと微笑みを向けると、シメオン様も迫力笑顔で返してきた。うふふ、負けませんよ。副長のそんなお顔だってわたしには萌えの源です。むしろご褒美です。もっと冷たく見つめて！

「…………」

しばし笑顔で向かい合い。そっと息を吐いて、シメオン様が目をそらした。勝った、とわたしは内心で拳《こぶし》を突き上げた。

「ありがとうございます！　お力添えをいただけるなら、これほど心強いことはありません！」

感激したようすでセドリック様がわたしの手を取った。優雅な若様でもやはり男性、手は大きくて硬い。わたしの両手がすっぽりと包まれた。

「不躾《ぶしつけ》なことをお願いして、本当に申し訳ありません」

「いいえ、困った時はお互いさまと申しますし。ポートリエ家の未来のために、わたしたちの楽しい未来のために、頑張って問題を解決しましょうね、セドリック様」

「ありがとう、マリエル嬢」

「——そうですね」

軽い咳払《せきばら》いとともに、いささか強引にシメオン様が割り込んだ。彼はわたしを押し退《の》け、セドリック様に手を差し出した。

「互いに家を継ぐ者として、この先長いお付き合いになりそうですし、協力いたしましょう」

「ありがとうございます！」

しっかりと握手を交わすおふたりの後ろで、馬車の窓が開いた。なかなか乗り込んでこないので、どうしたのかとシモーヌ様が気にしたようだ。セドリック様は素早く囁《ささや》いた。

「くわしいことは、のちほど手紙にてお知らせします。祖母が気付くといけませんので、今はこれで失礼いたします」

あらためて挨拶をして、セドリック様は馬車に乗り込む。動き出す馬車を、わたしたちはその場にとどまって見送った。

「……お友達？」

遠くなる馬車に目を向けたまま、シメオン様が言う。

「お友達でしょう？」

わたしも見送る姿勢のままで答えた。

「ずいぶん話が早いですね。今日知り合ったばかりで」

「ええ、ですから今日お友達になりました」

シメオン様の声は吹きつける風のように冷え冷えとしている。身体が震えるのは恐れと興奮どちらかしら。多分両方ね。本気で怒らせるのは怖いけれど、境界線上の緊張感にゾクゾクする。

「わたしたちの楽しい未来とは？」

「わたしと、わたしの読者たちの、楽しい未来です」

よくあるネタとはいえ、現実に当事者の側から見られる機会はそうはない。欲得のからんだ身内同士のドロドロとした争い！　真に迫った描写のための、またとない取材ができるではないか！　こんな美味《おい》しい話を見逃す手はなかった。

「……そんなところだろうと思いました」

シメオン様は深々とため息をついて、こちらを向いた。

「マリエル」

「いいではありませんか。人助けになって、自分の役にも立つのです。双方お得ないいお話でしょう？　何か悪いことがありますか？」

お説教になりそうな気配を察し、わたしは先に言った。

「どういう事情かもわからないのに。彼の話だけを鵜呑《うの》みにして安易に決め付けるものではありませんよ」

「もし彼が嘘《うそ》をついているなら、それはそれで結構ですわ。どういう展開になるのか、楽しみではありませんか」

「遊びではないのですよ。彼の言うことが事実なら、危険もあるということです。それなのに」

「まあ、シメオン様は手伝ってくださらないということですか？　さきほどはセドリック様に協力するとおっしゃいましたのに」

「それは」

「シメオン様が一緒だと思えばこそ、わたしは安心して引き受けられたのですけど。それともシメオン様には自信がおありでないということですか？　相手は普通の人で、凶悪な犯罪者などではないと思うのですけど」

近衛騎士団最凶の頭脳がそんなはずはないですよねー、とわたしは笑顔でシメオン様を見つめる。

彼はお手上げというしぐさで、またため息をついた。

「約束してしまったからには、彼の話に付き合いますよ。ですがマリエル、あなたはかかわらずに夜会だけに出席なさい」

「いやです」

それじゃあ取材ができないじゃないですか。シメオン様の指図をわたしは笑顔のまま拒否する。シメオン様のこめかみがぴくりと引きつった。

「……そんなに彼に興味がありますか？」

「そうですねえ、興味はもう、山ほど。『不幸な伯爵家の幸運な相続人』ですからね」

ポートリエ家の相続問題は、社交界で交わされる噂《うわさ》にかなりの頻度で出てくる話題だった。もともとは伯爵のご長男が跡取りとしてちゃんといらっしゃったのだけれど、不幸なことにお子様のできないまま病気で亡くなってしまった。それが半年くらい前のこと。伯爵はその後、外国で暮らす次男を呼び戻そうとした。ところが驚きの事実が発覚する。次男は夫婦揃って、二年も前に亡くなっていたのだ。その頃リンデンではたちの悪い風邪が流行っていて、大勢の死者が出たらしい。次男まで亡くしていたと知って、伯爵夫妻はたいそう嘆き悲しまれた。これは本当に、お気の毒な話。

けれど、次男夫婦には子供が一人いた。病の災禍を逃れた、二十三歳の健康な男子――セドリック様だ。彼が相続人として本家に呼び戻されたのは、当然の流れだった。

セドリック様がラグランジュにやってきたのは、ほんの一月前のこと。以来そこかしこで噂の的になっていた。庶民の暮らしから一転名門伯爵家の跡取りとなった人に、ラグランジュの社交界は大いなる興味を持って注目していた。

「相変わらず、情報通ですね」

誉めているのか呆れているのか、シメオン様の口調は微妙だ。

「では、セドリックの父親が駆け落ちをしたということなども？」

「もちろん、知っています。お相手は労働者階級の女性で、伯爵に結婚を許していただけなかったのでしょう？　でもどうせ自分は次男で家督も財産も継げない身だからと、あっさり家を捨てて愛に生きる道を選ばれたのですよね。素敵」

物語みたいな話だ。次男とはいえ、貴族に生まれた人が親族と縁を切り、庶民の暮らしに飛び込むなど大変な勇気と決断力、そして行動力のいることである。それをやってのけたセドリック様のお父様は立派だった。伯爵は孫の顔見たさに、十年も前に勘当を解いている。そうしようと思えばラグランジュに帰って貴族の暮らしに戻ることができたのに、彼はリンデンにとどまった。自分は家や責任を捨てた身だから、今さら戻るわけにはいかない、これがけじめだと言って。

さすが、身分違いの愛に人生をかけるだけある。とても意志の強い、まっすぐな方だったのね。そんな立派な方が早くに亡くなったのは本当に残念だ。できればご存命のうちにお会いしたかった。

シモーヌ様がわたしたちに頼んでこられたのも、この辺りの事情によるところが大きいだろう。ただ知り合いがいないだけじゃない。庶民育ちの相続人を意地悪く眺めている人も多く、セドリック様が社交界で立場を作るには苦労がともなうだろう。伯爵夫妻もいつまで助けてあげられるかわからない。今のうちに少しでも味方を作ってやりたいと、そう思われたのだ。

十分に同情できる事情であるし、興味をかきたてられる話でもあった。人助けと実益、両方かなえられるなら大変けっこうではないか。

「シメオン様がなんとおっしゃろうとも、わたしは引きませんからね。セドリック様から連絡がきたら、隠さずに絶対に教えてくださいね。でないと、次の作品でシメオン様がモデルの男色家を登場させちゃいますから」

「どういう脅しですか。すでに一度書かれていますがね」

「あら、あれはそれとなく匂わせた程度だったでしょう。でも次は、はっきりしっかり書きますから」

「……とにかく、もう帰りましょう。いつまでもこうしていたら風邪をひく。いえ、その前に手を洗わねば」

「汚されたのですか?」

「あなたがね。ほら、あそこの噴水で洗いましょう」

わたしの腕を取って、シメオン様は噴水へ向かおうとする。わたしは自分の手を表、裏と、ひっくり返して調べた。

「汚れてなんかいませんよ?」

「いいえ、汚染されています。すぐに洗い落とさないと」

「妄想に汚染されているとおっしゃりたいんですか。否定はしませんが、そんなの洗ったって落ちませんよ。だいたい噴水で洗うなんて」

「そこは否定してほしかった……落ちないんですか」

「一生落ちません」

シメオン様は沈痛な顔で額を押さえた。すみませんね、わたしから妄想を取ったら何も残りませんもの。妄想は創作の糧、命の糧ですよ。大事なんです。

でも取材にシメオン様を巻き込んだことは、ちょっとだけ申し訳なく思っていたので、わたしはおとなしく従って手を洗うことにした。噴水の水はひどく冷たくて、そしてちょっと臭かった。かえって汚したんじゃないのと思いながら冷えた手をこすり合わせる。そうしたらシメオン様がご自分の手で包んで温めてくださった。大きなぬくもりが心地よく、同時にちょっぴり気恥ずかしい。武術や馬術で鍛えた手は、美しいお顔とは裏腹にけっこう硬かった。

さっき同じように包んできたセドリック様の手も、似たような感触だった。彼はずっと庶民の暮らしをしてきたから、使用人に世話をされることもなかったのだろう。もしかしたら生活のために力仕事などもしていたのかもしれない。貴公子の手にならなかったのは、しかたがない。

それなのに優雅な雰囲気だったのは、やはり血筋だろうか。彼の上品な物腰は、きっとお父様から受け継いだものだ。言葉づかいもきちんとしていたし、整った甘い顔立ちといい、令嬢たちをうっとりさせる要素は揃っている。きっと彼は、社交界での地位をしっかり築けるだろう。そのために、不穏な影は吹き飛ばさなければ。

――うん、決めた。次のヒーローは、セドリック様がモデルよ！

帰りの馬車の中で、わたしは作品の構想をあれこれ考えた。シメオン様はどこか不機嫌で、あまり相談には乗ってくださらなかった。

2

サーカスでの出会いから五日後のこと、わたしはふたたびシメオン様とともに馬車に揺られていた。

今回の目的地は近い。もうすぐに見えてくるだろう。ポートリエ伯爵家の夜会はまだ数日先だけれど、早めに訪問してお泊まりすることになっていた。遠方から来てもらった客人や親戚《しんせき》がすでに滞在していて、事前の親睦会《しんぼくかい》みたいな状態になっているらしい。その中にわたしたちもまぎれ込むという算段だ。

あの後すぐにセドリック様からシメオン様の元に手紙が届き、あらためて事情の説明と、事前訪問のお願いがあったのだった。本番前にしっかり味方を作っておくという口実で、伯爵夫妻にもうまく説明できたようだ。

「あなたまで行かなくてもいいでしょうに」

強引についてきたわたしに、シメオン様は苦いお顔だった。

「あら、わたしも一緒に話を聞いてお約束したんですもの、当然ではありませんか。口実に合わせるためにも、婚約者同伴で行く方が自然でしょう。セドリック様だってそのおつもりだったようですし」

「社交辞令ですよ。まともな紳士ならば、危険があるかもしれない話にご婦人を巻き込むことは避けるものです。もし本気で言っていたのなら、彼は相当な恥知らずの腰抜けだ」

ずいぶんと辛辣《しんらつ》な言いように、わたしは少したじろいだ。

「シメオン様はセドリック様に対して辛《から》いですね。やはり、庶民育ちというところがお気に召さないのですか？」

「私はそのようなもので人を判断しません。あくまで、当人の言動によるものです」

「セドリック様のおふるまいが、そんなに批判的に言われるものとは感じませんでしたけど」

「忘れましたか？　彼がすべてを正直に話しているという保証はないのですよ」

「嘘《うそ》だと決め付ける根拠もありませんわ」

シメオン様はため息をついて首を振る。わたしは困ってしまって窓の外へ視線をそらした。

どうしてこんなにわたしをのけ者にしたがるのかしら。いつもはけっこう好きなようにさせてくださるのに、セドリック様の問題になると途端に機嫌が悪くなる。危険といっても、「あるかもしれない」だし、わたしが狙《ねら》われているわけでもない。他《ほか》にも滞在している人がいて、何も問題は起きていないようなのだから、そんなに神経質にならなくてもいいと思うんだけどな。

フロベール家とポートリエ家の間に確執はなかったはずだし、どうにもシメオン様の不機嫌の理由がわからない。なにがいけないのだろうか。

頭を悩ませているうちに馬車はポートリエ伯爵邸に到着した。広い前庭を走って正面玄関前まで着いた時には、すでにセドリック様が姿を現していた。

「お待ちしておりました、おふたりとも。このたびは不躾《ぶしつけ》なお願いを聞いてくださって、ありがとうございます」

セドリック様は感謝と喜びをとてもまっすぐに表して、馬車から降りたわたしたちを出迎えた。誠意を感じる気持ちのよい態度だ。彼を恥知らずだの腰抜けだのと言っちゃうのは、ちょっと口がすぎるのではないかと思う。それを言うならシメオン様だって腹黒じゃないのねえ。

「ごきげんよう、セドリック様。お言葉に甘えて厚かましくもお邪魔いたしました」

「お招きありがとう。夜会の準備で忙しい時でしょうが、ご厄介になります」

周りには使用人たちもいるので、わたしはあくまでも遊びに来ただけというふりで挨拶《あいさつ》した。シメオン様もこれまでの不機嫌さを見事に隠している。ほら、やっぱり腹黒じゃないですか。きれいな笑顔で内心を悟らせない。そんな貴方《あなた》が大好きです。

「いいえ、来てくださってうれしいですよ。私に友人ができたと祖父母も喜んでいます。奥におりますので、会ってやっていただけますか」

荷物を使用人にまかせ、セドリック様の案内で伯爵邸に踏み込む。さすが、フロベール家と並ぶ名門だけあって、お屋敷の立派さもフロベール家にひけを取らなかった。どこもかしこも風格にあふれ、慎ましき我が家とは雲泥の差だ。フロベール家との違いは、全体的に古めかしい雰囲気だということかしら。当主がご年配だからかあまり新しい様式は見かけず、伝統的な造りの中に落ち着いた渋めの調度があしらわれていた。

夜会や園遊会などで他家を訪問することは多いが、生活区域にまで踏み込める機会はそうそうない。

わたしは不作法にならないよう気をつけつつ、お屋敷のたたずまいを眺めて記憶に焼き付けておいた。こういう経験は貴重だ。背景の描写がきちんとできないと、物語の雰囲気を読者に伝えられないものね。どこもかしこも重厚な雰囲気をしっかり眺めておく。けっして質素ではないけれど、高価な美術品がこれみよがしに飾られていたりもしない。しいて言うなら、この館《やかた》そのものが価値ある骨董品《こっとうひん》だった。

無駄に散財していないから、ポートリエ家の資産は相当な額にのぼるはずだ。そのほとんどすべてをセドリック様が受け継ぐことになる。たしかに、親戚からすれば面白くない話でしょうね。ずっとこの家で跡取りとして育てられた人ならともかく、最近やってきたばかりの人ではねえ。

応接間にいらした伯爵夫妻は、わたしたちを機嫌よく迎えてくれた。シメオン様とは旧知の間柄なので、親しげに言葉が交わされる。

「婚約したとは聞いていたが、このとおり年を取って出歩くこともままならなくてね。ようやく君の婚約者にお目にかかれたな。いやそれにしても、あの坊やが婚約とは、時の流れは早いものだ」

脚が少し不自由ということで、伯爵は椅子《いす》に座ったままだった。以前お見かけした時はもう少ししゃんとしていらしたように思うけれど、ほんの数年で十歳も年を取ったような印象だ。立て続けの不幸が彼を憔悴《しょうすい》させてしまったのだろうか。でもセドリック様を迎えてようやく落ち着いたのか、お顔は穏やかだった。

坊やと言われてシメオン様は苦笑していた。さすがの鬼副長も人生の大先輩には勝てませんね。

「坊やは失礼ですよ。もう立派な近衛《このえ》騎士でいらっしゃいますのにねえ？」

そう言いつつ、シモーヌ様もまた孫を見るような温かいまなざしを向けてくる。シメオン様は少し居心地が悪そうだった。普段部下たちをビシバシしごいている副長が「フロベールさん家のシメオン君」的扱いをされるのは、さぞ気恥ずかしいでしょうね。今のお顔を部下のみなさんにも見せて差し上げたい。めったに見られない可愛《かわい》いシメオン様に、胸がキュンとしちゃう。にやにやしそうになるのをこらえておすまし笑顔を保っていたのに、何かを感じたらしいシメオン様に横目でにらまれた。うふふ、照れているんですよね、わかります。

伯爵ほどお年を召されると、わたしの地味な容姿などどうでもよくなるのか、あまり不思議そうな反応はされなかった。たいていみなさん、わたしを見た瞬間「あれ？」という顔をするのにね。はじめから普通に接してくださって、今の若い人にはどんなことが関心を持たれているのかなど、セドリック様のための質問をいくつもされた。お茶をいただきながら、わたしたちはなごやかに会話を楽しむ。そこへ突然にぎやかな一団がやってきた。

「新しいお客様がいらっしゃったのですって？　ご挨拶させていただいてもよろしいかしら」

先陣を切って飛び込んできたのは、若い令嬢だ。わたしとそう違わない年頃《としごろ》の……多分、まだ二十歳にはなっていないだろう。赤っぽい金髪をした、なかなかの美人だった。その後ろにもよく似た令嬢がいて、姉妹だろうと容易に想像がつく。

「これは驚いた、フロベール家のシメオン殿じゃないですか。どうしてあなたがここに？」

令嬢たちを押し退《の》けるように現れた男性は、シメオン様より年上に見えた。癖のある褐色の髪で、頰《ほお》にはそばかすが残っていた。

彼はたしか、伯爵の甥《おい》にあたる方だ。お名前は何だったかしら。顔は覚えているのに名前が思い出せない。令嬢たちの方は顔も名前もさっぱりだ。わたしの記憶にないということは、あまり社交界には出てこない人だろう。

「なんだ、呼ばれもせんのに押しかけて。客人に無礼だろうが」

さっきとは打って変わって、伯爵は厳しいお顔になった。叱《しか》られて三人はちょっと身をすくめたけれど、懲りずにすぐ乗り出してくる。

「申し訳ありません。でもわざわざ泊まりにいらっしゃるくらい、親しいお客様なのでしょう？　ぜひご挨拶させていただきたくて」

「同じお屋敷の中にいるのに、知らん顔しているのもどうかと思いましたもの」

姉妹の視線はシメオン様一人に集中している。目が輝いているのは、いつもの光景だ。シメオン様は椅子に座ったまま、穏やかな微笑で熱い視線を受け流していた。

「大伯母様、紹介していただけませんの？」

甘えた声でねだられて、シモーヌ様が困ったように息をついた。

「躾が行き届かず、申し訳ありません。この子たちは、わたくしの妹の孫ですの。行儀見習いのため預かっています。姉のエヴリーヌと妹のシュゼットです」

「ル・コント家のエヴリーヌです。はじめまして」

「シュゼットですわ。お目にかかれて光栄です」

華やかなドレスをつまんで、ふたりは可愛くおじぎした。ル・コント家……シモーヌ様の系譜のル・コント家……そういえば、あったかな？　そんなお家。たしか爵位はないけれど、地方で割と大きな土地を持っていたような。

「こちらはパトリス。主人の弟の息子です」

——ああ！　はいはい、ベルニエ家のパトリス様ね。思い出した、そういうお名前だった。

あまりいい評判のない方だ。最近は社交界にも姿を見せていなかった。案外お元気そうね。身辺整理はついたのかしら。

挨拶を受けていつまでも座っているわけにはいかない。わたしは立ち上がり、彼らにおじぎを返した。三人の視線が束《つか》の間わたしに向かい、すぐに関心を失いそらされる。彼らが興味を持って注目しているのはシメオン様だ。誰《だれ》もが名前を知っているような有名人で、おまけにとびきりの美青年ですものね。優雅に立ち上がって礼をする姿に、姉妹の方なんて頬を染めてうっとり見とれていた。

「ここでお会いするとは思いませんでしたよ。伯父の見舞いに来てくださったのですか？」

パトリス様が親しげに手を差し出す。以前からの知り合いかと思わせる気安い態度だ。……特に親交はなかったはずよね？　シメオン様は短い握手を交わしただけですぐに素っ気なく放した。

「ええ、それもありますが、セドリック殿にご招待を受けまして」

意外そうな顔でパトリス様がセドリック様を見る。同じように立ち上がっていた彼と目が合い、浮かんだ笑みは、友好的なものには見えなかった。

「ふうん、ずいぶん行動が早いんだな。いつの間に近付いたんだ？　有力者にすり寄って庇護《ひご》を受けようだなんて、庶民らしい処世術じゃないか」

あらあら……伯爵の前だというのに、はっきり言っちゃうこと。

セドリック様は困ったように笑っただけだったが、伯爵が顔をしかめた。

「パトリス、くだらんことを言いにきたのなら出ていけ」

ぴしゃりと言われてもパトリス様はひるまなかった。

「伯父さん、何度も言っていますが、この由緒あるポートリエ家の跡取りは慎重に選ぶべきですよ。いくら血がつながっていたって、これまで一度も会わなかった相手をどれだけ信用できるっていうんです。昨日《きのう》まで下層で暮らしていた人間ですよ？　そんなのがいきなり貴族になれるわけがない。本人にとっても不幸を招くだけです。財産を分けてやるのはいいけど、爵位まで継がせるのはどうかと」

「お前の意見など求めておらん。決めるのはわしだ、黙っておれ」

きっぱりはねつけられて、パトリス様ははっきりと呆《あき》れた顔をした。……ふうん？　反対の意思を伯爵に対しても隠さず、堂々と意見しているのね。彼の父親は伯爵の末の弟で、しかも腹違い。婿養子という形で男爵になった人で、実家にも婚家にもあまり強く出られない立場なはずだけど、パトリス様本人には遠慮や気後れなんてなさそうだった。親戚として、本家の相続問題に口出しする権利があると言わんばかりだ。これは立場からというより、本人の性格かな。

パトリス様たちの乱入のせいでそれまでのなごやかな空気がすっかり気まずくなってしまい、お茶の席はお開きになった。わたしとシメオン様は使用人に案内されて客間へ向かった。婚約者といえど、もちろん部屋は別々だ。隣同士に一旦別れる。

部屋に落ち着いて、わたしがまず何よりも最初にしたことは、今さっき見たばかりの光景を手帳に書き留めることだった。いやあ、しょっぱなからぎすぎすしていましたね！　これが身内の争いというものなのね。うちの家族や親戚はみんな呑気《のんき》でああいう雰囲気には縁遠いから、身内ともめている描写はちょっと苦手だったのよ。いいわあ、参考になる。

あの時室内にいた人たちのそれぞれの表情を思い出し、細かく書いていく。短い時間のことながら、なかなかに興味深いできごとだった。

書いていると扉が外から叩《たた》かれた。シメオン様が来たのかと思い、わたしは座ったまま返事をする。しかし入ってきたのはセドリック様だった。

「あら、セドリック様？」

わたしは素早く手帳を閉じて立ち上がった。

「お邪魔をして申し訳ありません。さきほどのことを、お詫《わ》びしておきたくて」

遠慮がちにやってきたセドリック様は、わたしの前で深く頭を下げた。

「来て早々にお見苦しいところをご覧に入れました。さぞ不快な思いをされたかと。本当に、申し訳ありませんでした」

相変わらず礼儀正しい方だ。これで庶民育ちというのがちょっと信じがたいほど。意地悪な見方をすれば、へりくだることに慣れている……と、言えるのかしら。でも悪い印象は受けない。卑屈さは感じず、普通に誠意を示されているとしか思わなかった。

「お気になさらず。セドリック様が謝られる必要はありませんでしょう？　場の空気を壊したのはパトリス様であって、セドリック様じゃありませんもの」

「ええ……ですが、私がここにいるがゆえに起きたことですから」

寂しそうにセドリック様は苦笑する。噂《うわさ》で言われるような、幸運な人という表情ではなかった。

祖父母以外からは歓迎されていないものね……ご両親はすでに亡くなり、兄弟《きょうだい》もいない。なじみのない場所へ来て、親族からは冷たい目を向けられて。たしかにさみしいでしょうね。

名門の跡取りではあっても、大きな幸運を手にした人だとは思えなかった。彼を見ていると、気の毒に思う気持ちが強くなってくる。

「どうぞ、お座りくださいな。お聞きしたいこともありましたから、ちょうどよかったです」

わたしはセドリック様に椅子を勧め、自分も腰かけた。もちろん手帳はさり気なく片付けている。

本来はちょっとお茶をするためのテーブルを挟んで、わたしたちは向かい合った。

「お手紙では、相続を放棄してここを出ていくようにと脅迫されているとのことでしたが……」

「……ええ」

何者かの嫌がらせが続いているということは、手紙の中で簡単に説明されていた。脅迫状のようなものが、たびたび送りつけられているらしい。紙の切れ端に走り書きしたものがいつの間にか置かれていたり、寝室の壁に落書きされていたり。書かれている内容はいつも同じ「出ていけ」の一言だけ。

「そういう細工をしやすいのは使用人だと思うのですが、直前に入ってきた者など、怪しい人に心当たりは？」

「……わかりません。たしかに使用人のしわざと考えるのがいちばん簡単なのですが、特定の人物には絞れませんし、彼らにこんなことをする理由はないのではと」

それはどうかしら？　使用人には使用人の都合があるだろうし、誰かに命令されてやっている可能性もある。そもそも（犯人が親族の誰かだとして）貴族が自分で落書きをしに来る方があまり考えられない。小間使いにでもお金を握らせて、こっそり手伝わせている可能性は高い。

「その脅迫状、まだ持ってらっしゃいます？」

わたしが尋ねると、セドリック様はポケットに手を入れて数枚の紙片を取り出した。

「壁の落書きはすぐに自分で消しました。人に見られて、騒ぎにしたくありませんでしたので。残っているのはこれだけです」

わたしはテーブルに置かれた紙片をたしかめた。本当に、どれも「出ていけ」の一言だけね。文字の特徴を見るかぎり、全部同じ人物が書いたものと思われる。右上がりの癖が強い、おそらく男性の字だ。

「壁の落書きも同じ字でした？」

「そうですね……紙と違って書きにくかったのか、やや歪《いびつ》でしたが、似ていたと思います」

うーん、小間使いが書いたにしてはなめらかで品のある字だ。癖はあるけれど、きちんと教育を受けた人の手だと感じる。小間使いは満足に読み書きできないことも多いから、こんな字を書けるとは考えにくかった。

そうすると、犯人は自分で書いたものを渡して、セドリック様の身辺に忍ばせるよう指示したのだろうか。壁の字は、この紙片を見ながら真似《まね》して書いたのかもしれない。……そういうことなら、この字が犯人を突き止める有力な手がかりになる。

「これ、お預かりしてもかまいません？」

「ええ、どうぞ」

セドリック様の許可を得て、わたしは折り畳んだ紙片を手帳に挟んだ。それからさらに質問をしようとした時、ふたたび扉が叩かれた。

「どうぞ」

応《こた》えると、開いた扉からシメオン様が姿を現した。

「……おや」

セドリック様の姿を目に留めると、シメオン様はその場で立ち止まった。水色の瞳《ひとみ》がぐんと温度を下げたように思ったのは、気のせいではないと思う。眼鏡《めがね》効果でさらに冷たさ倍、ドンと三倍。眼鏡に霜がつきそうな雰囲気だ。

「ちょうどいいところへいらっしゃいましたわ。今セドリック様から、例の件についてお話を伺っていましたの」

わたしは立ち上がってシメオン様を招いたが、彼は皮肉げな笑みを浮かべて座らないままセドリック様を見下ろした。

「相談される相手が違うのでは？　私の協力を求めていらしたのではないのですか」

「申し訳ありません、その……」

セドリック様もあわてて立ち上がる。彼には副長の凍てつく視線を楽しむ余裕はないようだ。

「わたしからお聞きしたんです。セドリック様は、さきほどのお詫びをしに来てくださったんですよ」

萌《も》えられない人にとってはただのいじめにしかならない。わたしは口添えして、シメオン様の冷気をやわらげようとした。

「到着早々不愉快な思いをさせたと、気になさってらして。そこは、シメオン様よりわたしが先になったのは当然でしょう？　女性を優先するのは紳士の心得ですものね」

じろりとこちらへ冷気が降ってくる。うふふ——ちょっぴり怖いかも。本当にどうしてこんなに不機嫌なんでしょうね。

「わたしがお引き止めしたから、シメオン様の方へ行くのが遅れただけです。そんなに怒らないでくださいな」

「……別に、怒ってはいませんが」

嘘ばっかり。むっつりと視線をそらして息を吐くシメオン様に、セドリック様は気の毒なほどおろおろしていた。

「いえ、ご婦人の部屋に入り込んで、扉まで閉めてしまったのはうかつでした。婚約者の方が不快に思われるのは当然でしょう。申し訳ありませんでした」

たしかに男女が二人きりになって扉を閉めるのは、外聞がよろしくない。でも話の内容が内容だもの、開け放ったままにはできないじゃない。

「とにかく、シメオン様もお座りくださいな。三人でまず現状を整理しましょう」

無理やりふたりを座らせて、わたしは話を仕切り直した。シメオン様にさきほどの脅迫状を見せ、セドリック様から他の問題を聞き出す。

「脅迫状以外にも、身の危険を感じることがあるということですが」

シメオン様を気にしながら、セドリック様はうなずいた。

「この屋敷に入ってから、何度も不審なできごとが続いているのです。庭を歩いていたら上のバルコニーから鉢植えが落ちてきたり、廊下でも吹き抜けの上階に掛けられていた額が落ちてきたり。あやうく難を逃れましたが、まともに当たっていたら無事では済まなかったでしょう」

それは怖い。おちおちその辺を歩いてもいられない。

「近くに人の姿は?」

シメオン様が尋ねる。セドリック様は難しい顔になった。

「はじめは驚いてそれどころではなかったので、たしかめていません。二度三度と続いて、さすがにおかしいと思ってすぐ見上げたのですが、あいにく誰も見当たらず……ですから、屋敷の者はみんなただの事故だと思っています。たまたま、落ちただけだと。私もそうなのだろうかと悩んでいたのですが、先日、階段から突き落とされまして」

「えっ?」

わたしは驚いて身を乗り出した。

「それは、人の手で?」

「はい。はっきりと、背中を押されたのを覚えています。しかし不意を突かれましたので、やはり姿は見ていません。転がり落ちて、もう自分の身をかばうのに精一杯で。なんとか大きな怪我《けが》はせずに済みましたが、あれだけは偶然の事故などではないと断言します」

今もまだ残っているという痣《あざ》を、袖《そで》を捲《まく》ってセドリック様は見せてくれた。青黒く変色した肌に、わたしは息を呑《の》む。じっと確認していたシメオン様が尋ねた。

「落ちた場所というのは、どこの？」

「玄関ホールの大階段です」

「いちばん上から？」

「ええ」

「あの階段は途中で折れて、踊り場がありますね」

「はい、そこで止まることができました」

わたしは玄関ホールの階段を思い出す。途中までなら、そう長い距離を転がり落ちたわけではない。よかった。もしあの階段が折れずにまっすぐだったら、セドリック様はもっとひどい怪我をしていただろう。

「狙われているのは間違いないですね。これは殺人未遂でしょう、シメオン様？」

わたしはシメオン様を見た。彼は軽く顎《あご》に手を当て、首をかしげた。

「どうでしょう。聞いたかぎりでは、明確に殺意があるとは思えません」

「どうしてですか？　こんなに危ないことが続いているのに」

どう考えても殺しにかかってきてるじゃない！　物語でもお決まりの展開よ。

「害意があるのは事実でしょう。しかし、仮に鉢植えや額が当たっていたとしても、怪我だけで終わる可能性も高い。命を狙っているにしては不確実な手段ですよ。そもそも、歩いている人間に上から狙って当てるというのは難しい。私ならもっと確実に仕留められる方法を考えますね。じっさい当たらずに彼は被害をまぬがれている。だというのに、同じ手口で二度三度と狙うのはおかしい」

シメオン様は冷静に分析する。言われると、たしかにそうかなという気にもなった。でも……それって、シメオン様だからそういう発想になるんじゃないのかしら。素人《しろうと》なら不確実だとは思わずに、それで殺せると思うかもよ？

「階段の件に関しては言うまでもありません。突き落としても踊り場で止まることが予測できるんですから、よほどに運が悪くないかぎり死なないとわかってやっているでしょう。おそらく、犯人は彼を殺すことが目的なのではなく、脅したいだけでしょうね」

さらりとシメオン様は言いきる。思わずわたしはセドリック様を見、目が合った彼と何とも言えない気分で見つめ合った。

咳払《せきばら》いが聞こえてシメオン様に目を戻す。わたしたちの注目を取り戻して、シメオン様は続けた。

「脅迫状と不審な事故。これらで脅し、セドリック殿が逃げ出すことを期待しているのだと思います。つまり、そう深刻にとらえる必要はない。相手にあなたを殺すまでの意志はないということです」

「…………」

どう反応すればいいのか、セドリック様は困惑するようすだった。深刻にならなくていいと言われても、それで安心できる話ではない。彼に害意を持っている人間がいることには変わりないのだから。

「これまではそうでも、今後も脅しだけで済むとは限りませんよ。それに、脅しのつもりが取り返しのつかない事態を招く可能性もあります。楽観視していい状況とは思えませんが」

大丈夫だから帰りましょう、なんて言われないように、わたしはシメオン様に反論した。彼はため息混じりにうなずいた。

「まあ、そうですね。とりあえずお披露目の夜会までは、用心しましょう。お披露目が済んで主立った貴族たちに彼が跡取りと認知されてしまえば、犯人もあきらめるでしょう」

「だといいんですけど……」

そう簡単にいくかしら。切羽詰まった犯人が今度こそ本気で命を狙ってくるかもしれないし、安心はできない。

「むしろ、そういう行動を起こしてくれれば解決は早いですよ。現行犯で取り押さえることができますからね。我々が来たことで警戒してなりをひそめるか、逆に焦って何か仕掛けてくるか……ようすを見るしかありませんね」

わたしの懸念にシメオン様はそう言い、セドリック様に夜会までは出かけないよう注意した。わたしたちがずっとそばに張り付いていると犯人を警戒させてしまうから、適度に離れて見守るとのことだ。セドリック様はおとなしくうなずき、あらためて非礼を詫びて部屋を出ていった。シメオン様と二人になり、わたしはさっきから言いたくてうずうずしていたことを口にした。

「ねえシメオン様、犯人が誰なのか、けっこう簡単にわかると思いません？」

「パトリスだと言うなら、あまりに安直すぎる意見ですが」

シメオン様の反応はつれない。でも負けない。ふふん、とわたしは笑った。

「そうおっしゃるということは、シメオン様にも彼が怪しいと感じられるわけでしょう？　なにも、今この屋敷にいて、セドリック様の相続に反対しているからというだけではありませんわ。ちゃんと根拠はあります。パトリス様って、お金に困ってらっしゃるはずなんですよね」

こういう時のための情報収集です。日々の地道な努力の成果を、わたしはシメオン様に披露した。

「賭《か》け事が好きで、競馬場や紳士たちのよからぬ会合にしょっちゅう足を運んでいるようです。あと『トゥラントゥール』の花にも入れ込んでいるとか。お父様には内緒の借金がずいぶんとあるみたいですね」

「そういう話をどこから……いえ、いいです。大体察しはつきます」

なにやら沈痛な面持ちでシメオン様は眼鏡を直した。噂を聞いてくるだけじゃありませんよ。ちゃんと自分で検証もしています。彼がじっさいに『トゥラントゥール』に通っていることは確認済み。ちなみにご贔屓《ひいき》の花は、わたしの女神様たちではないようです。あそこには他にも、殿方の心を掴《つか》む手管に長《た》けた美女がわんさかいますからね。

「これまでずっと、息子に甘い母親が助けてきたようですけど、それにも限度があります。いよいよ首が回らなくなって、父親にばれて勘当されるのは時間の問題ですね」

「それでポートリエ家の財産を狙ってきたという推理ですか？　ひとつ忘れていませんか。彼には兄がいます。仮にセドリックが逃げて、跡取りの話が回ってきたとしても、彼ではなく兄の方に話が行くでしょう」

「それでもパトリス様には利があります。お兄様がポートリエ家に養子に入ったら、ベルニエ家は彼が継ぐことになりますもの」

他に兄弟はいないから、そうなるとベルニエ男爵もパトリス様を勘当できなくなる。借金問題が片付き、勘当の恐れがなくなり、しかも家を継げるとなれば十分な利益だろう。パトリス様がセドリック様を排除したがる理由は大いにあった。

「まあ、それなりにうなずける意見ではありますが、思い込みは禁物ですよ。他の可能性も考慮に入れるべきです」

シメオン様はあくまでも慎重論で行くようだ。一瞬反論したくなったけれど、それはそれでいいかと考え直した。たしかに思い込みはよくない。ふたりで意見を出し合って、真相に近付いていけばいいだろう。

「謎《なぞ》解きもいいですが、あなたはもう少し自分のことに気を配るべきですよ」

他の可能性について考えていると、シメオン様が口調を変えてわたしを叱りつけてきた。

「……扉を閉めていたことですか？　それはたしかに、ちょっと誉められたことではありませんでしたけど、事情があるのはシメオン様もご承知じゃないですか。通りがかった人に話を聞かれる状況では、セドリック様も安心して打ち明けられないでしょう？」

「私を呼べばよかったんです。隣なんですから、ちょっと声をかけるだけでいいのに、なぜそうしなかったんですか」

むむ……言われればそうねえ。なんとなく流れというか、セドリック様もためらうことなく入っていらしたから、正直外聞なんて忘れていた。そこはわたしがうかつだったと認めるしかない。

「ごめんなさい、シメオン様を仲間外れにするつもりはなかったんですけど」

「いえそういうことではなく」

「隠し事はしませんから安心してください！　次作では薄幸のヒロインならぬヒーローを、頼もしい騎士が助けるという展開にしようと思っています。あっ、もちろん露骨な書き方はしませんよ。その筋の方がちょっとヨコシマな目で見れば、そんなふうに見えるかなってくらいに」

「だからそういう話ではなく！　というかそれはもはや決定ですか？　編集の意見は」

「大丈夫、きっとノリノリで通してくれますから」

「モデルの意見は⁉」

「外見設定やご希望の展開がありましたら受け付けますよ！」

シメオン様は深くふかくため息をついていた。騎士にも素敵な恋人を用意してあげなきゃだめかしら？　そう聞くと、あきらめた顔で「茶色い髪の眼鏡の女性にしてください」と言われた。それじゃあ読者は萌えてくれませんよ。


晩餐《ばんさん》の席には伯爵夫妻とセドリック様、亡きご長男の奥方モニーク様という顔ぶれに加えて、滞在中の客人たちが一堂に会した。ここではじめて顔を合わせたのは、年配のご夫婦二組だ。伯爵夫妻の古いご友人とのことで、若い人はわたしたちとル・コント姉妹だけだった。パトリス様は泊まっているわけではないようで、この場にはいない。会話は自然に年長組と若者組に分かれ、ル・コント姉妹がせっせとシメオン様やセドリック様に話しかけていた。

彼女たちはパトリス様と違い、セドリック様を相続者として認めているようだった。彼への態度はかなり好意的だ。若い女の子にとっては魅力的な方で、物腰も柔らかくて話しやすいものね。ただ彼に夢中という雰囲気には見えなかった。セドリック様に気に入られようとしていることは明らかだけど、シメオン様を見る時とは明らかに違う。

愛想を振りまきながら、どこか冷めているようにも感じた。はじめて見かけた時もそうだった。彼がパトリス様に馬鹿《ばか》にされていても、同情や憤慨するようすはなく黙って眺めていた。この裏表はなにかしら。実は彼女たちこそが脅迫事件の黒幕？　……なんて、ちょっと穿《うが》ちすぎかな。

「サーカスに行ってこられたのですってね？　うらやましいわ、わたしも行ってみたい」

「都に出たら劇場とか行ってみたいって、ずっと思ってたんです。田舎《いなか》はもう、なにもなくてつまらなくって。今って、何かおすすめのお芝居はありますか？　シメオン様、よかったら明日《あす》ご一緒していただけません？　サン＝テールの見所を案内していただきたいわ」

「セドリック様も！　ねえ、四人で出かけましょうよ」

はしゃぐ二人にモニーク様は冷ややかな視線を向けている。彼女は最初に一言二言挨拶を交わしただけで、その後はほとんど口を利いていない。ご主人を亡くしたばかりなせいか、装いも地味で暗く沈んだ雰囲気だ。その中で左手のエメラルドの指輪だけが、異質なほど華やかな輝きを放っていた。

シメオン様たちが答えるより先に、シモーヌ様が姉妹をたしなめた。

「婚約者のいらっしゃる方にそのようなお願いをするのではありません。あまりに非常識で、失礼なことですよ」

「あら」

「ああ……そういえば、いらっしゃいましたわね」

今思い出したという顔で、ふたりがわたしを見る。猫《ねこ》なで声で姉のエヴリーヌが言った。

「お気を悪くなさったらごめんなさいね。別に、他意はありませんのよ。わたしたち都に出てきたばかりで、遊びに行きたくても勝手がわからなくって。大伯母様たちはあまり出かけられませんし、セドリック様もまだ都には不慣れでしょう？　慣れていらっしゃる方に案内していただけたらうれしいと思っただけですわ」

「あなたは都にお住まいだから、劇場なんて別に珍しくないでしょう？　だから、ねえ？　ちょっとだけ、シメオン様をお借りできないかしら」

妹のシュゼットも甘えるように言う。叱られても全然懲りないふたりに、伯爵とシモーヌ様が眉《まゆ》をひそめた。他のお年寄りたちも少々呆れ顔だ。

わたしは直接答えず、隣のシメオン様に笑顔を向けた。返答はおまかせしますよ。

「申し訳ありませんが、私は伯爵家のコレクションの方に興味がありまして。稀少《きしょう》なシィリン陶器を所有してらっしゃるとお聞きしています。差し支えなければ、見学させていただきたいのですが」

姉妹のお願いはあっさり流し、シメオン様は伯爵へ問いかけた。おじい様の気難しげな顔が、ふっとほころんだ。

「ほう、そのような趣味があったのかね？」

「美術工芸品としてだけでなく、歴史的価値も高いですからね。当時の東の国々を知る貴重な資料なので、興味はあります。マリエルはシィリン陶器を知っていますか？」

質問がこちらへ向いたので、わたしはうなずいた。

「少しだけ……透き通るような翡翠《ひすい》色が特徴の陶器ですよね。割れてしまった壺《つぼ》の一部なら見たことがあります。とてもきれいな色でした。シィリン王朝の滅亡とともに技術も失われて、現存するものはごくわずかとか。傷のない完璧《かんぺき》な状態を保った品なんて国宝級ですよね。個人で所有してらっしゃるのは伯爵くらいじゃありません？」

私の返答に、伯爵は満足げに笑みを深くした。

「いや、イーズデイルの富豪も持っていると聞くが、まあ珍しい品なのはたしかだな。わしはあまり宝石だの美術品だのには興味がないのだが、あれだけはお気に入りでね。そうか、若いふたりからそんな話を聞くとは思わなかったな。ではこのあとで、見せて差し上げよう」

鷹揚《おうよう》なお言葉にシメオン様がお礼を言い、そこから話題が東の国のことになる。お年寄りたちを相手に渋い会話が盛り上がった。

シメオン様はさすがの博識だった。いろいろ本を読んだからわたしにも多少の知識はあるけれど、伯爵との会話にはちょっとついていけない時もある。ル・コント姉妹にいたっては、完全に置いてけぼりでふてくされていた。

意外なのがセドリック様で、控えめながらちゃんと話についていっている。彼を庶民育ちと馬鹿にする人は、これを見るといい。その辺の貴族より、よっぽど歴史や美術に造形が深かった。

食後のお茶が終わると、伯爵はわたしたちをコレクションルームに案内してくださった。ル・コント姉妹はシモーヌ様に止められて食堂に残った。多分お説教を受けるのだと思う。ちょっと振り返って見たら、ものすごい目でにらまれていた。わお。

――うん、やっぱり考えすぎでした。あのふたりに深い思惑はなさそう。単に有望な男性を狙っているだけね。

わたしよりずっと美しい彼女たちは、誘えば殿方は簡単に乗ってくると思っているのだろう。地元ではそうやってもてているのかもしれない。でも生憎《あいにく》と、シメオン様は美しい女性なんて見慣れているし、誘われることにも慣れている。そしてそれらをすべて断ってきた。こう見えても生真面目《きまじめ》な堅物で、ちょっとやそっとでは心を動かされないのだ。シメオン様をその気にさせるには、きっと他の女性にはない特別な魅力が必要なのだと思う。

それがどんなものなのかは、わからないけどね。シメオン様ご自身もあまり考えていらっしゃらないかも。女性に興味を示されるところなんて、見た覚えがない。

……いつか、彼の心を動かす人が現れたら、どうなるのかしら。ふと浮かんだ疑問を、わたしはすぐに振り払った。なんだか考えたくなかった。ル・コント姉妹のことに思考を戻す。

セドリック様にも気に入られようとしているのが明らかだから、彼女たちは良家の男性と結婚したがっているのだろう。別におかしくもないし、珍しい話でもない。デビューを控えた令嬢なら当然だ。期待を胸に都へ出てきた彼女たちにとって、セドリック様はまさにうってつけの相手だったわけだ。

年齢よし、外見よし、性格もよし。他の令嬢より先に知り合い、親しくなる機会にも恵まれている。ただ問題は、姉妹二人に対してセドリック様は一人しかいないということ。どちらかがあぶれてしまうという状況だったところへシメオン様がやってきたものだから、ここぞと意気込んだのでしょうねえ。

こういう一般の令嬢たちの、結婚に対する意気込みを見ると、つくづく自分との違いを実感する。わたしは殿方とお話するより小説を書く方が楽しくて、そのための人間観察が楽しくて、デビューしてからも結婚に向けた努力をまったくしなかった。親が縁談を整えてくれなければ、確実に生涯独り身だっただろう。

自ら努力する彼女たちは偉いと思う。でもごめんなさいね、シメオン様は譲れないわ。わたしだってこの縁を逃すわけにはいかないし、なによりこんなに萌えられる人は他にいないのだもの。

姉妹のことはシモーヌ様におまかせし、年長者たちとともに二階の廊下を歩く。奥まった部屋の前にやってくると、執事が鍵《かぎ》を取り出して扉を開いた。伯爵が座る車椅子をセドリック様が押し、わたしたちはその後ろに続いて部屋へ入った。

「わあ……」

執事が次々明かりを入れていく。わたしは思わず声を漏らしてしまった。明かりを反射して、たくさんの宝飾品がきらめいていた。人の訪れを待っていたと語りかけてくるようだ。

部屋の外の、質実剛健なたたずまいとは正反対だった。伯爵家のご先祖様たちが集めた宝物が、棚や硝子《ガラス》ケースにたくさん陳列されている。指輪や首飾りといった装飾品をはじめ、美しい細工物や陶器がずらりと並ぶ中、なぜか動物の剥製《はくせい》や黒っぽい不気味な彫像などもあった。これ、見覚えあるわ。この胸と腰を強調した丸っこい輪郭、不自然に大きな腹部。以前読んだ話が正しければ、頭が取れるようになっていて……。

「その像がどうかしたんですか」

食い入るように見ているわたしに気づき、シメオン様が尋ねてきた。わたしは興奮を抑えて伯爵を振り返った。

「これって南のジャルマ族に伝わる呪《のろ》いの女神像ですよね⁉　実はこの中が空洞になっていて、毒薬を隠しておく壺になっているとか。密林に棲《す》む猛毒の蛇から取ったもので、古代から暗殺に使われてきたそうですね。これ、開けてみてはいけません？　まだ中身が入っているんでしょうか？」

「だからなんでそんなことに詳しいんですか！　よしなさい、さわるんじゃありません」

シメオン様がわたしの手を掴んで、像から引き離した。

「だって萌えません？　ドキドキするでしょう？」

「しますよ、しますからさわらない。離れなさい」

周りの人が呆気《あっけ》にとられた顔をしている中、伯爵が声を上げて笑った。

「真っ先にそれに目をつけるとは、変わった娘さんだ。いかにも、それはジャルマの女神像だ。先祖の変わり者が手に入れてきたようだが、生憎中は空だよ。使われたことはないらしい」

なぁんだ、未使用品ですか。ちょっぴり残念。でも本物の女神像ではあるので、わたしは記念にスケッチさせてもらった。この不気味な輪郭に創作意欲が刺激される。

シメオン様がため息をつく横で、セドリック様はくすくすと笑っていた。

「マリエル嬢はずいぶんと博識なのですね。シィリン陶器のこともご存じでしたし、教養がおありなのですね」

「いいえ、特に詳しくはありませんわ。以前読んだ本に記述があったのを覚えていただけです」

「本がお好きなんですか？」

「ええ」

「ふむ、それならばこういうものはどうかな」

伯爵の指示で執事が開けた箱の中には、金箔《きんぱく》で装丁された豪華な表紙を持つ、古い本が入っていた。羊皮紙で作られたもので、中身はよく知られている古典だ。でも真の価値は装丁でも内容でもない。これが初版――作者の手書き原稿を清書した、いちばん最初に作られた本という点だった。

「こんなものまであるなんて、さすがですね……」

いやはや、つくづく我が家とは大違い。この部屋の中の宝物を、どれか一つ持ち出すだけで一財産になるだろう。

伯爵や執事の解説を交えていろいろ見せてもらい、いよいよ真打ちで現れたシィリン陶器は意外なほどに小さなものだった。わたしでも片手で持てる香炉だ。ただ、独特の翡翠色はさすがに美しく、そして素晴らしく精緻《せいち》な装飾がほどこされていた。人々から感嘆の声やため息が漏れた。

「これは王朝末期の作品ですね。シュルクやガンディアから入ってきた文化に影響されて、シィリン陶器がもっとも華やかになった時期のものかと」

「うむ。これが完璧な姿で保存されていたのは、まさに奇跡としか言えん」

今度はシメオン様が熱心に見ている。こういうものがお好きだったとはね。フロベール家のコレクションルームにもいろいろあるのだろう。そのうち見せてもらえるかしら。

「セドリック様は、このお部屋の中ではどれがお気に入りですか？」

香炉を囲んで盛り上がる人々から数歩さがり、わたしはセドリック様に声をかけた。集団から離れ一人で室内を見回していた彼は、こちらを振り返って苦笑した。

「いや、正直こういう場所は居心地が悪いといいますか、うっかり当たって壊してしまったらどうしようという気分になって落ち着かないので。お気に入りとか、それどころじゃありませんね」

飾らない言葉に、わたしも笑った。

「そのお気持ち、少しわかります。特にああいう陶器は落っことしたらおしまいですからね、近寄るのが怖いですよね」

「そうなんですよ。どれも素晴らしい宝だというのはわかるんですが、それだけに下手《へた》に近寄るのが怖くて。とても弁償できないとか、つい考えてしまいます」

「何を馬鹿なことを言っとる。いずれこの部屋のものもすべて、お前が受け継ぐのだぞ」

聞きつけた伯爵に呆れた調子で叱られて、セドリック様はちょっと首をすくめた。

「早く跡取りとしての意識を持て。そんな態度だから庶民と侮られるのだ。伯爵家の評価を下げるようなふるまいをするのではない」

「まあまあ、そう厳しくおっしゃらず。じきに慣れていきますよ」

「財宝を前に目の色を変えるような人より、ずっといいじゃありませんか」

周りのおじい様おばあ様たちがなだめてくれる。セドリック様はわたしに小さく肩をすくめてみせた。お茶目なしぐさに束の間の緊張がほぐれ、こっそり笑い合っていたら、シメオン様から冷たい視線が向けられた。いけないいけない、伯爵の前だ。おすまししないと。わたしは急いで話題を変えた。

「本当に見事なコレクションですこと。リュタンが狙ってきそうなお宝ばかりですよね。警備は大丈夫なんでしょうか」

「いたずら妖精《リュタン》？」

セドリック様が不思議そうに聞き返してきた。

「ご存じありません？　今話題の泥棒なんですけど」

「ああ……そういえば、新聞で見たような」

「お金持ちが次々狙われているんです。このお家も、これだけすごいコレクションがあるんですもの、要注意ですわ」

わたしの言葉に、伯爵家の執事が自信ありげに微笑《ほほえ》んだ。

「ご心配には及びません。この部屋はさきほどの扉からしか入れませんし、特に価値の高いものはそれぞれ鍵付きの棚に入っております。そして鍵はわたくしが、常に肌身離さず持っておりますので」

なるほど、窓を見れば細長く、人がくぐれるほどの幅はない。明かり取りと換気のためだけだ。扉の鍵も一つではなかったし、それなりに厳重にはしているようだ。

でもリュタンなら、鍵なんてなくても針金一本で開けちゃうかもしれないわよ？

「コソ泥か。噂は聞いているが、今なら歓迎してやってもよいな。飛んで火に入る夏の虫だろう、なあ？」

　伯爵がシメオン様に笑いかける。本当に、今ここにリュタンが現れたら夢の対決がかなうのにねえ。

　すっかり伯爵に気に入られたシメオン様は、外へ出てもまだ話の続きをしようと誘われていた。わたしは一足先に客間へ引き取らせていただく。廊下を歩いていると、ル・コント姉妹と行き合った。

「あら、見学会はもうおしまい？」

　エヴリーヌが声をかけてくる。わたしは笑顔でうなずいた。

「ええ、とても素晴らしいものを見せていただきました」

　周りに人がいないからだろう、彼女たちはあからさまにわたしを馬鹿にして、鼻で笑ってきた。

「わかったような顔で話を合わせて、うまいこと大伯父様のご機嫌を取ったわね。あなたって、お年寄りには好かれそうよね。交じっていても違和感ないものね」

　けらけらとふたりは笑う。地味で冴《さ》えないところが年寄り染みているということですか。そういえばわたし、昔からお年寄りには受けがいいわね。

「都住まいにしては、ずいぶんとダサいわよねえ。そのドレス、一体何年前の流行？　わたしそんなの見たことないわ」

　わたしを上から下まで、じろじろ眺め回しながら言うのはシュゼットだ。彼女たちが着ているドレスは明るく華やかな色で、レースやリボンをふんだんにあしらったものだった。対してわたしのドレスは紺色で、飾りも控えめと地味である。これでも一応、流行には合わせてあるのだけれど……。

「シメオン様もお気の毒にねえ。こんな人と婚約しなきゃいけなかったなんて」

「どうせ家同士で決めた婚約でしょうけど、隣に並ぶのがコレじゃさぞご不満でしょうねえ。お可哀《かわい》相《そう》に」

はあ、そうですね。おっしゃるとおりです。お父様とシメオン様が何をどう話し合ったのか、わたしの知らないところで決まった縁談です。いまだにどんな交渉があったのか大いなる謎だ。お父様に聞いても「交渉なんてしてないよ」としか答えてもらえない。わたしにも隠さなければならない、どんな理由があるというのだろう。ものすごく不思議で、深く追及するのがちょっと怖くもあった。

うつむきがちに黙って聞いていると、姉妹はさらに調子に乗って口々に悪態を並べ立てた。台詞《せりふ》自体はそう独創的でもないけれど、いかにも意地悪なようすが面白い。これまで攻撃してきた令嬢たちとは少々印象が違った。もっとあけすけというか、少しばかり品が落ちるというか、どうにも洗練されていないのだ。一流の貴婦人がくり出す嫌味なんて、それはもう震えるほどにかっこいいのだけれど、残念ながら彼女たちには今ひとつキレがなかった。

んー、でもこういう存在も物語には必要よね。誰も彼もが一流では逆に面白くない。いろんな人がいてこそ、主役や敵役が映えるというものだ。

大いに参考にさせていただこうと拝聴していると、背後から足音が近付いてきた。姉妹の攻撃がぴたりとやむ。振り向くより早く声が聞こえた。

「おや、こんなところに立ち止まっておしゃべりですか？　部屋に入られればよろしいのに」

セドリック様だった。シメオン様とともに伯爵のお相手をしているかと思ったら、もう戻ってきたのか。

いつもの穏やかな笑顔で彼はやってくる。

「ご婦人同士で話がはずんでいるようですね」

「ええ、ちょっと」

ついさっきまでの意地悪が嘘のように、エヴリーヌが愛想よく答えた。

「流行などについて、お聞きしていたんですの。さすがマリエルさんは花の都にお住まいなだけあって、洗練されていらっしゃるから」

「ええ、ほんとう。おしゃれの最先端に常に接していられるなんて、うらやましいかぎりだわ」

姉の皮肉に妹も乗ってくる。セドリック様は、にこにことうなずいた。

「ああ、たしかに、そのドレスはこの冬の最新流行ですね。あえて落ち着いた色にして派手にならないよう抑えていらっしゃるのが、実に粋で上品です」

なにげなく放たれた言葉に、姉妹がさっと顔色を変えた。二人揃ってまじまじとわたしのドレスを見つめる。そうなの、実は彼女たちの方が流行遅れなの。この冬は生地と同じ色で刺繍《ししゅう》を入れて、一見控えめ、実は凝っているというスタイルが主流なのよ。

都の流行はころころ変わるから、地方へ届く頃《ころ》には次の波が来ている。はからずも、彼女たちが言ったとおりの状況なのだった。

わたしと目が合うとエヴリーヌは一瞬憎々しげな顔になり、ぷいっとそっぽを向いた。

「わたしたち、今日はもう休みますわ。失礼」

急に背中を向けて立ち去っていくふたりに驚くようすもなく、黙って見送ったセドリック様は、わたしを見下ろしていたずら気に笑った。わたしはちょっと意外な思いで言う。

「聞いていらしたんですね」

「ええ、まあ、聞こえてしまいました」

すみません、と彼は謝る。

「いいんです。わたしをかばってくださったのでしょう？　ありがとうございます」

「いえ、あれはちょっと意地悪がすぎると思いましたので。もっとも、余計な真似だったかもしれませんが」

こちらへ笑いかけてくるセドリック様は、これまでとは雰囲気が違った。おっとりして優しげな人だと思っていたのが、ちょっと悪い笑みとともに陽気な好奇心を見せてくる。

「さんざん言われても、まるで堪《こた》えていらっしゃらないようですね。気丈に耐えているというようすでもない。まるで百戦錬磨の年長者のような余裕がおありだ。正直、見た目の印象とは正反対です」

「慣れておりますから。それに、言われていることはあながち言いがかりでもありませんもの。わたしが地味で冴えない容姿なのは事実ですから、指摘されても今さらとしか」

「そんなものは、上っ面だけの話だと思いますが」

セドリック様は身をかがめ、近い距離からわたしの顔を覗《のぞ》き込んだ。

「顔にはその人の内面が表れる。あなたは普段、わざと自分を抑えて地味に見えるようにふるまっているでしょう？　本当の顔は、サーカスを観ていた時やさっきの女神像を見た時のような、無邪気な好奇心にあふれている。あの時のあなたは、お世辞ではなくとても可愛らしかったですよ」

……あら、まあ。男性からそんなことを言われたのははじめてだ。

「ありがとうございます。セドリック様も、最初の印象とは違うごようすですね？　もっと純朴な方かと思っていました。実は侮れない方でした？」

「さて、どうでしょう？」

わたしたちは互いにくすりと笑い合う。

「女性の流行も把握してらっしゃるんですね」

「ああ、それは必死に勉強したんですよ。上流のみなさんの前で田舎者なのを暴露してしまうと、祖父母に恥をかかせてしまいますから」

ル・コント姉妹が聞いたら憤死しそうな言葉だ。優しそうなお顔できついことをおっしゃる。本当、最初の印象と大違いね。ちょっとシメオン様の言葉を思い出してしまった。

彼がすべてを正直に話しているという保証はない――か……。

「美術品や歴史についてもお詳しくて、感心しました」

「その辺は、もともと興味があったので。ですがシメオン殿の博識には負けますね。さすが生粋の貴族育ちなだけはある。見習うべきと感じ入りましたよ」

……ふうん、そんなものですか。

「あ、そうだ」

いろいろ考えていると、思い出したようすでセドリック様が言った。

「あなたに渡したいものがあるんですよ。それで追いかけてきたんでした。大したものではありませんが、受け取っていただけますか」

「わたしに？　あの、お気を遣われなくても」

「いえ、本当に大したものでは。先日女性客がたくさん入っている店の前を通りがかって、聞いてみたら今人気の菓子店だというので、祖母にお土産《みやげ》を買ったんです。その時にあなたのことも思い出しまして。お礼というにはあまりにささやかですが……」

「そういうことなら、喜んで。甘いものは大好きです」

「それはよかった」

照れくさそうに笑いながらセドリック様はわたしを誘った。彼の部屋は、昔父親のコンスタン様が使っていた場所らしい。もちろん中まではついて行かず、わたしは扉の外でセドリック様の背中を見送った。

軽快な足取りで入っていたセドリック様が、しかし突然ぴたりと立ち止まる。その場に硬直したように立ち尽くすので、気になってわたしは少しだけ中へ踏み込んだ。

「セドリック様？　どうなさい――」

言いかけたわたしも驚きで止まってしまう。

セドリック様の向こう、正面の壁に、真《ま》っ赤《か》な文字が大きく書きなぐられていた。

『命が惜しければ今すぐここから出ていけ
身の程に釣り合わぬ欲を出せば、その身におそろしい災いがふりかかるだろう』

3

一瞬血文字かと思ったそれは、よく見れば赤いチョークで書かれたものだった。壁をそっとなでれば指に赤い粉がつく。

「こんな色のチョークもあるんですね」

「最初の感想がそれですか」

呆《あき》れた顔でシメオン様がわたしの指についた粉をぬぐってくれる。粉の移ったハンカチをじっと見つめ、それからまた壁の文字に目を戻した。

「脅迫状の文字と同じですね」

「ええ。これは、見本を見ながら書き写したようには思えませんね」

短い文句ならともかく、これだけの文章になると違いははっきりする。壁の文字は、明らかに書くことに慣れた人物によるものだった。

パトリス様は晩餐《ばんさん》が始まるより先に帰っていて、今屋敷内にはいない。そうと見せかけてひそんでいるのでもないかぎり、彼がこれを書いたとは考えられない。

「うーん、予想が外れちゃったかしら」

「容疑者は彼だけではありませんよ。動機のある人物など、いくらでも挙げられる」

「でも今ここにいる人は限られています。となると……読み書きのできる使用人が代わりに書いたのかしら？　やっぱり黒幕はパトリス様だという可能性もまだありますよね」

「それならば使用人全員に字を書かせれば、誰が書いたのかすぐにわかる。誰の差し金かもね。さすがに犯人もそこまでうかつな真似《まね》はしないでしょう」

たしかにね。特徴のある字だから、調べれば誰のものかはすぐにわかるだろう。……そうなると、残る可能性は何かしら。

壁の前で首をひねっていると、セドリック様が戻ってきた。手にバケツを持っている。

「いかがでした？」

わたしの問いに、彼は首を振った。

「就寝前の支度をしてくれたのはアンヌでした。聞いてきましたが、その時点では何も異常はなかったようです」

「その小間使いは文字が書けますか？」

シメオン様の問いも否定される。

「自分の名前を書くのが精一杯です。彼女は農村の出身ですから」

期待はしていなかったようで、返答にシメオン様はうなずいている。セドリック様はこちらへやってきて、床にバケツを下ろした。

「もう、消してもかまいませんでしょうか」

「ええ、どうぞ」

「あ、お手伝いします」

手を伸ばしたわたしを、セドリック様は優しくさえぎった。

「ありがとう、大丈夫です。私は掃除なんて慣れていますから。このきれいな指を汚していただく必要はありません」

床に膝《ひざ》をついてわたしの手をそっと取る。なんだかこのまま口づけでも落とされそうな体勢だ。頭の上でシメオン様の咳払《せきばら》いが聞こえた。

セドリック様はわたしの手を放して雑巾《ぞうきん》を取り上げる。たしかに手慣れていた。壁の赤い汚れはあっという間にきれいに拭《ぬぐ》われ、痕跡《こんせき》も残さない。

でも使用人も呼ばず、こっそり掃除道具を借りてきて自分で片付けるなんて、いくら庶民育ちで慣れているからって、なんだかさみしい光景だ。

「セドリック様、やっぱり伯爵とシモーヌ様にお話しするか、せめて執事に相談されてはいかがです？　こんな悪質な嫌がらせ、黙っている必要はありませんわ」

わたしの提案にセドリック様は少し考え、小さなため息とともに首を振った。

「いえ、やめておきます。祖父は知ったところで、私が頼りないから侮られるのだと叱責《しっせき》するだけでしょうし、それで祖母が気に病むのも避けたい。使用人たちだって、どれだけ本心から私を認めてくれているのか、わかりませんから」

冷めた返事に、わたしはかける言葉が見つけられなかった。そんなふうに考えていたのね。そう思わせる環境だということか。セドリック様にとって、本当に信頼して頼れる相手はいないのかもしれない。だから赤の他人のわたしたちに協力を頼んできたのだろう。

「お二人も、どうか内密にお願いします。こんなことが知れ渡っても、恥にしかなりませんから」

「それはかまいませんが、ひとつ聞かせていただけますか。あなたが、これをどう思っておられるのかを知りたい」

シメオン様の問いに、セドリック様だけでなくわたしも困惑した。どう思っているかって、そんなの聞く必要があるだろうか。

「どう、とは」

「聞き方を変えましょうか。あなたは、絶対に伯爵家の跡継ぎになりたいのですか？　こうして嫌がらせを受けるほど風当たりは強い。ここはあなたにとって、けっして居心地のよい場所ではないでしょう。それでも身分と財産を手に入れる方が魅力的ということでしょうか。あなたがどういう考えでいらっしゃるのか、正直なところをお聞きしたい」

同情もなければ責める響きもなく、淡々とシメオン様は言う。事実関係を確認するお仕事の姿勢だ。薄情なようにも見えるけれど、変に感情を混ぜられるより答えやすいだろう。

理解した顔になり、セドリック様は答えた。

「脅しに屈して出ていくつもりはありません。財産狙《ねら》いと思われることは百も承知ですが、私はこんな陰湿なやり口に負けたくありません。たしかに、私は庶民育ちです。母は労働者階級の小間使いでした。伯爵家にふさわしい生まれではありませんし、爵位を継ぐことに憧《あこが》れているわけでもありません。正直、そこはどうでもいいんです……ただ、父は最後まで捨ててきた家のことを気にしていましたから」

セドリック様の目が窓の方へ向けられる。ここにはいない人を思い浮かべる顔で、彼は続けた。

「厳格な父親と、夫の言いなりな母親。優秀な跡取りの兄と、どこかへ養子にでも入るしかない自分。そうした環境に耐えきれず飛び出してしまったことが、父の心の傷になっていたんです。自分は負け犬だと、よく言っていました。お前はけっして人生に負けるな、辛いことからも逃げるなと言い続けていました。私が今ここにいるのは、父の代わりに戦おうという気持ちもあるんです」

振り向いた目は静かで、けれどしっかりと強い意志を宿していた。

「いくつもの偶然が重なって、私は別世界といってもいい場所へ飛び込むことになりました。でも、それも自分の人生だとまっすぐ受け止めたい。逃げずに乗り越えて、両親の墓前で胸を張って報告したいし、父の代わりに祖父母に認められたい。それが私の偽りない気持ちです」

「……わかりました」

シメオン様はうなずき、わたしの背に手を回した。うながされて、彼とともに歩き出す。

「もう一度言っておきます。できるだけ一人にならないように。特に人目につかない場所で隙《すき》を作らないように。脅迫状や落書きについては、こちらでそれとなく調べておきますので」

「はい、ありがとうございます——あっ、待ってください！　マリエル嬢、これを」

あわててキャビネットへ走ったセドリック様は、リボンのかかった箱を持ってきた。

「また忘れるところでした。どうぞ」

「ありがとうございます。あの、セドリック様、どうかお気になさらないようにね？　世の中には意地悪な人もいますけれど、優しい人もいます。わたしが思うに、人間関係は鏡です。明るく優しい人へは笑顔が返されます。セドリック様が誠実でまっすぐな心を失わずにいれば、きっとそれに応《こた》えてくれる人が現れますから」

お菓子を受け取って、わたしは今言える精一杯のことを伝えた。セドリック様の顔にじんわりと微《ほほ》笑《え》みが浮かぶ。

「ありがとう。すでに一人、現れたと思っていいでしょうか」

「一人ではなく二人です。ねえ？」

わたしは笑顔でシメオン様を見上げる。シメオン様は何も言わなかったけれど、ひとまずはうなずいていた。

セドリック様の部屋を出て、廊下を二人で歩く。向かいから静かに女性が歩いてきた。モニーク様だ。彼女はわたしたちに気付いても特に声をかけることもなく、会釈だけして通りすぎた。

なにげなく振り返ったわたしは、モニーク様が通り際にセドリック様の部屋の扉を見ていたことに気付いた。あまり穏やかなお顔ではなく、暗い表情なのが気にかかった。

そういえば、食事の後モニーク様はどこにいらしたのかしらね……。

客間の前まで戻ってきて、シメオン様が扉を開ける。おやすみの挨拶《あいさつ》をして隣へ向かおうとしたら、強引に腰を引かれて彼の部屋に連れ込まれた。

「それは？」

扉を閉めるなりわたしの手の中の箱を指して聞いてくる。わたしは蓋《ふた》に刻印された店名を見せた。

「お菓子ですよ。通りがかったついでにお土産《みやげ》に買ってくださったんですって」

「……ほう？」

あ、あら？　なんだかまた不機嫌になってきたような。冷やかな視線がたまりませんね。怖いよう。

「わざわざ、あなたに？」

「お礼だそうですよ。シモーヌ様に買うついでに、わたしの分も買ってくださっただけです」

断りもなくシメオン様はわたしから箱を取り上げた。刻印を確認したかと思ったらさっさとリボンをほどいてしまう。

「シメオン様！」

蓋を開けて中を見る。一口サイズの丸いショコラが十粒並んでいた。このお店の名物、ボンボンだ。

「あーっ、何勝手に食べてるんですか！　お行儀が悪いですよ！」

「……いちおう、普通のボンボンですか」

わたしの手が届かない高さに箱を上げて、一人でボンボンを堪能している。ひどい。わたしも食べたい。評判の店ですぐに売り切れてしまうから、なかなか手に入らないのに。

「返してください」

「問題はなさそうですが、念のためにこれは預かります」

「なんの問題ですか⁉　そんなこと言って、ボンボンを独り占めする気ですね。シメオン様がそんなに甘党とは知りませんでした。なら半分こしましょう。わたしだって、おすそ分けくらい考えていましたのに」

「そうではありません。ボンボンが欲しいなら私が買ってきてあげますから、これは預からせてください」

「どうしてですか？　せっかくセドリック様がくださったのに」

むすっとした顔でシメオン様は蓋を閉める。箱をテーブルに放り出し、腰に手を置いてわたしを見下ろしてきた。

「あなたはずいぶんと彼に肩入れしているようですが、少し冷静になりなさい。あまり、彼を信用しすぎない方がいい」

「具体的にどの辺が信用できないとお考えですの。彼が歴史や美術に詳しく元から興味を持っていたと言うわりに、コレクションルームではあまり興味を示さなかったところですか。嫌がらせに断固として負けないと決心しているわりに、他人に助けを求めたりするところですか」

言い返すと、形のいい眉《まゆ》がくっと上がった。

「……意外と、まともに見ているんですね」

「意外とってなんですの。人間観察はわたしの趣味と実益を兼ねた特技ですよ」

「ああ、そうでしたね」

シメオン様は天井を見上げて息を吐き出した。

「それならわかってくれても……」

「え？」

聞き返すと、いいえと言ってわたしに顔を戻した。

「気付いているのなら言いますが、彼には違和感があります。よくよく注意していないと気付かない程度のもので、その程度に抑えられるよう巧みに演技しているふしがある。何も企んでいない普通の人間は、そんなことはしない」

「わたしも、少し首をかしげる時はあります。でもね、人にはいろいろ考えがあるものです。セドリック様だって、なにもかもをわたしたちに開けっぴろげに見せることはできないでしょう。隠している思いの一つや二つ、あって当然ではありませんか」

「それが無害なものならいいが、こういう状況だから気を許さないようにと言っているんです」

シメオン様が引っかかりを覚えることは理解できるけれど、そこまで警戒する必要があるだろうか。

わたしは疑問に思わずにはいられなかった。

「シメオン様は最初からセドリック様にいい感情を持っていらっしゃらないようでしたね。思い込みや偏見がないと、自信を持って言いきれますか？」

「あなたこそ、同情がすぎて見逃してはならないものから目をそらしているとは、思いませんか」

むーんとわたしたちはにらみ合う。これはどうも、平行線になりそうだ。互いの意見が完全にすれ違っている。

シメオン様の方でも同じことを思ったようで、すぐに緊張は消えた。

「とにかく、彼に近付きすぎないよう距離を取ることは忘れないでください」

「そんなに近付いているつもりはありませんけど……」

不承不承うなずきながらも、わたしにはひとつだけ譲れないものがあった。さり気なくシメオン様の動きに注意して、ここぞという隙《すき》ができた瞬間テーブルに飛びついてボンボンの箱を奪い返す。わたしがそんなことをするとは思わなかったのか、シメオン様が眉を吊《つ》り上げた。

「マリエル！」

「これはわたしがもらったものですよ！」

箱を抱えてシメオン様から逃げる。奪回まではうまくいったけれど、その後が失敗した。扉はシメオン様の後ろ側だ。これでは出る前に取り返されてしまう。

ならばとわたしはその場で蓋を開いた。この際お行儀は無視だ。さっきシメオン様だってやったものね。一粒取り出して口へ放り込む——つもりだったのに。

寸前で止めた手が、わたしの指ごと自分の口へボンボンを運んだ。指先にやわらかなぬくもりが触れる。湿ったものがチロリとくすぐって、わたしの頭を真っ白にした。

い、今——指、わたしの指を……！

わたしの手を口元へ寄せたまま、水色の瞳《ひとみ》が見下ろしてくる。指先から全身へとしびれが走った。シメオン様の手が振り払えない。指にかかる吐息をひどく敏感に感じてしまう。

何も言えずに硬直するわたしから、シメオン様はふたたび箱を取り上げた。抵抗もできず馬鹿《ばか》みたいに見ているだけのわたしの前で、残りのボンボンをまとめて取り出す。

「えっ……」

思わず声が出てしまった。シメオン様はボンボンを次々口に放り込んでいく。リスみたいにほっぺ

たを膨らませて、ゴリゴリとかみ砕いた。なにこれ、美青年がだいなしなんですけど。さっきのお色気が一瞬で粉々よ！

「……甘い」

うっと口元を押さえてシメオン様はうめく。わたしは冷えた目で見守ってあげた。

「シメオン様、かなりお馬鹿ですね」

あっという間に箱の中は空っぽだ。いくら美味《おい》しくても、ボンボンは一度にたくさん食べるようなお菓子ではない。十個も食べたら、それは口の中が甘くて大変だろう。独り占めしたって、これでは何も楽しめやしないだろうに。

シメオン様は気持ち悪そうに胸もさすっていた。こころなしか顔色が悪い。

「誰《だれ》が意地汚いんですか」

「……ハァ、当分甘いものは見たくもない……」

「知りません」

わたしはシメオン様を見捨てて背中を向けた。足取りも荒く部屋を出る。今夜ばかりはシメオン様が許せなかった。

結局一つも食べられなかったじゃない。リキュールボンボン、大好物なのに。シメオン様の馬鹿ばかバカ！

ボンボンの恨みは深い。

翌日もしっかり根に持っていたわたしは、シメオン様を放置して一人で調査に勤《いそ》しんでいた。

うちのナタリーから借りてきた服に身を包み、髪はひっつめて白い頭巾《ずきん》に隠している。仕上げに糊《のり》の効いたエプロンをつければ、もうどこから見ても女中にしか見えない。我ながら完璧《かんぺき》なはまり具合だ。正直令嬢ドレスよりも似合っているわよね。

女中のお仕着せなんて大体どこの屋敷でも似たようなもので、案の定この屋敷の女中もうちと同じような格好だったから、こうして交じってもわからない。わたしの特技、風景に同化して誰にも意識されないという、存在感の希薄さを最大限に発揮して、あちこちで召使たちの話を拾い集めていた。

「まぁったく！　あのワガママお嬢様たちときたら！　明後日《あさって》の準備で屋敷中が忙しいってのに、朝からなんやかやと用事を言いつけるんだから！　さっきは何だったと思う？　花を飾りたいからすぐに切ってきて、だってよ。今何月だと思ってんだい⁉　温室の花は明後日のためなんでだめだって言ったら口答えするなって本を投げつけられたよ！　爵位もない田舎者《いなかもの》のくせに、威張り散らしちゃってさ！」

年かさの女中が怖い顔で文句を吐き出している。ル・コント姉妹は屋敷の状況におかまいなしに、我が道を行っているようだ。

「あの二人、セドリック様を狙ってるよね。見ててバレバレだよ、浅ましいったら。お客にも色目使ってるし、明後日の夜会でも貴族のいい男をつかまえようと躍起になってんの。あんな性悪を相手にする男なんざいるかってての」

若い女中も嬉々《きき》として悪口に参加する。まあ、召使たちの会話なんてこんなものだ。主人たちの前ではけっして口にできないことを、仲間内でしゃべって発散しているのだろう。

「あたし、お客のドレスを調べてこいって言われたよ。ほら、あの——なんてったけね？　お客のお嬢さん。どんなドレスを用意してるのか、見てこいってさ」

「ああ、相手が地味なもんだから馬鹿にしてたら、自分たちの方が流行遅れの田舎者だったって恥かいたんだろ？　それで神経とがらせてんのさ。偉そうな割に自信がないんだよ」

——はからずも、わたしの方が彼女たちの装いに詳しくなってしまった。ああだこうだと交わされる悪口のおかげで、頭のてっぺんから爪先《つまさき》まで、どんなもので飾りたてるのかすべて網羅できる。悪口を言っているけれど女中たちもおしゃれに興味があるわけだ。宝石もたくさん用意しているらしい。都での社交界デビューだから、張り切っているのだろう。

「セドリック様だって、あんな連中はお断りだろうよ。それならまだ、お客のお嬢さんの方がましさね。なんかぱっとしない見た目でどんな顔だったかも覚えてないけどさ、偉そうにはしてないし面倒な用事も言いつけられないし、おとなしくて手がかからない人でいいよ」

……わたし、お年寄りだけでなく使用人受けもいいのね。理由は手がかからないからって、なんだか動物か植物のお世話みたい。

「あのお嬢さんはもう売約済だろ。夜会にはきれいなお嬢様たちがわんさか来るんだから、手近で間に合わせなくてもよりどりみどりさ」

「けどねえ、セドリック様のお育ちを考えると、気取りかえった貴族のお嬢様たちが相手してくれんのかって思わない？」

「どうなんだろうねえ。貴族ってのは、そういうのにうるさいからねえ。でもこのお家の跡取りなんだから、結婚すりゃ伯爵夫人になれるんだろ？　悪かない話じゃないか」

「そうすんなりいきゃいいけどさ、ご親戚《しんせき》筋が反対してるじゃないか。パトリス様みたいに、せっせと通っちゃ旦那《だんな》様や奥様に考え直せって言ってくる人もいるし」

「それだけならいいけどさ……あたし、見ちゃったんだよね。セドリック様が歩いてるとこに鉢植えが落ちてきたのを」

一人の女中が声をひそめて言ったので、周りは一斉に顔を向けた。

「なんだい、それ。知らないよ」

「七日くらい前だったかな、西側の、あんまり人が通らないとこあるだろ。あそこ歩いてらしたんだよね。あたしはたまたま、廊下から姿が見えてさ。そしたら上からでっかい鉢植えが落ちてきてね。幸い当たらなかったからよかったけど、なんでそんなもんが落ちてくるんだってびっくりしたよ」

「誰だい、そんな危ないとこに鉢植え置いたの！　……ていうか、どこから落ちてきたんだい？」

食器磨きに交じりながら、わたしも耳を澄ませる。みんな噂話《うわさばなし》に夢中で、わたしが部外者だとは気付かない。ここでお皿を割ったりしないよう気をつけないと。この取り皿、菫《すみれ》の模様が可愛《かわい》いわね。

「多分二階のバルコニーだよ。室内の観葉植物を日に当てようと出してたんだろうけど、普通落ちてくるもんじゃないだろう？　あんなもん、手すりの上に置く奴《やつ》いるかい？」

見回して尋ねる女中に、みんな首を振った。

「まさか！　そんなの子供でも危ないってわかるじゃないか」

「わざわざ手すりに置かなくても、普通にバルコニーに出してるだけで十分だろ。じゃあなにかい？　それって、セドリック様を狙ってわざと落としたってのかい」

「そうじゃないかとあたしはにらんでるよ」

いかにも秘密の話といったようすで、女中たちは声をひそめる。でも室内にいれば十分聞こえる程度だ。セドリック様の心配よりも好奇心の方が勝っているらしい。

「ちょうどあの日は、ご親戚が何人も来てたんだ。その中の誰かがやったんじゃないかと思う」

「うひぃ、おっかないねえ。邪魔者は消しちまえってかい」

「そりゃあ、これだけの身代だからねえ、狙ってる奴は多かろうよ。お子様ができないままアンリ様が亡くなって、美味《うま》い話が転がり込んでくるかと期待してたとこへ孫息子の登場ときたもんだ。さぞ悔しいこったろうさ」

「ねえ、誰だと思う？　あたしはパトリス様が怪しいと思うんだ。いちばん熱心に通ってるからね」

「いやいや、ギョーム様だってすごい剣幕で文句を言ってなすったよ」

「パトリス様は絶対にこのお屋敷の財産を狙ってるね！　よくコレクションルームの前を、物欲しげな顔でうろうろしてるんだよ。鍵《かぎ》がかかってて入れないのに、扉に手をかけてごそごそやってた時もあったよ。本当にあさましいったら」

「ワガママお嬢様たちだってたいがい手癖が悪いよ。奥様のブローチや指輪を盗み出してんの。自分の宝石箱にちゃっかり放り込んでるの見ちまったよ。あたしらが盗ったと疑われちゃたまらないんでジャンヌさんに言っといたんだけどさ、言い訳がちょっと借りただけだってさ！　なら堂々と奥様に頼めばいいじゃないよねえ。黙ってこっそり持ち出すのは泥棒だって、貴族は教えないのかね」

「そういやモランの奥様も、気取った顔してるけどさ――」

屋敷を訪れる親族たちの、あまり誉められない行状が次々語られる。なぜこんなにもうかつに目撃されているのかというところだが、実は不思議でもなんでもない。貴族の屋敷に使用人がいるのは当たり前で、身代の大きいお家ほどその数は多くなる。女中がその辺で働いていたって、風景のひとつと無視する癖がついているのだ。まあ、よその家へ行って、しかも悪いことをするなら気をつけろって思うけど。

……わたし、大丈夫かしら。うちの使用人たちは今さらでみんな慣れているからいいとして、よそでは気をつけないとね。萌《も》え情報を書きつけているところとか、見られないようにしないと。

しかし、おかげで今はありがたい。気になる情報が山盛りだ。

「……あたし、若奥様も気になるんだよね」

デザートナイフを剣のごとく磨き込みながら耳を澄ませていると、悪口や暴露話で盛り上がる中に若い女中がぽつりとこぼした。はあ？　とすぐそばの女中が呆れた声を出す。

「若奥様はなんもしないだろ。誰が跡取りになろうと一緒じゃないか」

「そうだけどさ、つまり、セドリック様が気に入らないんじゃなくて、跡取りになる人が気に入らないんじゃないかって」

「どういうこったい」

うん？　それは新しい意見だ。わたしも興味を持って聞く。

「若奥様にゃ子供ができなくて、ずいぶんとお辛い立場だっただろ。よそから跡取りが来るのって、複雑だと思うんだよね」

「ああ……まあ、そりゃあねえ」

「ご自分の居場所がなくなっちまうような、不安があるんじゃないかと思うんだ。セドリック様が来てから、ずっと暗いお顔なすってる。思い詰めてるんじゃないかって心配なんだよ」

「旦那様がけっこうきついからねえ。奥様もあんまりかばってくれるわけじゃないし」

「アンリ様だけだったよね、若奥様をかばってたのは。妾《めかけ》も作らず偉かったよ。なんで早死にしちまったかねえ」

「まったくだよ。アンリ様さえいりゃあねえ……けどさ、セドリック様がいなくなったって、誰か代わりの人が来るだけだろ。若奥様にとっちゃ何も変わらないよ。関係ないだろ」

わたしは、昨夜の光景を思い出していた。暗い顔でセドリック様の部屋の扉をにらんでいたモニーク様――この屋敷へ来てから、一度も彼女の明るい顔を見ていない。

今後、彼女はどうなるのだろう。このまま本家で暮らし続けるのだろうか。それとも実家へ帰されるとか？　世の中にそうした話は珍しくない。子供ができないまま夫に先立たれた女性は立場が弱いものだ。舅姑《きゅうこ》から冷遇されても逆らえず、救いを求められる相手もいない。いっそ気楽な実家へ帰ることを選んでもおかしくはなかった。

そこですっぱり気持ちを切り替えられる人ならいいのだけれど、不満や恨みを溜《た》め込む人だったらどうなるだろう。考えるほどにモニーク様の沈んだ表情が気になってきた。

「ちょっと、あんた、これ大広間へ運んどいて！」

グラスを曇りなくぴかぴかにしていると、目の前に磨き終わった食器の入った、大きな籠《かご》が置かれた。どうやらここまでね。わたしは最後のグラスも入れて、籠を持ち上げた。うわ、重い。え、大丈夫かしら。大広間まで行けるかしら。

「なんだいへっぴり腰で！　落っことすんじゃないよ、割ったら給料数年分吹っ飛ぶよ！」

「は、はぁい」

うう、こんなの男性に頼んでくれればいいのに……わたしはえっちらおっちら籠を抱えて外へ出た。

「……ところで、あれ誰だい？」

「……さあ？」

階段を上って地階から一階に出、大広間を目指す。途中何人もの使用人たちと行き合ったのに、誰も手伝おうなんて言ってくれず、知らん顔で通りすぎていった。彼らが冷たいのではなく、多分このくらいできて当たり前なのだろう。使用人たちがどれだけ頑張って働いてくれているのか、実感とともに理解してしまった。帰ったらみんなをねぎらわなくちゃ。

あとちょっと、と思うも腕がもう限界だ。落としてしまう前に一度休憩するべきかと思っていたら、不意に腕の中の重みが消えた。えっと驚いてわたしは顔を上げる。呆れ顔のシメオン様が、籠を持って立っていた。

「何をやっているんですか、あなたは」

「まあシメオン様、よくわたしだとおわかりに」

ほっと息をついて腕をさする。ああこれ、きっと筋肉痛になるわ。

「どこへ行ったのかと思えば……その格好、事前に用意していましたね？」

「もちろん。何の用意もせずただお泊まりに来ただけとでも？」

はあ、とシメオン様は呆れた調子で息を吐いた。

「でも本当に、よくわかりましたね」

「森で虫を見つけるのには、慣れていますから」

虫？　昆虫採集のご趣味なんてあったのかしら。

「しかし感心する。あなたはどこへ行っても巧みに溶け込みますね。男なら諜報員《ちょうほういん》として勧誘していますよ」

「諜報員！　いいですね、それ。ワクワクします、きっと天職です！　採用していただけません？」

「却下です」

「ああ、団長様に――それとも王太子殿下にお願いした方がいいかしら？」

「却下です！　団長なんかに言ったら面白がって本気で採用しそうだから、絶対に駄目ですよ！」

文句を言いながらもシメオン様はわたしの代わりに籠を運んでくださる。こういう紳士的なところも素敵。でも大広間へ入ったとたん、準備を取り仕切っていた女中頭に叱《しか》り飛ばされた。

「お客様に運ばせるだなんて何を考えてるの！　ご主人様に恥をかかせるんじゃありません！」

「ごめんなさいっ」

「いや、これは私が……というかだな、この人は」

「まあ本当に申し訳ありません、若い子ってのは軽率でもう！　きつく叱っておきますから、どうかお許しくださいませ」

「いや……」

「あんたはさっさとそれ置いて、次のを取りに行きなさい！　今度こんなことしてたら、奥様に言ってクビにしてもらうからね！」

「はいっ、ただいま！」

「なんだこの自然ななじみっぷりは……マリエル、昼食までには戻るんですよ！」

シメオン様の声を背中に聞きながら、わたしはまた地階へ走る。三回目で腕が持ち上がらなくなったので、こっそり抜け出して元に戻ったのだった。


ちょっと疲れたので昼食後は部屋で休憩していると、セドリック様がやってきた。

「不躾《ぶしつけ》で恐縮なのですが、もしよろしければお願いしたいことがありまして」

「なんですか？」

「ダンスの練習相手をお願いしたいんです。夜会はもう明後日ですが、実はまだ自信がなくて」

照れくさそうなお願いが微笑ましい。わたしは笑ってうなずき、セドリック様とともに音楽室へ向かった。今回はちゃんと扉を開けたまま、手を取り合ってステップのおさらいをする。

「お上手じゃないですか。何も問題ありませんよ」

「そうでしょうか。いつ足を踏むかと気になって、そうなるとかえって足がもつれて転びそうになるんですが」

「もう動きは完全に覚えていらっしゃるようですから、あまり難しく考えないで、音楽に乗ることだけ意識されればよろしいですよ。お相手も慣れているんですから、大丈夫です」

音楽があればいいのにな、とわたしは室内を見回した。立派なピアノをはじめとして、たくさんの楽器がある。でもわたしが弾いたんじゃダンスのお相手ができないし……そういえばシメオン様はヴァイオリンが弾けたはず。お願いしてみようかな。

「おやおや、お楽しみのようだね」

無音で踊っていると、戸口からひどく意地悪い調子で声をかけられた。見ればパトリス様が姿を現していた。噂の人登場だ。今日《きょう》もしつこく伯爵を説得しに来たのかしら。

「さっそく女とよろしくやってるのか。下層育ちらしい慎みのなさだな。にしても相手がそれとは、変わった趣味だ」

パトリス様の冷やかな視線は、わたしにも向かう。

「エヴリーヌやシュゼットの方がずっと魅力的だろうに、なんでわざわざそっちへ行くんだ？　ああ、美しい令嬢相手じゃ庶民には気後れするってことか。まあ、君にはそのくらいがお似合いだな」

「紳士とは思えないお口ぶりですね。私へのあてつけで、彼女にまで失礼なことをおっしゃらないでください」

珍しく毅然《きぜん》と、セドリック様が言い返した。わたしをかばって前に出る。

「は、偉そうに。事実を言って何が悪い？　俺《おれ》はありのままを言っているだけだぞ」

「マリエル嬢は公平で優しい方です。侮辱《ぶじょく》されるいわれはない」

「ああ、そうだな、そうやって庶民と寄り添うのがお似合いだ」

「今のはダンスの練習をしていたんです。私がまだ不慣れなので、お願いして付き合っていただいていたんですよ」

いくらセドリック様が抗議しても、パトリス様は馬鹿にした調子をあらためず、ことさらにせせら笑う。

「なるほど、昼間っからいちゃつくいい口実だな。もっとも俺なら、そんな色気のない女が相手ではとても満足できんが、君はお手軽でいいなあ」

「他人に色気など感じていただかなくて結構ですよ。あなたに満足されたのでは、私は決闘を申し込まなくてはならない」

艶《つや》やかなのにどこかひやりとする声とともに、パトリス様の後ろに人が立った。驚いてパトリス様が振り返る。シメオン様が柔らかな笑みを浮かべていた。――そう、柔らかで美しい……けれど、とてつもなく冷たい迫力をともなう笑みを。

副長――――!!　その顔、萌え死にます！　そこで鞭《むち》を持っていたら完璧だったのに！

「どちらもお忘れのようですが、彼女は私の婚約者です」

「いや、これは……そう、他人の婚約者に近寄るなど不埒《ふらち》だと、そう言いたかったんですよ！」

あわててパトリス様が言いつくろう。白々しいわあ、そんな雰囲気ではなかったでしょうが。

「なるほど、年長の親族としての忠告ですね」

「そうです、そう！　私は、このポートリエ家の名に泥を塗るような行為は慎めと」

「とてもご立派なお考えです。女性が必要なら、それ専門の……そう、『トゥラントゥール』にでも行けばよいということですね。あなたのように」

「な――」

「贔屓《ひいき》の妓女《ぎじょ》は誰ですって？」

パトリス様を絶句させておいて、シメオン様はわたしの方へ問いかける。もう、その情報、わたしからの受け売りじゃないですか。

「ウージェニーさんですね。黒髪巻き毛と口元のほくろが素敵な、とっても色っぽい方です。さすが、お目が高いですね、パトリス様」

「な、な、な……」

パトリス様は言葉が出てこないようすで震えている。そんな彼とわたしを、セドリック様が呆気《あっけ》にとられた顔で交互に見ていた。

「トゥラントゥールはツケ払いなしの明朗会計、財布の軽い殿方では入り口をくぐることもできませんからね。通いつめるのは大変でしょうに、パトリス様はずいぶんお金持ちなんですね。大きな黒真珠の首飾りまで贈ったりして、すごいですよね」

「な、なぜそれを……っ」

パトリス様だけでなくセドリック様も驚いている。シメオン様はきっと笑顔の下で呆れている。知っているのはそこまでですよ。トゥラントゥールの花たちは客の事情を漏らしたりしない。黒真珠の首飾りは、たまたま贈り主のカードとともに置かれていたのを目にしただけだ。

そんなネタばらしは当然しないので、わたしにどれだけ知られているのかとパトリス様は恐れたようだった。言い訳もそこそこにさっさと逃げていった。わたしは唖然《あぜん》とするセドリック様を見上げて、にっこりと微笑んだ。

「……結局、こちらがかばわれましたね。ありがとうございます。それと、申し訳ありませんでした」

苦笑したセドリック様は、わたしとシメオン様双方に頭を下げた。

「シメオン様、絶妙な登場でしたね」

「それとなく見守ると言っていたでしょう。もっとも警戒しているのは私だけだったようですが。そちらは呑気《のんき》に楽しんでいたようで」

はっきりとした嫌味に、わたしもセドリック様も笑顔を引っ込めた。ええ……そんな言い方しなくても。

「あの――」

「それだけ余裕がおありなら心配はいりませんね。行きましょう、マリエル」

背中に腕を回して連れ出そうとするものだから、わたしは少しあわてた。

「待ってください、今ダンスの練習を」

「そんなことにまで協力する約束ではなかったはずですよ。身内にでも頼めばいいものを、あなたに声をかけるとは良識を疑いますね」

「シメオン様！」

ぐいぐいと押されて無理やり部屋から連れ出される。あわただしい物音の中、背後でくすりと笑うのがひそかに聞こえた。わたしは思わず振り返ってセドリック様を見た。でも彼は、しょげた顔でわたしたちを見送っていた。

……気のせいだったのかしら？　この状況で彼が笑うなんておかしいわよね……？

シメオン様も振り返らず早足で外へ向かうし、なんとなくすっきりしない気分だけど結局何も言えなかった。そのまま客間まで戻ってくると、わたしはシメオン様に抗議した。

「シメオン様、さきほどのおっしゃりようはあんまりです」

「どこがですか。練習にかこつけて他人の婚約者に手を出すような男には優しすぎたくらいですよ」

「悪意にとらえすぎです。セドリック様は純粋にダンスの練習がしたかっただけですよ」

「そちらこそ善意にとらえすぎですね。あなたも少し自分の立場を自覚なさい。男に声をかけられて簡単についていくなど、いささか慎みに欠けるのでは？」

んまあ――まったくもう。わたしは大きく息を吐き出した。

「シメオン様？　ちょっと冷静に考えてくださいな。どこの世界に、わたしに手を出そうと考える殿方がいるんですか。被害妄想にもほどがあります。そんな目的なら、それこそエヴリーヌさんやシュゼットさんに声をかけるでしょうよ」

「…………」

一瞬言い返そうとしたシメオン様は、あらためてわたしを上から下までじっくりと眺め、なにやら考え込んでしまった。「たしかに……いや、しかし……」とかぶつぶつこぼしている。遠慮しなくていいですよ、はっきり大きな声で言ってごらんなさいな。納得したんでしょう。

「……あなたは、自分でそんなことを言って情けなくないんですか」

「別に？　事実ですもの。卑屈になっているわけではありません。人は十人十色、いろんな個性があるものです。それを観察して楽しむのがわたしの生き甲斐《がい》。自分も数ある個性の中の一つです。こういう人間がいたって、それはそれで楽しいじゃないですか。幸い婚約してくださる物好きにもめぐり合えて、生涯お一人様はまぬがれました。人生万々歳です」

「……楽しそうで何よりです」

なんとも言えない顔で、シメオン様は椅子《いす》に腰を落とした。わたしの腕を引いて隣に座らせる。

「たしかに私は物好きだな……」

「しみじみそう思います。お父様がどんな条件を出したのか知りませんけど、よく乗る気になれましたよね」

「条件？」

軽く眉をひそめてシメオン様がこちらを向く。クラバットが少しだけ曲がっていたので直してさしあげた。うん、毎日いい男。近衛《このえ》の制服だともっと萌えるんだけどな。

「うちが出せる条件なんて、たかが知れていると思うのですが。持参金も大して用意できませんし、一体何がよくて話をお受けになったんです？」

「……は？」

「おかげでわたしは大変いい思いをさせていただいておりますけどね。シメオン様にとってはろくに旨味《うまみ》のない縁談でしょう？　すごく不思議なんですよ。なにが魅力に感じられたんです？」

「…………」

眉間《みけん》のしわを深くして、シメオン様はじっとわたしを見つめている。笑顔も素敵だけど、こういうお顔もいいなあ、とわたしはうっとり見つめ返す。しばらくして、彼はこめかみを押さえてうなった。

「……そういう受け取り方をしていたんですか」

「はあ、他《ほか》にどういうものがあるでしょうか」

「…………」

ものすごく難しい顔でうなっていたシメオン様は、急に勢いよく身を起こしてこちらへ迫ってきた。

「マリエル、私はですね！」

きゃあ！　お顔が近い近い、美貌《びぼう》が目の前に！　しかもすごい迫力！　広い肩が上からのしかかってくるみたいで息を呑《の》む。男性の大きな身体《からだ》を強く意識してしまう。ああ副長かっこいい。くらくらして鼻血が出そう。でも一つだけ、本当に一つだけ不満です！

「シメオン様、そこは鞭で迫ってくださいませんと！」

「は!?」

わたしを押し倒しそうな姿勢でシメオン様は止まった。

「常々思っていたんです、鞭を持てば完璧なんですよ！　見た目は腹黒参謀の条件を満たしているんですから、あと一つ、鬼畜な小道具を！」

「持ってどうしろと！」

べし、と頭を叩《たた》かれる。そのままシメオン様はわたしの上に倒れてきた。お、重い、つぶれちゃう。

「シメオン様、重いです」

「……本当に、我ながら物好きにもほどがある……」

シメオン様はわたしに体重を預けて力を抜いてしまっていた。男の人って、こんなに重たいものなのね。冗談でなくつぶされそう。

「重いぃ」

「なにがいけなかったんだ……趣味が悪いのか、そうなのか、そうだよな。自分でもそう思うとも！」

「シメオン様？　あのう、『私は』の続きはなんですか？」

「今さらそれを聞きますか。もう結構です」

ようやくシメオン様が身を起こしてわたしの上からのいてくれた。ほっと深呼吸する。今ちょっと、踏みつぶされる蟻《あり》の気分だったわ。

姿勢を戻して髪やドレスを整えるわたしを見ながら、シメオン様は疲れた顔でため息をついた。

「どうすればいいのか……まったく」

憂いを浮かべるお顔も色っぽくて素敵だけれど、なにかしら。わたし困らせるようなことを言った？　お父様との交渉は、絶対に口外してはならない極秘事項だとか？

「シメオン様、もしやお父様に何か弱みでも握られて」

「そういうのはありませんから。もういいから、そこから離れなさい」

強引に話を打ち切ってそっぽを向いてしまう。わたしはシメオン様の上着を引っ張った。

「シメオン様、わたし報告があるんですよ。女中たちの話を聞いてですね、気になることが――シメオン様、聞いてくださいってば」

呼んでもなかなか振り向いてくれない。泣く子も黙る鬼副長が、この日はやけに子供っぽく拗《す》ねて、ご機嫌を直してもらうのが大変だった。

4

初日の脅迫文以外、特に何事も起こらず時間が過ぎて、夜会前日の午後になった。わたしはお年寄りたちとお話したり、セドリック様とお話したり、また女中に扮《ふん》してあちこち潜入したりと、けっこう忙しくすごしている。その間シメオン様はどこで何をしているのか、よくわからない。今朝《けさ》遣いの者が屋敷を訪れて、話をしていたかと思ったらすぐに出かけてしまった。騎士団の方で何か緊急の事態が起きたのだろうか。屋敷にいてもあまり姿を見かけなく、時々ふらっと出てくるだけだし、当てになるようなならないような、心許《こころもと》ない状況だ。

シメオン様のことだから何かはしていると思うのだけれど……何をしているのやら。

そろそろ戻ってこないかしらと考えていると、階下で男性の話し声がした。一瞬シメオン様かと思ったがすぐに違うとわかる。あれはパトリス様だ。やっぱり今日《きょう》も来ている。でも何やらあわてたようすで走っていったのが気になった。

急いで追いかければ、彼が入ったのは小さい方の応接間だった。それをたしかめると、わたしは庭へ飛び出した。昨日《きのう》からあちこちうろつき回ったから勝手はわかっている。外から応接間の前まで行き、そっと窓から中を覗《のぞ》いた。

見覚えのない男性とパトリス様は向かい合っていた。相手はどうも、貴族という雰囲気ではない。おそらく中産階級の人だろう。ちょっとお腹《なか》が出っ張った中年の、貫禄《かんろく》ある人物だった。

換気のため窓は少しだけ開いていた。寒いからと閉めに来るようすもないので、わたしはカーテンの陰にへばりついて中の声に聞き耳を立てた。

「こんなところにまで来ないでくれ！　ここは俺《おれ》の家じゃないんだ！」

すごい剣幕で抗議しながらも、パトリス様の声は抑えられていた。周りに聞かれたくないというのが明らかだ。窓のことなんて気にする余裕がないらしい。

「そうはおっしゃいましても、ご自宅へ伺えばお留守ばかり。ちっともお話できないんで、こちらも困ってるんですよ」

返る声にはうんざりした調子と、相手を侮蔑《ぶべつ》する響きも含まれていた。けれどそれにパトリス様が腹を立てるようすはない。むしろ下手に出ていた。

「だから、もう少し待ってくれと言っているだろう！　近々まとまった金が用意できるんだ。そうしたら、きちんと耳を揃《そろ》えて支払うと」

「そのお言葉、もう何度もお聞きしていますよ。もう少しって、具体的にいつまでですか。これ以上はお待ちできませんね」

……なるほど、借金取りですか。もしやパトリス様がこっちへ日参しているのは、借金取りから逃げるためでもあったのだろうか。

「明後日《あさって》――いや、三日後だ！　三日待ってくれ。三日後にこちらから店へ行くから」

「本当ですか？　そう言って、また待ちぼうけさせられたら、今度こそご両親に請求させていただきますよ」

「わかっている。絶対に三日後に支払うから、両親や兄はもとより、伯父たちにも言わないでくれ」

パトリス様は必死に頼み込んでいる。わたしやセドリック様にはあんなに尊大にしていたのに、借用書の前では情けないものね。

話に聞く取り立てとは違い、暴力や罵声《ばせい》で脅すこともなく、男性は渋々うなずいた。あのようすだと、金貸しというよりどこかの商人かも。そういえば、黒真珠の首飾りってちゃんと代金支払えたのかしら。見たところ数万アルジェはしそうな品だったけど。

「では、これが最後です。三日後の正午までに、ご来店をお待ちしておりますよ。お約束を守っていただけないのなら……おわかりですね？」

「わかっている！」

男性が辞去する気配を見せたので、わたしは大急ぎでその場を離れ正面の庭へ戻った。玄関へは行かず、門の方へ向かう。呆《あき》れるくらい遠いったら。うちならすぐ門までたどりつくのに。

門近くの彫像の陰に隠れ、客が出てくるのを待った。応接間に通されていたくらいだから、裏口から出るということはないだろう。ここで待っていれば通りがかるはず――と、思ったとおり、しばらくしてさきほどの男性が歩いてきた。馬車も使わなければ従者もいない。身なりの立派さとは、少々ちぐはぐだ。

「あの、ちょっとよろしいですか」

彼がそばを通りすぎる時、わたしは声をかけた。怪訝《けげん》そうに振り返る男性に、会釈して近付く。

「わたしはこちらに少々縁のある者でして……さきほど、偶然パトリス様とのお話を聞いてしまいましたの」

赤の他人でただの客ですけどね。そこはごまかして、親戚《しんせき》のような顔で言う。

「もしかしてパトリス様は支払いを滞らせていらっしゃるんですの？　その、ご迷惑をおかけしているのではと気になりまして」

ふん、と男性は鼻を鳴らした。

「ええ、二万アルジェの首飾りをお届けしたんですが、一向に代金がいただけませんでね。約束の期日をもう一ヶ月以上も過ぎているのに、まだ待ってくれ、ですよ」

「まあ」

やっぱりね。お金がないのに無理するからよ。それとも、無理をさせてしまうトゥラントゥールの花が怖いのかしら。おねだりの仕方とか、いろんな技を教えてくれるものねえ。

わたしは頬《ほお》に手を当てて、さも困ったふうに言った。

「なんてこと……そんな大金を」

「周りに知られたくないとおっしゃるので、こちらは気を遣って馬車も使わずこっそり来ているのに、また手ぶらで追い返そうとなさるんですからな。三日後には支払うとおっしゃってましたが、どうなんだか」

帽子を直した男性は、わたしに鋭い目を向けてきた。

「ご親戚なら、どうにかしていただけませんかね。こちらも商売ですので、代金をいただけないと非常に困るんですよ。どうしても無理なら品物を返していただくだけでもいいんですが、パトリス様に言っても聞き入れていただけなくて」

それはそうでしょうね。首飾りはとっくに彼の手元を離れている。トゥラントゥールへ行ってウージェニーさんに返してくれと頼むなんて、あまりにみっともなくてできないでしょうよ。

「本当に申し訳ありません。それほどのお金、わたしもすぐには用立てできませんけど、こちらのご当主には話を通しておきます。パトリス様がこのまま持ち逃げするようなことがないように、ベルニエ男爵に釘《くぎ》を刺していただきます」

それらしいことを言ってあげると、男性はほっとしたようすになった。商人にとって代金不払いは死活問題だ。二万アルジェを焦げつかせてしまうのかと、彼も相当困っていたのだろう。

「それで、よろしければ契約書を見せていただけません？　念のために確認しておきたいのです」

「ええ、いいですよ――こちらです」

急に好意的になって、男性はすぐに鞄《かばん》から書類を取り出した。パトリス様の署名が入った売買契約書だ。契約相手はプランケット商会、中堅どころとして名の通った宝石商だった。男性に名前を尋ねると、ダントンと名乗ってくれた。

「これは、パトリス様の自筆で？」

「もちろんです」

「……そうですか。ありがとうございました」

お礼を言って契約書を返す。かならず伯爵に話を通すと約束して、わたしはダントン氏と別れた。そして、また大急ぎで屋敷へ戻った。

執事をつかまえて尋ねれば、シメオン様はすでに帰っているというので二階の客間へ向かったが、姿がない。どこにいるのかと、わたしはあちこちさがし回った。片っ端から使用人をつかまえて、ようやく彼の居所を突き止める。この季節に汗をかき息を切らせながら向かった部屋には、華やかな笑い声が響いていた。

「まあ、シメオン様ったらお上手」

「そんなことおっしゃって、都の社交界には素敵な女性が多いのでしょう？　わたしたちなんて、さぞ見劣りするのでしょうね」

エヴリーヌとシュゼットがいた。開け放たれた戸口から色鮮やかなドレスが見える。シメオン様と同じテーブルについて、おしゃべりに花を咲かせている。彼女たちを見るシメオン様の顔は、とても優しげに微笑《ほほえ》んでいた。

「とんでもない。美しいだけの女性ならたしかに多いが、好ましく思える雰囲気を備えた人というのは案外少ないものですよ。これほど愛嬌《あいきょう》のある可愛《かわい》らしい方には、そう簡単に出会えません」

甘い声にわたしは耳を疑った。何なの、あれ？　滅多に見ないほど楽しそうなんだけど。

どうしてシメオン様が、彼女たちとあんなに楽しげにおしゃべりしているの。

「でも、婚約者の方がいらっしゃるじゃありませんか。彼女のことはどう思ってらっしゃいますの」

さぐるようなシュゼットの声に、わたしは緊張して答えを待った。ほんの少し間があったかもしれない。でもすぐに、シメオン様は変わらない口調で答えた。

「彼女とは、婚約が決まってから顔合わせをしましたから。話し合ったのは彼女の父親とです」

——足が震える。わたしはそろそろと後ずさり、彼らに気付かれないようその場を立ち去った。


知っていたわ、最初から。

わたしたちの婚約は完全な政略。知り合う前に決められたこと。正式な求婚こそ顔合わせの後だったけれど、その時点で話はほぼ決まっていた。

うぬぼれていたつもりはない。望まれたのは「クララック家の娘」であってわたしではないって、ずっと自分に言い聞かせていた。シメオン様ほどの方が、よりにもよってわたしなんかに興味を持つわけないって、わかっていたわよ。

とても優しくしてくださるけれど、それは婚約者としての義務でしかない。真面目《まじめ》な人だから、わたしに対しても誠実であろうとしているだけ。それを特別なものと勘違いしてはいけないって、ずっとずっと忘れたことはなかったわよ。

……なのに、どうしてこんなに衝撃を受けているの。全部今さらなのに。ただ彼の口からはっきり聞かされたのが、はじめてだったというだけなのに。

「ふうん、それで飛び出してきたの」

「あーららぁ」

赤毛のイザベルさんと金髪のクロエさんが、どこか茶化す調子で言う。馬鹿《ばか》な失敗をした子供を見守るように、優しい目で笑っていた。

「その姉妹って、どんな子たち？」

オルガさんは艶《つや》のある栗色《くりいろ》の髪をゆるく結い上げていた。うなじにかかる後れ毛がたまらなく色っぽい。しっとりと包み込んでくるような雰囲気が、なんでも話せる気分にさせた。

「きれいな方たちですよ。おしゃれと魅力的な男性に、強い関心があるようです」

彼女の問いに冷静に答えようと思ったのに、つい嫌味な言い方をしてしまった。やだやだ、悪口なんて言いたくないのに。言えば言うほど自分が落ちていくだけだってわかっている。なのに、あの場面を思い出すと、胸にもやもやがこみ上げてしかたがない。

いつものように楽しんで眺めていられない自分がすごくいやだ。わたしがいちばん性格が悪いんじゃないかしらって、自己嫌悪に陥りそうになる。

気持ちを落ち着かせようと、わたしはいただいたお茶に口をつけた。さすが天下のトゥラントゥール、薫り高くまろやかな味わいの中に、深いコクもある。最高級の茶葉を最高の技術で淹《い》れている。こんなお茶、貴族の屋敷でだってなかなか飲めない。花たちは技芸だけでなく、お茶の淹れ方も徹底的に叩《たた》き込まれるそうだ。

あのあと発作的に伯爵邸を飛び出したわたしは、ほとんど無意識にトゥラントゥールへ足を向けていた。こんな時に頼れるのは、親友のジュリエンヌか女神様たちくらいだ。迷わずこちらを選んだのは、男女の話に精通している人たちだからと、頭のどこかで考えていたのでしょうね。

突然押しかけたわたしに迷惑がりもせず、女神様たちは快く会ってくれた。客を通すための部屋ではなく、オルガさんの私室に通して話を聞いてくれる。無条件になぐさめるわけではないけれど、当たり前のようにわたしを受け入れてくれる空気が優しい。愚痴っぽい話をしても彼女たちの明るさは変わらず、穏やかな空間がわたしを少しずつ浮上させていった。

いつまでも落ち込んでいるなんて勿体《もったい》ないわよね。早く元気にならなくちゃ。ごらんなさい、目の前には天上の女神様たち。咲き誇る花の中でも最高位の三人を独り占めするという、至上の贅沢《ぜいたく》を味わえる人間が、このラグランジュにどれだけいるだろうか。もしかして王族より贅沢かもしれない。たくさんおしゃべりして、お肌の手入れの仕方とか教えてもらったりして、キャッキャウフと楽しい時間をすごした後は、その華やぎも全力で原稿に叩き込む。こんな幸せの前で落ち込むなんてばちが当たりそうよね。

いやな気持ちは、忘れてしまおう。政略でもなんでも、楽しければいいって思っていたじゃない。はじめの気持ちを思い出そう。

わたしが調子を取り戻したのを見て、女神様たちも踏み込んだ質問をしてきた。

「アニエスはさあ、なんでシメオン様がそんなことしてたと思うわけ？」

わたしが持ってきたお土産《みやげ》をつまみながら、イザベルさんが聞く。衝動的に飛び出してきながらも手ぶらはならぬと立ち寄ったのは、セドリック様が話していた店だ。わたしもお茶を置いて、ボンボンを一つ口にした。甘いショコラとお砂糖の衣から、ほろ苦いリキュールが流れ出す。こうやって上品に楽しむものよねえ。どこかのお馬鹿さんみたいに一度に頰張《ほおば》るものじゃないわよね。

「なんでと言われても……彼女たちに魅力を感じたから、でしょうか」

「本気で言ってるの？　あの冷血騎士、あたしが誘っても腹が立つほど平然と断ったのよ。このトゥラントゥールのイザベルを、猫でも追い払うみたいに無視してくれたんだから」

「えーと……ごめんなさい？」

憤然と言われては、なんとなく謝らなければならない気分になってしまう。

「気が強そうなのは好みじゃないのかもって、わたしはうんと甘えてみせたんだけどね。露骨に迷惑そうな顔されちゃったわ。失礼よねえ」

可愛らしく頬をふくらませるクロエさんにも頭を下げておく。なにやってるんですかシメオン様。というか、女神様たちからそんなに次々とお誘いが？　すると、もしやオルガさんも……。

わたしの視線を受けて、オルガさんが意味ありげに微笑んだ。

「残念ながら、わたしもお好みには合わなかったようよ」

「む、難しいんですね」

知的な大人《おとな》のオルガさんでもだめなのか。この三人に迫られて動じないなんて、シメオン様おかしくない？　女のわたしですらふらっと行っちゃいそうなのに。いったいあの方の好みって、どんな相手なのかしら。

そもそもシメオン様が女性になびいているところなんて、見たことも聞いたこともない。まったく興味がなさそうよね。あそこまで行くと、単なる堅物というだけでは説明がつかない気もする。

誰《だれ》かいないのかしら。シメオン様が関心と好意を向けている相手……彼の視線の先にいる人は……。

――え、一人心当たりがあるんだけど。ええ!?　まさか、そういうことなの!?

雷に打たれたような衝撃が走った。わたし、とんでもないことに気付いてしまったかも。今までの疑問が一気に解決する。なんてこと……そうなのね、そうだったのね！

シメオン様……あなたという人は……。

「このあたしになびかなかった男が、そんな田舎《いなか》出の小娘に引っかかるわけないでしょう。もし引っかかったら許さないわよ」

「そこまで見る目のない人だとは思わないけどねえ」

「見る目がなければなおさらでしょ。わたしたちがだめで素人《しろうと》の田舎娘がいいって、おかしいじゃない。逆よ、逆」

たった今気付いた事実に動揺する前で、花たちが思い思いにさえずっていた。クロエさんてばすごい自信。でもまったくもっておっしゃるとおり。普通の男性ならそのとおりですよね。

田舎育ちを馬鹿にする気はない。都会の女性にはない素朴さや、すれてない純粋さが魅力的だと思う人も多いだろう。ただ、ル・コント姉妹にそういった魅力があるかというと――失礼ながら、うなずけないわよねえ。

初日の晩餐《ばんさん》の席で誘われた時には、あっさり断っていた。シメオン様があの二人に興味を抱いたようすはなかった。なのに今日は和気藹々《あいあい》と盛り上がって、考えてみれば不自然きわまりない。そして今さっき気付いたことを併せても、あきらかにシメオン様の行動は矛盾している……。

どうしてすぐに気付かなかったのかしら。わたしってば見たまんまに受け取って、馬鹿みたいに動揺らして飛び出して、そして無関係な人たちに愚痴をまき散らしてしまった。ううう、恥ずかしい。そしてごめんなさい。

謝るわたしに、三人は華やかに笑い声を上げた。

「いいわよ、珍しいものが見られたから」

「あなたにもちゃんとそういう気持ちがあったって知って、むしろ安心したわよ」

「そこで気にもせず面白がっていたんじゃ、もう救いがないもんね。あんたにとっては婚約者も何もかもが、ただのネタでしかないのかってね」

イザベルさんの言葉に、ちょっとどきりとした。明るい口調の裏で、軽くたしなめられていると感じた。

そんなふうに見える態度だったということね。たしかに、否定できない。普段のわたしは萌《も》えとネタを追いかけるばかりだもの。真面目に人と向き合っていないと、言われてもしかたがない。なんでもかんでもネタ扱いしているつもりはないのだけれど、自分の行動を振り返れば説得力がないと認めるわ。だからかしら、シメオン様がいろいろ不機嫌になっていたのは。

「アニエス」

白い手が伸びてきて、わたしの頬を優しくなでた。爪《つめ》の先まで美しく手入れされた、オルガさんのすべらかな指が、まるでお母様のように慈しんでくれる。

「度を越すと毒になるけれど、適度な嫉妬《しっと》は恋をさらに美味《おい》しくしてくれる調味料よ。それ自体を否定する必要はないわ。あなたが嫉妬していたって知れば、きっとシメオン様も喜ぶわよ」

「嫉妬、ですか……」

「違うの？」

「……違いません」

深い色の瞳《ひとみ》をまっすぐ見返すのが恥ずかしくて、わたしはうつむいた。頬がとても熱かった。

これでも恋愛小説家ですからね。認めたくないけど、わかっていますよ。ええ、わたしはヤキモチを妬《や》いていました！

シメオン様が他《ほか》の女性に笑いかけているのがいやだった。しかも相手は彼を狙《ねら》っている人たち。そんな女性と同席して、楽しそうにしている姿に衝撃を受けずにはいられなかった。

ただの政略結婚なのに。愛されてなんかいないのはわかりきっている。だからもし彼が他の女性と関係を持っても、わたしは黙認しなければいけないと思っていた。

はじめは、それでよかったのだ。わたしも自分の楽しみを追求して、持ちつ持たれつの関係であればいいと割り切っていた。

なのに、いつの間にこんな気持ちを持ってしまったのかしら。シメオン様があまりに素敵すぎるから、いつも優しいから、時々怖いけどそれもかっこいいし、真面目で誠実なところは何よりも信頼できるし、たまにお馬鹿な行動を取るのも可愛くて、わたしの趣味に呆れながらも馬鹿にはしないから、だから——どんどん好きになっていった。義務感だけではいられなかった。どんなに認めたくなくても、気付かないふりをしたくても、ふくらむ気持ちは抑えようがなかった。

わたしばっかり好きになっちゃって、現実の恋も切ないものね。どうしたって報われないと、わかっているのに。

わたしの頭を優しい手がかわるがわるに叩く。くすくすと忍び笑いが耳をくすぐった。

悩みも苦しみも軽やかに受け流す花たち。きっと彼女たちにも、人知れない思いがいろいろとあるはずだ。でもそんなそぶりを露ほどにも見せず、常に美しくあでやかに咲き誇っている。それが彼女たちの誇りであり、存在意義なのね。

堂々と咲くことでわたしに手本を見せてくれる女神様たちは、やっぱり最高に素敵だ。せめてその足元に咲く野の花くらいにはなりたい。だからうつむいていちゃ駄目よね。わたしも、しゃんと前を向かないと。

「立ち直ったみたいだけど、これからどうするの？」

オルガさんの言葉に、わたしは頭の中を整理して答えた。

「帰ったら、シメオン様とお話します。報告しなければいけないことがあったんです」

「浮気現場については追及しないの？」

イザベルさんのからかいには苦笑を返す。

「浮気じゃありませんから。そうですね、向こうの真意もできれば聞き出したいです」

「泥棒猫ちゃんたちには、どう対抗するの？」

クロエさんの質問にはちょっと困った。

「対抗と言われても……特に、することはないですね。必要ないですから」

この答えはお気に召さなかったようだ。ぷっくりと頰をふくらませてにらまれた。

「なによう、情けないわね。人の男に手を出してくる女には、ガツンとやり返してやらなくちゃ」

「そ、そう言われましても。対抗しようにも、とてもかないませんし」

「んまあ！」

「あらあら」

「ふーん」

憤慨するクロエさんと、おっとり見守るオルガさん、何やら面白そうなイザベルさん。三人が意味ありげに視線を見交わした。なにかしら、今一瞬彼女たちがとても怖く見えたわ。

「夜会って、明日《あす》なのよね？」

「は、はあ」

だからオルガさん、その微笑みの意味は何ですか。

「ちょうどよかったわ。あたし明日は空いてるし」

「わたしも予約はないわ」

「わたしは……そうねえ、ドルリューの旦那《だんな》様には、日をずらしてもらうようお願いしましょうか」

ドルリューって、もしかして百万長者と名高いあの実業家のドルリューさんですか？　オルガさん、そんな人の予約を変更とか、しちゃってもいいんですか⁉

「明日の午後に行くから、伯爵家には話を通しておいてね」

「あの……」

「どんなのがいいかなあ。アニエス、猫ちゃんたちのドレスはどんなのか、わかる？」

「何をそんなに楽しそうにしているんでしょう、クロエさん」

「大丈夫、あたしたちにまかせなさい。こちとら本職よ、周り中を驚かしてやるから」

「だから何をですかイザベルさん」

「シメオン様にも、びっくりしてもらいましょう。もちろん、当日までは秘密にしておくのよ」

「オルガさんも、何をたくらんでいらっしゃるんですか!?」

「あら、いやだ」

「言うまでもないじゃなーい」

「明日が楽しみねえ」

いたずらを企む顔が三つ、わたしの前で笑っている。なんて美しくて危険な笑顔。おもちゃにされそうな予感をひしひしと感じつつ、でもやっぱり素敵だと見とれてしまうわたしなのだった。


その後は仕事の準備が始まるからと、早々にトゥラントゥールを追い出された。わたしは妖精《ようせい》にいたずらされたような気分で馬車通りへ向かう。妖精といえばその後リュタンの続報は出たかしら。売店を目にして思い出す。呼び売りはしていないから、新しい事件は起きていなさそう。日刊紙をいくつか選んで買って、走ってきた辻《つじ》馬車を呼び止めた。

新聞を読んでいるうちにポートリエ伯爵家に着いて、使用人に挨拶《あいさつ》しながら中へ入れば、二階に上がるより早くシメオン様がやってきた。

「やっと帰りましたか。いったいどこへ行っていたんです」

顔を合わせるなり厳しい口調でとがめられて、怯《ひる》むと同時に反感も抱いた。せっかく頭が冷えて話をしようと決めたのに、また嫌な気分を思い出してしまう。多分あれは浮気なんかじゃない。そもそも浮気とか言える関係ではないけれど……そう、婚約者の不貞とか、そういうものでもない。わかっているのに、自分だって遊んでいたくせに、と思ってしまう。

「ちょっと知人のところへ。シメオン様こそ、いつお帰りだったんです？　わたし昼過ぎまでいましたけど、全然お顔を見ませんでしたね」

返した言葉は、我ながら嫌味たっぷりだった。わたしが気付いていたことを、シメオン様はご存じかしら。だとしたらかなりばつの悪い状況よね。

案の定シメオン様は、一瞬言葉に詰まったようだった。それが後ろめたいからに見えて、わたしは素直になれなくなってしまう。

「お話ししたいこともありましたのに、なかなか戻っていらっしゃらないので、知人のところへ相談に行きましたの」

「……少し、急ぎの用事があったんです。話したいこととは、何ですか」

「もう結構ですわ。お忙しいのにわずらわせては申し訳ありませんものね」

ああ、何を言っているの。ちゃんと報告しなくちゃいけないのに。

でもシメオン様がご自分の行動を説明してくださらないから、こっちばかり頑張るのが割に合わないと思ってしまう。朝はどこへ行っていたの？　なぜル・コント姉妹に付き合っていたの？　ずばりそう聞かないのがいけないの？

――言えないわよ、そんなこと！

わたしはシメオン様をその場に残し、さっさと二階へ上がった。シメオン様は追いかけてこない。そのことにほっとするよりも不安が強くなった。やっぱり態度が悪すぎたかしら。また怒らせた？見捨てられてしまったかしら……なんて、気にするくらいならはじめから素直になっておけばいいものを。

結局、追いかけてほしかったのね。シメオン様がわたしを追って、一生懸命弁解してくれることを願っていたのだわ。馬鹿な話。彼にそこまでする必要はないのに。

落ち込みながら客間へ向かうと、途中でル・コント姉妹と出くわした。どうやら彼女たちは、わたしとシメオン様のやりとりに聞き耳を立てていたようだ。意地の悪い顔でくすくす笑いながらこっちを見ていた。

「どちらへお出かけだったのかしら？　あなたって、いてもいないのと変わりないから、全然気付かなかったわ」

「そのまま帰ってこなくても、きっと誰も気付かないでしょうね」

してやったりと勝ち誇っている。わたしはぼんやりと彼女たちを見返した。まったく不愉快に思わないとは言えない。さすがにちょっと、思うところもある。でも彼女たちも本当は笑っていられる立場ではないのだと思えば、なんだか気の毒でもあった。

「今日はとっても楽しかったのよ。あなたはお留守で残念だったわね」

「シメオン様とお茶をご一緒したの。そのままつい話し込んでしまって、まるで時間に翼が生えたようだったわ。シメオン様って話題が豊富で、お話ししていて少しも退屈させないのよねえ」

「あちらも楽しそうにしてくださるから、すっかり盛り上がっちゃって。一応婚約者がいらっしゃるのだから、あんまりわたしたちが独占してはいけないかしらとも思ったのだけど、ね」

「でもシメオン様は全然かまわないって！　婚約といっても形式だけのものだからって」

「まあねえ、さぞご不満だろうってことは、聞くまでもないものねえ。あなた、無理やり婚約しててむなしくない？　相手に嫌がられているのが明らかなのに、このまま強引に結婚まで押し切る気？　もっと自分にふさわしい人と結婚した方が幸せになれるわよ」

「お相手が見つかればの話だけどね！」

きゃらきゃらと笑いながらふたりは立ち去っていく。わたしは見送りながら、彼女たちからシメオン様は何を聞き出したのかしらと考えた。お茶に付き合っていたのは、多分そういった目的だろう。他の可能性というと足止めとかも考えられるけれど、そういう状況ではないものね。

おしゃれと結婚相手、他にどんな話題が彼女たちの頭にあるのだろう。わたしは首をひねりながら自分の部屋へ戻った。

その瞬間、驚いて足を止めた。テーブルの上に、リボンのかかった箱がいくつも積み上げられていた。近付いてみれば、菓子店の刻印に視線が吸い寄せられる。わたしも今日行ってきたばかりだ。察するに中身はボンボンと焼き菓子、それからマロングラッセかしら。

……これは、食べてしまったボンボンの代わり？　後で買うとは言っていたけれど……。

誰からの贈り物かは、聞かなくてもわかった。リボンに差し込まれた一輪の薔薇《ばら》。以前とそっくり同じことをまたしていて、おかしくて笑いがこみ上げる。いい加減告白するべきかしら。わたしは菫《すみれ》や鈴蘭《すずらん》の方が好きですって。でも近頃《ちかごろ》、薔薇もいいかもと思い始めている。

大きく息をついて、わたしはクロゼットに置いた鞄へ向かった。原稿用紙を引っ張り出してテーブルへ戻る。お菓子の箱を隅へ寄せて、何から書こうかしばし考え、無難に贈り物のお礼から始めた。

そして、本題の報告を記す。これは、シメオン様には知っておいてもらわなければならない情報だ。宝石商のダントン氏が督促でパトリス様を訪れていたこと。そし彼から見せてもらった契約書の署名が、セドリック様に送りつけられた脅迫状とそっくりな筆蹟《ひっせき》であったこと。

あの右上がりの癖が強い字は間違いない。後で預かっている脅迫状をもう一度確認もした。署名はパトリス様の自筆だというから、言い逃れはできない。あの脅迫状を書いたのはパトリス様なのだ。

鉢植えの件は証拠がないけれど、こっちはこれで確定だ。セドリック様を脅していたのは、やはりパトリス様だった。

これをパトリス様自身に突きつけて追及するのか、別の方法で追い詰めるのか、方法はシメオン様におまかせした方がいい。わたしがすべきなのは、知り得た情報をとりこぼさず正確に伝えることだ。

使用人たちから聞いた話も書いていたら、五枚も使ってしまった。ひとまず手を止めて読み返し、足りないところがないかを確認する。あと書くべきこと——書くべきこと、は。

……これも、伝えなければいけないわよね。

わたしはもう一度ペンを取り、最後にごめんなさいと書き加えた。

そっと部屋を出て隣の扉の前に立つ。シメオン様が戻る音はしていたかしら。

いずれにせよ、今顔を合わせる勇気はない。わたしは四つに折った紙を扉の下に差し込──もうとしたら、分厚くて入らなかった。五枚だものね……二つ折りならなんとかなるかしら。

一度戻して半分開き、もう一度差し込む。ぎゅうぎゅうと押し込んで、なんとか部屋の中へ入れることに成功した。

自分の部屋に戻って待つことしばし。扉の方でひそかな音がして、小さな紙片が差し込まれた。急いで拾いに行って、掌におさまるくらいの紙を開く。見慣れた筆蹟で書かれた短い言葉に、緊張していた肩からほっと力が抜けた。

自然と口元がほころんでくる。明日は、ちゃんとお顔を見て話ができそうだ。

『聞きたいことも言いたいことも、たくさんあるんです。すべてが終わったら時間をくださいね』

『こちらもです。今日のことは、申し訳ありませんでした』

5

約束の午後、宣言どおりポートリエ邸に花が襲来した。

わたしから話を聞いていた執事はすぐに三人を通してくれたが、目を瞠《みは》るような美女たちが大量の荷物を持ってきたものだから驚いていた。落ち着いた外出着姿でも、彼女たちの美しさと華やかさは隠せない。呼び名のとおり、ぱっと花が咲いたように場が明るくなった。

「ありがとう、それはこっちに置いてね」

屋敷の使用人もちゃっかり使って、クロエさんが指示を出している。微笑《ほほえ》みかけられた下男はもう見ていられないほどとろけた顔だ。女神様ってば、純情な青年に罪なことをしないでくださいよ。

「なにごとですか、これは」

騒ぎに気付いてようすを見に来たシメオン様も驚いていた。なぜここに、といぶかる彼にわたしが説明する暇もなく、女神様たちの手によって追い出されてしまう。

「シメオン様の出番はまだよ。あっちでいい子にしていてね」

「お楽しみは後よ。先に見ちゃったらつまんないでしょう？」

「驚かせてあげるから、期待して待ってて」

あれよあれよと扉が閉じられ、わたしは大量の荷物の中に取り残される。

「さあ、のんびりしてる暇はないわ。さっそく支度を始めるわよ！」

「あの、いちおうわたしが用意したドレスも見ていただけます？」

気合を入れる三人にはかない抵抗を試みるも、予想どおり即座に却下された。

「必要ないわ。使わないことは決定してるもの」

「それは別の機会に取っておきなさいな。今回はこちらで一揃《そろ》い用意したから」

「あんたが突然開眼して大胆なドレスにしてみたって言うなら見せてもらうけど？」

わたしは黙って引き下がった。はい、そんなすごいドレスじゃないですよ。だって人には似合うものと似合わないものがあるじゃないですか。

うう、一体どんな格好をさせられるのだろう。彼女たちのことだから、似合わないドレスを着せたりはしないとわかっている。でもなにか、とんでもなく派手にされそうで怖い。

派手って、わたしと対極の言葉よね！　目立つのは落ち着かないのよ、不安なのよ。常にひっそりこっそり隅っこを動く生き物にとって、存在にいち早く気付かれてしまうなど生存に関わる危機のような気がするのよ！

怯《おび》えるわたしから三人は手際よくドレスをはぎ取り、下着までほとんど剥《む》かれてしまった。まずはお肌の手入れからって、わたしそんなにほったらかしじゃありませんけど。ちゃんと毎日お手入れしていますけど。

「基礎の手入れと戦の準備は別よ」

戦ってなんですかイザベルさん。わたしどこに出陣するんですか。

「華やかな宴《うたげ》は女の戦場よ。決まってるでしょうが」

長椅子《ながいす》にうつぶせに寝るよう指示され、たおやかな指が想像もつかない強さで身体《からだ》のあちこちを押し始めた。

「い、痛たたた、あああ効くぅ……っ」

「やっぱり凝ってるわね。机にばっか向かってるからよ」

「ちゃんとほぐしとかないと、美容に影響するわよぉ。肌の調子が悪くなるし、老け込む原因にもなるんだから」

「姿勢が悪くなると、それだけで見栄えがぐんと落ちるしね」

「あうあう……」

全身を揉《も》みほぐされ気分はパン生地だ。この痛気持ちよさが癖になりそう。肩から肩甲骨の辺りが特にひどいと。それは職業病というもので。自分でやる柔軟運動の方法までついでに教えてもらった。

「それで、シメオン様とはちゃんと仲直りしたの？」

「は、はあ……まあ、なんとなく……」

腰をぐいぐい押されるので息が詰まる。でも気持ちイイ。そこもうちょっと。

「なんとなくぅ？」

「仲直りできたんならいいけどねえ。にしても、細いのはいいけどいまいちメリハリの足りない身体ねえ」

「胸のとこ、ちょっと詰めとく?」

「いいわよ、このままで。アニエス——いえ、ここではマリエルと呼ぶべきね。マリエルの場合は、むしろ華奢《きゃしゃ》なところを強調しましょう」

うふふ、今わたしの頭上には立派な胸が三つ、ゆさゆさしているんでしょうね。うつぶせで見られないのが残念です。そして自分にないのも残念ですよ! ……くすん。

巡る血流にうっとりする暇もなく、次は薔薇《ばら》の精油を塗り込まれ、その後お湯で絞った布で身体を拭《ふ》いた。ほかほか温まった肌からほんのりと薔薇の香りが漂って、我ながらうっとりだ。さすが、お金と労力をかけただけあるわ。

夜会用の下着を着て、ようやく鏡の前に座らされる。たくさんの化粧道具がずらりと目の前に広げられた。こんなに使う必要があるの? わたし普段はこの三分の一くらいなんだけど。

「この子の強みは肌のよさよね。色白だし、きめ細かですべすべだし」

「若いもんねえ、適当な手入れでこれなんだからにくたらしい」

「十代なんてあっという間の夢よ。通りすぎて初めてその輝きに気付くけど、もう取り戻せないの。無駄遣いしていないで、今のうちに目一杯楽しんでおきなさい」

誉め言葉と恨み言と助言をいっぺんに聞かされながら、手際よく化粧されていく。そんなにいろいろ塗って大丈夫なのかしら。

「髪はどうする? せっかくまっすぐできれいな髪だから、鏝《こて》を当てるのはもったいないと思うのよねえ」

「でもこのままじゃ、ちょっとさみしいわ。顔立ちが控えめだから、髪型で華やかさを出さないと」

「一部を結い上げて毛先に動きを出して、顔周りと裾《すそ》だけ巻いたらいいんじゃない？」

夜会ドレスを着て髪を整えてそれからも仕上げにあれこれやって——

はじめた時にはまだ準備には早いのではと思ったのに、終わったのはちょうどいい時刻だった。普段よりもたっぷりと時間をかけて、ようやく完成と三人からお墨付きをもらったわたしは、姿見の前で呆気《あっけ》に取られていた。

……お化粧って偉大だわ。

あとドレスと髪型の効果も。こんなに雰囲気が変わるなんて——普段のわたしと、まるきり別人ね。

オルガさんたちが用意したのは、まるで花嫁衣装のような純白のドレスだった。軽やかなシフォンやレースが幾重にも重なり、花びらか蝶《ちょう》の羽みたいに動くたびひらひら揺れる。宝石はほとんど使わず、ドレスと髪を飾るのは色とりどりの花。それも大きくて派手な花は使わず、可憐《かれん》な花ばかりだ。ドレスについているのは造花だけれど、髪を飾るのは生花で、その中に一輪だけ真紅の薔薇が交じっていた。

これだけは、わたしがお願いして使わせてもらった。他《ほか》が淡い色ばかりだから、ちょうどいい引き締め役になっていて問題はないと思う。

最低限のマナーとして首飾りと耳飾りはつけているけれど、どちらも小粒の真珠をあしらった控えめなものだ。清楚《せいそ》可憐が女神様たちの合い言葉だった。たしかに——我ながら、これはちょっとびっくりなほど可憐よね。

自分を誉めるのも妙な気分だけれど、正直自分の顔という気がしないので普通に可愛《かわい》いと思ってしまった。あんなにたくさん塗ったのに、少しも厚化粧に見えないのがすごい。とても自然な雰囲気で、けれど確実に普段のわたしよりうんと華やかで可愛かった。いったいどこをどう作ったの。これはもはや、化粧というより変装よね。怪盗リュタンの変装術にも張り合えそう。

自分の姿がここまで変わるのは、面白い体験だった。でもこれで人前に出るのね……いつものように景色に同化できるかしら。

ふ、不安……。

「なにおどおどしてんの、背筋伸ばしなさい」

「しっかり戦ってくるのよ。これならぽっと出の田舎娘《いなかむすめ》になんか負けないわ」

「せっかくわたしたちが準備してあげたんだから、おもいきり目立ってくるのよ！」

尻込《しりご》みしていたら女神様たちに背中を押され、廊下へ追い出された。扉の向こうにはすでにシメオン様が待機していた。

「あら、制服なのね」

オルガさんが意外そうな声を上げた。聞き逃せない一言に、わたしは急いで顔を上げる。長身の近衛《このえ》騎士が視界に飛び込んできた。

おお、しばらくぶりの制服姿！　それも普段着じゃなくて式典用の礼装だわ！　初めて見た！

シメオン様かっこいい――――!!

鍛えられた身体を際立たせる、すっきりとしたフォルム。華麗にして風格漂う装飾。禁欲的ないでたちに眼鏡《めがね》が冷たい鋭さを添えて、見る者の妄想をかきたてる。素肌は顔くらいしか露出していないのに、逆にえも言われぬ色気を感じるわ。はああ、素敵……！　制服万歳、萌《も》えの神降臨！

副長最高です！　そこにあと一つ！

「シメオン様！」

「鞭《むち》は持ちません」

詰め寄ったわたしに、先手を打ってシメオン様がぴしゃりと言った。何故に!?　ここまでそろえてきながら、何故鞭を持ってくださらないの!?

「ちょっとマリエル、鼻血噴くんじゃないわよ」

イザベルさんがわたしを引っ張った。

「もう、せっかくきれいにしてあげたのに、中身は全然変わらないんだから」

「ほら、自分の姿をしっかりシメオン様にお見せしなさいな」

萌え死にそうなわたしを落ち着かせて、女神様たちがシメオン様にあらためて披露する。シメオン様は軽く眉間《みけん》にしわを寄せたまま、黙ってわたしを見ていた。

「うふふ、どーう？　驚きのあまり言葉も出ない？」

「美しくなった婚約者に惚《ほ》れ直したかしら」

クロエさんとオルガさんにからかわれてもあまり反応しない。眼鏡を直し、上から下までじっくりと検分されて、わたしは居心地の悪さに逃げたくなってしまった。

これってロマンス的な反応じゃないわよね。むしろ悪い方向じゃない？　シメオン様から冷気と威圧感が漂ってくる気がする。

「何黙ってんのよ。感動で言葉が見つからない？」

わたしの勘は間違っていない。茶化すイザベルさんを、じろりと冷たい視線がひとなでした。

「……たしかに、驚きました。別人かと思いましたよ」

同感です、副長！　人間ここまで変われるのかと驚きです！

「どうやって作っているんですか、それは」

「ちょっと失礼な言い方するんじゃないわよ。お化粧の仕方を変えただけでしょ。普段あっさりと素っ気なさすぎるから、変化が激しく見えるのよ！」

「つまり素顔との落差が激しくなっているということでしょう」

「信じらんないこの朴念仁、婚約者がせっかく着飾ってきたのにそんな言葉しか出てこないの？」

クロエさんも憤然と抗議する。オルガさんはちょっぴり呆《あき》れながら笑っていた。

「お化粧もドレスも女の戦装束よ。社交界では右も左もみんなそうでしょう？　マリエルだけ認めてもらえないのは不公平ねえ」

「別に、認めないというわけではありませんが……」

口々に責められて、さしものシメオン様も語調が弱くなった。気まずそうにわたしから目をそらす。

彼が美辞麗句を尽くして誉めてくれるなんてこれっぽっちも思っていなかったけれど、この反応はさすがにちょっぴり落ち込んだ。やっぱり無理して作った美なんて意味がないのよね……。

「ちょっと、なにこの後に及んでまたグダってんのよ。いい加減にしないと蹴飛《けと》ばすわよ二人とも」

イザベルさんの苛立《いらだ》った声にシメオン様が息を吐いて、わたしに腕を差し出した。そっと手を添えて、いつものように彼と寄り添い立つ。

「……あの、お世話になりました。ありがとうございます、みなさん」

「お礼を言いたいなら、もっと明るい顔をして。そんなにしょんぼり言われたんじゃ、うれしい気分になれないわ」

オルガさんの言葉にわたしはあわてて背筋を伸ばし、笑顔を浮かべた。そうね、せっかくたくさん協力してくれたのに、こんな態度は失礼だった。

「いーい、マリエル？　腹が立とうと泣きたくなろうと、常に余裕の笑顔で相手を見返してやるのよ。どれだけ厳しい環境にあっても、花は美しく咲かなければいけないの。しおれて散ってしまえば、それはもう花じゃなくてゴミなのよ。常に花であることを心がけなさい」

クロエさんが優しくわたしのおでこをはじいた。

「まあ、肝心の護人《もりびと》が美を解さない朴念仁じゃ、やる気が出ないのもわかるけど」

ついでに隣に冷たい視線を送るのも忘れない。

「でも今夜は大勢の人が愛《め》でてくれるわ！　隣なんて気にしないで、うんと楽しんできなさい！」

明るい声にわたしも笑いがこぼれる。反対にシメオン様はむっと不機嫌そうになって歩き出した。

「行きますよ」

「あ、はい――じゃあ行ってきます！」

「はいはーい」

「行ってらっしゃーい」

「後で戦果を聞かせてね」

女神様たちと手を振って別れ、大広間へ向かう。なんとなく黙って歩いていると、シメオン様がややわざとらしく咳払《せきばら》いした。

「……その、失礼な物言いをしてすみませんでした。あまりに普段と違って華やかなものですから、驚いたというか、戸惑ったというか……」

「ええ、わたしも驚いています。ドレスとお化粧でここまで別人になれるなんてね」

「いや、別人と言ったのは、雰囲気の話で。たしかに、いつもとはずいぶん違いますが、よく見ればちゃんとマリエルの顔ですよ」

生真面目《きまじめ》に謝ってくる姿に口元がほころんでしまう。こういうところが大好き。厳しいことを言う時もあるけれど、けっして悪意をぶつけてくるわけじゃないのよね。シメオン様はいつだって真面目なだけ。

「お気になさらず。変装しているみたいで結構楽しいですから。さすがですよねえ、お化粧の仕方とかいろいろ、すごい技を見せていただきました」

水色の瞳《ひとみ》がようやくこちらを向く。わたしの表情を見て、ほっと雰囲気がゆるんだ。

「なぜ彼女たちが？　どうして急に、そんなふうに……その、いつもと違うようにしようと思ったのです」

「うーん、わたしもどうしてこうなったという気分なんですけどね。昨日《きのう》お話をしていたら、いつの間にかそういうことになりまして」

「昨日、行っていたのはあそこですか」

「はい、花園でたっぷり英気を養ってきました」

シメオン様は呆れ顔だ。わたしが娼館《しょうかん》に出入りすることに、当然ながらいい顔はしていない。でも素敵な友人たちができて楽しく交流していることもわかってくださっている。止めるわけにはいかないけれど人に知られないか心配だ、という態度だった。

大丈夫、トゥラントゥールでは誰《だれ》もわたしをマリエルとは呼ばないから。万一にも情報が流出しないよう、けっこう気を遣ってくれている。あそこはそういう点徹底しているので、心配しなくていいですよ。

「階段ですよ、足元に気をつけて。大丈夫ですか」

眼鏡を外しているわたしを、シメオン様はいつも以上に紳士的にエスコートしてくださる。

「ありがとうございます。まったく見えないわけじゃありませんから、大丈夫ですよ。周りの人の顔がぼやけちゃうのが残念ですけど」

はっきり見えない状態は心許《こころもと》なく落ち着かない。これではル・コント姉妹がどこにいるのか、見つけられないかもね。でもシメオン様の腕が、しっかりとわたしを導いてくれるから大丈夫。

「シメオン様は眼鏡を外すとどうなります？」

「私もそれほどひどい近眼ではありませんが、少々不便になるのはたしかですね」

そうなのね。シメオン様が眼鏡を外したところって見たことがない。わたしと違って眼鏡付きでかっこいいから問題ないけれど。むしろ眼鏡があってこそですが。鞭に並ぶ重要な小道具だと思います！

ざわめきと音楽が近付いてくる。階段を下りると、玄関を入ってきたばかりの人たちと行き合わせた。挨拶《あいさつ》を交わして共に大広間へ向かう人々は、揃ってわたしを二度見していた。

マリエル・クララックです、マリエル・クララックです、あなたの街のマリエル・クララックです。知らない令嬢じゃありません、マリエル・クララックです。よく見てください、髪の色は一緒でしょ。

会場へ入るとさらに視線が集まった。――の、だと思う。わたしが確認できるのは近くの人だけだが、この感覚には覚えがある。婚約してはじめてシメオン様と出かけた時と一緒だ。

あれはどなた？　と囁《ささや》いている貴婦人がいた。まさか、と驚く声もある。みなさんわたしがマリエル・クララックだとすぐにはわからず、気付いても半信半疑といったようすだった。

シメオン様の凛々《りり》しい制服姿も人目を引くから、なおさら注目を浴びている。おすまし顔を必死に保ちながら、わたしは内心冷や汗たらたらだった。あああ、なんか生存率が下がりそう。せめて物陰に隠れたい。

そういうわけにはいかないので、まずは招待主へのご挨拶だ。わたしとシメオン様は、ポートリエ伯爵夫妻のもとへ向かった。もちろんそこにはセドリック様の姿もある。彼はわたしを見てやはり驚いていた。

「これは、見違えました。まるで花園の妖精《ようせい》みたいですね」

「おそれいります。セドリック様も今宵《こよい》はひときわ立派な若君ですわ」

お披露目の場にあって、セドリック様はよく落ち着いていると思った。もの慣れないようすはなく、堂々としているように見える。もともと優雅な雰囲気の人だから、そうしていると伯爵家の後継者として十分にふさわしい印象を与える。初めて彼の姿を目にした人々も、ひとまずは称賛の言葉と表情を贈っていた。離れた場所や扇の陰ではいろいろ言われるのでしょうけどね。でも少なくとも、表立って彼にけちをつけられる人はいないだろう。光沢のある深緑の衣装が引き締まった身体によく似合い、華やかな会場の中でも人目を引いていた。

そのそばにシメオン様が立つと、美男子が二人でまばゆいことこのうえない。どちらも見栄えのする体格で、近くで見ても遠目に見てもかっこよかった。

……うん、そうね。こうして並ぶと、おふたりの体格がよく似ていることがわかる。シメオン様の方が少し背が高いだけで、他は共通するところが多かった。広い肩や意外と厚い胸、筋肉質であろうことが服の上からもわかる四肢。夜会服に無駄な弛《ゆる》みはなく身体の線に沿っているから、それらがはっきり見てとれた。

セドリック様って、何か武術をしていらしたのかしら？　でも荒事はからきしだと言ってらっしゃらなかったっけ。ちょっと運動したくらいでは、こうまで鍛えられない気がするけどな……たとえばセヴラン殿下だって、乗馬がご趣味で運動はよくなさるそうだけれど、やはり騎士たちとは違う。周りの紳士たち同様、あくまでも貴公子の優美な体格だ。

肉体労働で鍛えたということかしら？　リンデンでどんな暮らしをしていたのか、詳しくは聞いていない。もしかすると、そういうお仕事をしていたのかも。

……でもねえ。わたしの知る労働者たちとは、体格はともかく雰囲気が違いすぎるのよねえ。

取材のため、わたしは下町で働く人々のことも見てきた。下男や担当編集や時にはお兄様にも付き合ってもらい、いろんな場所を歩いたものだ。過去に見てきた労働者たちとセドリック様とでは、身にまとう雰囲気がまったく異なっていた。

彼はどこから見ても貴族にしか見えない。伯爵家の跡取りとして、ふさわしくあろうと努力した結果だろうか。お父様から受け継いだものもあるということ……？

彼の立場を思えば、それは好ましい資質だ。でもなんとなく、違和感を覚えずにはいられなかった。

次から次へと招待客が挨拶に訪れるので、あまり長い間話し込んではいられない。わたしたちはすぐにその場を譲らねばならなかった。いったん離れ、シメオン様はご自分の友人を探す。わたしも探したい人がいたので、しばし別行動をすることにした。

「……大丈夫なのですか」

気がかりそうなシメオン様に、わたしは笑顔でうなずいた。

「足元も見えないほど目が悪いわけではありませんから、ご心配なく」

「そうではありませんよ。どうせパトリスを探しに行くつもりでしょう？　何をする気なんですか」

あら、お見通しですか。

「何もしません、そっとようすを窺《うかが》ってくるだけです。パトリス様もまさか、この会場でセドリック様に何かなさる気はないでしょう」

「彼が脅迫の犯人と決め付けないように。筆蹟《ひっせき》が似ていたからといって、本人のものとは断定できませんよ」

「どう見てもそっくりでしたけどね……」

「世の中には他人の筆蹟を真似《まね》するのが得意な連中もいるんです。たしかにパトリスの行動には不審な点がありますが、それはそれ、これはこれと切り離して考えるように」

「はあ……」

「それから、セドリックにも気を許さないように。この場で詳しいことは言えませんが、もっとも用心すべき相手とだけは言っておきます」

とても真剣な顔で言われて、どきりとした。セドリック様が？　なぜ、そんな馬鹿《ばか》な——と、言いきれない。そう、わたしも彼には何か、秘密があるような気がしていた。

立派な跡継ぎにしか見えないのに、何かが引っかかるような気がする——その違和感の正体を、シメオン様は知っているのだろうか。用心しろとまで言うような、何があるの。

「どういうことですか」

「後で説明します。とにかく油断するのではありませんよ。それから、男に声をかけられても絶対についていかないように。飲み物も受け取ってはいけません。強い酒を混ぜるような悪質な輩《やから》もおりますからね」

真面目な話をしていたはずなのに、途中からただのお小言になっていた。肩から力が抜ける。まあ、セドリック様にどんな秘密があろうと、この会場で何か起きるはずもないわよね。わたしはお小言を聞き流し、さっさとシメオン様から離れた。副長はちょっと過保護だと思う。デビューしてから何年も壁の花をやってきたのに、今さら誰が声をかけてくるというの。

——なんて思っていたら、

「失礼、どちらの令嬢でいらっしゃいます？　よろしければお名前をうかがっても？」

突然目の前に現れた男性に声をかけられて、わたしはポカンと一瞬立ち尽くした。え、これってわたしに話しかけているの？　この方はたしかラリュー家の三男坊。

「一曲お相手いただけませんか」

ダンスに誘ってくるのはタイヨン家のご嫡男ね。

「こんな花が咲いているとは来てよかった。ぜひあちらでお話を」

グラスを差し出してくるのはヴィルヌーヴ家のご当主じゃないですか、奥様どちらですか！

進むたびに次々男性が声をかけてきた。なんなの、これは!?　断っても断っても次がくる。シメオン様のお小言はただの過保護ではなかったと思い知らされた。おそるべし、トゥラントゥール仕込みの変装術。いくら普段のわたしとは別人だからって、みなさん態度変わりすぎでしょう。これまでもお会いすることはあったのに、一度もわたしの存在になんか気付かなかったじゃないですか！

いやあぁ目立ってるぅ！　人が寄ってくるからなおさら注目を浴びているぅ！

お願いだからこっちを見ないで。わたしは注目されたいんじゃない、注目したい方！　外から眺める立場になりたいのよ。壁の花どころか壁の模様になりたいくらいで！

「見かけない令嬢だな。一曲お願いしてもよろしいかな」

「わたしは模様ですから！」

「は？」

もう何度目かもわからない声に、思わず本気で答えてしまっていた。あっでも模様だと動けないから困るかも。

「すみません今のナシで。そうですね、害のない浮遊霊だとでも思ってください」

「それはそれで気になるぞ！」

「では壁に落ちた影とでも」

「影がしゃべったら怖いわ！　その素《す》っ頓狂《とんきょう》な反応、まさかマリエル嬢か⁉」

「え？」

名前を呼ばれて、あわてていた意識が少し戻る。落ち着いて見上げれば、際立った美貌《びぼう》の主がそこにいた。

「まあ殿下！　お越しだったのですか」

黒い髪の精悍《せいかん》な美青年が驚きの表情を浮かべてわたしを見ていた。セヴラン殿下の名前も招待客の中にあったとは知らなかった。さすがポートリエ伯爵、個人的なお披露目の宴に王太子殿下をお招きできるなんて。

わたしはあわてておじぎをした。

「これは失礼いたしました。少々あわてておりましたもので」

「相変わらずわけのわからんあわて方をするな」

殿下はため息をついた。

「不覚……よりにもよって、友人の婚約者に声をかけてしまうとは」

はあ、すみません。殿下もわたしだと気付かなかったんですね。

まじまじとわたしを見て、殿下はとても複雑なお顔になった。

「また今日はずいぶんと気合を入れているのだな。いや、それで普通なのだが、これまでのそなたとは違いすぎて驚いた」

「ええ、まあ、いろいろありまして」

「……惜しいな……」

「はい？」

何が惜しいのかと聞き返すわたしに、殿下はぞんざいに手を振った。

「いや、よい。どうせ中身は変わらんのだしな。それより、何をあんなにあわてていたのだ？」

殿下の後ろには近衛騎士が控えている。見覚えのある騎士はアランさんですね、こんばんは。彼らの制服は式典用ではなく、普段着の方だった。シメオン様もお仕事で殿下のお供をする時はそうよね。

「だって三歩歩けば殿方に当たるとばかりに、次々声をかけられるのですもの。注目されてもうどうしようかと」

「若い令嬢がこういう場に来れば普通そうなるものだ。普段のそなたがおかしいのだ」

「ええ、真剣に壁の模様になりたかったです。でも模様じゃ動けないと気付いたので、浮遊霊の方がいいかなと」

「何がいいのかわからんが、そなたの発想に付いていこうなどと無謀なことは考えん。シメオンはどこだ。なぜこれを野放しにしている」

なにげにひどいことを言われた気がするけれど、そのお言葉にはっとした。

「あっ、そうですわ！　ぜひシメオン様のところへ行ってあげてください！　多分あちらの方にいらっしゃいますから」

シメオン様が向かったであろう方向を示して殿下にお願いする。今のわたしには、どこにシメオン様がいるのかわからない。でも殿下ならきっと見つけられるはず。いえシメオン様の方から見つけるに違いない。どんなに遠くからでもかならず彼は殿下のもとへ行くわ！

「え？　今合流する必要はないだろう。ポートリエ伯爵とその孫にも、さっき挨拶を済ませた」

「そんなことをおっしゃらず！　束《つか》の間の夢なんですから、かなえてあげてください」

「な、なんの話だ？」

「わたしは消えますから、どうかおかまいなく！」

「待て！　消えられる方が不安だ！　何をする気だ!?」

不敬にも殿下のお言葉を無視して、わたしはその場を逃げ出した。人込みにまぎれれば、もう追いかけてはこられない。殿下こそ注目され四方から声をかけられるお方なのだから。

ようやく人の目から逃れてカーテンの陰に逃げ込んで、わたしはほっと息をついた。身を隠せることに心底安堵《あんど》する。これでなんとか生き残れそう。

落ち着くとさきほどのことを思い出した。殿下はシメオン様のところへ行かれたかしら。これでいいのよね。シメオン様はいつもわたしを気遣い、大事にしてくださる。だからわたしも、彼が少しでも幸せでいられるよう協力しなくては。そうするって決めたのよ。

カーテンの陰からそっと会場を覗《のぞ》けば、ぼやけた人影がたくさん動いていた。鮮明に見えないせいか、物音や話し声をいつも以上に意識する。時折セドリック様の噂《うわさ》をしているのが聞こえてくる。殿下やシメオン様、そしてわたしのことまで話す声もあった。もう当分ここから動けそうにない。

今ならわたしと気付かれず、パトリス様のようすを調べることができると思ったのに。彼がどこでどうしているのかさっぱりだ。眼鏡がないと本当に不便。願い事を三つかなえてくれる精霊が現れたら、確実に一つは目をよくしてくださいと頼むわ。二つめは家族たちの幸福、三つめはシメオン様の鞭装備かしら。

隠れながらも懸命に目を凝らして人の群れを見る。あっ、あそこの豪華な金髪はもしやオレリア様？　すごいわ、眼鏡なしでもわかっちゃう。さすが社交界一の花。美貌だけでなく存在感からして飛び抜けている。やっぱりオレリア様は素敵。できればもっと近くで拝みたかった。

「ほんっとムカツク！　なによあれ！」

突然すぐ近くで荒れた声がして、わたしはびくりと飛び上がった。いつの間にか若い令嬢が二人来ていた。って、ル・コント姉妹じゃないですか。こんなところにいたのね。

「いっぱい応援呼んじゃってさ！　ずるいったらないわ！」

「あんなドレスじゃなかったはずじゃない。今日《きょう》になって荷物を運び込むなんて、騙《だま》してたのね。信じらんない、あくどい女！」

憤然と彼女たちが口にしているのは、もしかしなくてもわたしのことかしらねえ。

「化粧でコッテコテに作っちゃってさ、本当は地味顔のブスのくせに！」

「騙されて声かけてる男たちもみんな馬鹿よ。あんなの作り物よ、偽物よ。一皮剥けばブスが出るっての！　見る目がなさすぎるわよ！」

はいはい、おっしゃるとおり。全部事実ですね、認めます。

でもこれは、女神様たちの手腕の勝利ということかしら。くやしがる彼女たちのようすを報告すれば満足してもらえそう。

姉妹はわたしだけでなく、会場の男性たちへの文句も吐き散らしていた。どうやら話をしても、出自を知ると相手はすぐに離れていってしまうらしい。多分、格の高い方たちだったのだろう。うちと同じくらいか、もっと格下の方なら、爵位のない家の娘でも鼻で笑うようなことはなく、ちゃんと縁談相手として見てくれると思う。二人とも美人だし実家はそこそこお金持ちなのだから、高望みをしなければ相手は見つかるはずだ。

助言してあげたいけれど今は出ていくわけにはいかない。彼女たちがわたしの話を聞くとも思えないので、物陰からそっと応援だけ送っておいた。頑張って、この会場にはいろんな殿方が来ているのだから、根気よくさがせばきっといい人と出会えるわ。

わたしが何を言うまでもなく、姉妹はあきらめなかった。目をつけた殿方へ突進していく後ろ姿を、わたしは感心の思いで見送った。

みんな一生懸命ね。声をかけてきた男性も、結婚相手をさがす令嬢も。若い人々にとってこうした集まりは貴重な出会いの場だ。ロマンスも生まれれば悲劇も生まれる。わたしはそれを周りから眺めることが生き甲斐《がい》なのに、今日はこんな物陰に隠れなきゃいけないなんて……せっかく女神様たちが飾りたててくれたけれど、やっぱりいつもどおりがいい。シメオン様もあまりいい反応ではなかったし……。

普段のわたしを知る人には、しょせん作り物としか思えないのでしょうね。逆に見苦しいと思われていたらどうしよう。

なんだかちょっとしょんぼりした。他の人はともかく、シメオン様にだけは誉めてほしかった。でも、そんなことを望める立場じゃないわよね。

そっとため息をこぼした時、わたしを隠すカーテンがいきなり開かれた。

「どうなさったんですか、そんなところで」

身を隠すものがなくなりあわてるわたしに、優しい声がかかる。そこにいたのはセドリック様だった。不思議そうに、身を縮めるわたしを覗き込んでいた。

「あ、あら、セドリック様でしたか……そちらこそ、どうなさったんです？　本日の主役がこんな隅っこにいらして」

「どうやら、人の波に溺《おぼ》れそうになって逃げてきたのは、お互いさまらしいですね」

セドリック様はくすりと笑った。

「少し休憩をしたいと祖母に頼んで、抜け出してきたんです。今夜の趣旨は理解していますが、大勢の方を前にするとやはり緊張してね。そうしたら、物陰に入っていくあなたが見えたもので」

「まあ、おほほ……わたしも少々、落ち着きたくて」

すみません、身を隠せないのが落ち着かなくて。いつもならじっとしているだけで風景に同化できるのに、今日はそれができないものですから。

セドリック様はわたしに手を差し出した。

「あちらへ移動しましょう。人目を気にせず静かに休めますよ」

休憩室の方へ誘われる。シメオン様の注意を思い出して、わたしは少しためらった。どうしよう。ここでついていくのはまずいかしら。でも危険な雰囲気なんて感じないし……。

「どうかしましたか？」

「あ、いえ。そうですね、では少しだけ……」

結局断れずに、わたしはセドリック様の手を取った。あとで怒られるかなあ。すぐ近くなんだし、このくらい大丈夫よね？

わたしたちは会場を出て、小さな休憩室に入った。女中が来てお茶を淹《い》れてくれる。そばに来た時、見覚えのない顔だと気付いた。屋敷中調べて回った時にはいなかったわよね……？　でもこういう大がかりな夜会には臨時の手伝いも来るし、別におかしくはないかしら。

女中が出ていくと、セドリック様は恥ずかしそうに言った。

「周りの華やかさに気後れするなんて、みっともないと思われたでしょうね」

「いいえ、わたしも同じです。友人たちがせっかく頑張ってきれいにしてくれましたけど、やはり慣れないことは落ち着かなくて」

「そうなんですか？　とてもよく似合っていらっしゃいますよ。本当に妖精のようだと思いました。

会場の人々があなたに注目していたのも当然です」

「いえ、これまでとの落差にみなさん驚いていらしたんですよ」

「女性は装い一つで変わるということですね。これまで気付かれていなかった魅力を存分に見せつけたということでしょう」

お世辞と思わせない実に自然な口調でセドリック様は持ち上げてくださる。お気持ちはうれしいが、正直居心地が悪い。それに気付いたのか、彼はくすりと笑いを漏らした。

「もっとも、あなたのいちばんの魅力は別なところにある。私は普段の飾らない姿の方が、もっと好きですよ」

「まあ、ありがとうございます」

素を知られているのだから、飾ってみせても今さらだものね。

「そういう、ご自分の魅力に無頓着《むとんちゃく》なところがあなたらしくて、面白い」

「そうですねえ、わたしの場合魅力と言うより、面白味の方がぴったりでしょうね」

「……いえ、悪い意味で言ったのではないのですが。あなたは十分魅力的な方で惹《ひ》かれます」

「ええ、わかっています。ありがとうございます」

セドリック様に悪意があるなんて思っていない。にこにことうなずいたのに、なぜか彼は困った顔になった。何かいけなかったかしら？　首をかしげると、苦笑される。

「参ったな……本当に、ご自分がどう見られているかを気になさらないんですね。結構はっきり言っているつもりなのですが、伝わらないようだ」

「はい？」

セドリック様は身を乗り出し、膝《ひざ》に置いたわたしの手を取った。

「あんな婚約者がいるから他へは目が向かないのかもしれませんが、できれば少し周りを見る気も持っていただけませんか」

「はあ……？」

深い青の瞳が近い距離からひたと見つめてくる。あれ……これって、もしかしてシメオン様の言っていた、用心すべき事態……？

こんな場面を人に見られたら、あらぬ勘繰りを受けそうだ。わたしはさりげなく手を引こうとしたが、セドリック様は放してくれなかった。

「ここにも一人、あなたに惹かれている男がいることに気付いていらっしゃいますか？」

「セドリック様？」

セドリック様のまなざしに、普段と違う熱がこもっているように思えた。誰かにこんな目を向けられたのははじめてで、どう受け取っていいのかわからない。ただ、とてもよくないことをしている気分になって、ひどく落ち着かなかった。

「お世辞ではなく、本気で言っています。初めてお会いした時から、あなたに惹かれていました」

「え……ええ？」

なにこれ、どういうこと。まさか今わたし、告白されているの？

そんなまさか。どうしてそうなるの。セドリック様とはまだ知り合ったばかりだし、それほど深いお付き合いもしていない。一目惚れとか言うならヒロインは絶世の美女であるべきでしょう！

　絶句するわたしにセドリック様はくすりと笑い、ようやく手を放してくれた。なんだか今までと雰囲気が違う。この人こんな感じだったかしら。おっとりと優しげで、気取らない親しみやすい方だと思っていたのに、今は何を考えているのか窺えない。得体の知れなさを感じる。

　わたしをからかっているのかしら……いたずら気な、人の悪さが顔を覗かせていた。

「……光栄なお言葉ですね。殿方に誉めていただいたのは、生まれて初めてですわ」

　この場は冗談ということで流すべきだろう。わたしは笑顔を作って答えた。

「おや、シメオン殿はあなたを誉めてくださらないのですか？」

「え……」

　聞かれてすぐには思いつかなかった。誉められたこと……シメオン様に誉められたこと……あったっけ？　呆れられたり叱《しか》られたりはしょっちゅうだけど、誉められたことはないような。

あ、小説が面白いとは言ってもらえたかな。でもそれ、わたし自身の魅力じゃないし。初顔合わせの時にちょっとだけ可愛いと言ってくれたのも、完全にお世辞よね。お父様たちの手前、言葉を飾っただけだろう。うーん。

　考え込んでいると、またセドリック様が笑った。

「ひどい婚約者ですね、こんなに可愛い人を誉めてもくれないなんて」

「いえ、そんな……」

　振り返れば仕方がない気もする。わたしの趣味兼職業を知られているとわかってからは、ほとんどとりつくろわなくなったもの。目の前で萌えを連呼するような女、どこを誉めればいいのかわからないと思う。

「エヴリーヌたちにはずいぶんと愛想を振りまいていたのに、態度があべこべですね。ちょっと彼の誠意を疑うな」

肩をすくめるセドリック様の言葉に、どきりとした。彼もあのことを知っているのね。でもあれは、多分不貞とかそういうものではなくて。

「ねえ、マリエル嬢？　今ならまだ間に合いますよね。結婚はしていないのだから、話を白紙に戻すことも可能でしょう」

「セドリック様？」

セドリック様は懐から小さな箱を取り出し、わたしの前で開いてみせた。指輪の箱だ。大きなエメラルドが明かりをはじいて神秘的にきらめいた。この見事な指輪には見覚えがある。つい先日までモニーク様の指にあったものではないのか。

「それは……」

「昨夜祖母から受け取りました。代々この家の奥方に受け継がれてきたものだそうです。いずれ私が迎える花嫁に渡すよう言われました」

代々奥方に……だからモニーク様が持っていらしたのね。でもセドリック様にはまだ奥様がいないのに譲るなんて、ちょっと気が早すぎるのでは。

「私がこれをあなたに贈ると言ったら、受け取ってくださいますか？」

さぐるような問いかけにわたしは顔を上げてセドリック様を見る。本気なのかやはりからかっているのか、彼の表情からはわからなかった。

「……シメオン様からは、花をいただきました。わたしにはそちらの方が合っていますわ」

こちらも、冗談とも本気とも取れる態度で答えておく。彼の持つ雰囲気に呑《の》み込まれるのは危険だと感じた。今までの上品で優しげな姿は幻だったかのように、今は抜け目のないしたたかな人に見えた。こういう人こそ本物の腹黒なのかもしれない。でもなぜか、素敵と萌える気分にはなれなかった。警戒心ばかりがふくらんでいく。それを表情に出さないよう、懸命に抑えなければならなかった。

「ああ、たしかに花の妖精に俗な装飾品など不要ですね」

セドリック様は笑いながら箱の蓋《ふた》を閉じ、懐に戻した。しつこく迫ってくるようすはないのに、ほっとする。やっぱり何を考えていらっしゃるのか、わからないわ。

ちらりとセドリック様がよそへ視線を向けるのでつられて見ると、さきほどの女中が戸口から顔を覗かせていた。入ってくるわけでもなく、会釈をしてすぐに姿を消す。

「どうやら、あまり長く引き止めるのはよくないようですね。二人きりで部屋にこもっていたら、またあなたの婚約者殿に怒られそうだ」

ちょっぴり皮肉げに言いながらセドリック様は椅子から立ち上がった。それもそうかと、わたしも立つ。まだお茶は残っているけれど、夜会を抜け出して二人きりって、まるきり逢《あ》い引き場面だものね。さっきの女中は気にして覗きに来たということかしら。

廊下へ出るとけっこう寒かった。何分真冬のこと、肩の出る夜会ドレスでは火の気のない場所は辛《つら》い。さっさと会場へ戻ろうと足を向けた時、セドリック様が「おや？」と声を上げた。

「あれは……」

彼の視線を追えば、会場とは逆方向へ歩いていく姿が見えた。男性だ。ちょっと距離があるので、眼鏡のない今のわたしには誰だかわからない。

「どなたでしょう？」

「パトリス殿ですね。どこへ行くのかな」

――パトリス様？

セドリック様の不可解な言動に戸惑っていた意識が、一気に引き戻された。パトリス様！　そもそも彼をさがしたくてわたしはシメオン様から離れてきたのよ。こんなところにいたなんて。でも本当に、どこへ行くのかしら。

「御不浄でしょうか？」

「いや、どうも二階へ向かっているようです」

セドリック様と二人、こっそりパトリス様のあとをつける。彼は人目をはばかるようにきょろきょろしながら、階段を上り始めた。わたしたちは顔を見合わせる。これは誰がどう見ても、あやしい場面だった。パトリス様は宿泊していないのだから、二階には用がないはず。それもあんなこそこそしたようすで何をしに行くというのか。

わたしの頭に浮かんだのは、セドリック様の部屋の壁に落書きされた赤い文字だった。もしやまた、何か仕掛けに行くのではないだろうか。きっとそうに違いないと、わたしは拳《こぶし》を握った。

「セドリック様、追いかけましょう。パトリス様は脅迫事件の容疑者なんです。多分犯行現場を押さえられますよ！」

「彼が……そうか、そうですね。行きましょう」

すぐに納得してセドリック様もうなずく。パトリス様が二階へ上がりきるのを見届けてから、わたしたちは足音を忍ばせて階段を上った。

そっと二階の廊下を覗き込むと、ちょうど彼がセドリック様の部屋の辺りを通りすぎるところだった。あら？　そこが目的地ではないの？

どこへ行くつもりなのかと目で追いかけていると、パトリス様はさらに奥の部屋の前で立ち止まった。あそこは多分、コレクションルーム……よね。

わたしたちはまた顔を見合わせた。現行犯は現行犯でも、違う場面？

鍵《かぎ》のかかった扉の前で、彼は何かごそごそしていた。うう、はっきり見えなくてじれったい。でもあの動きは、多分鍵を開けている？

そう思ったのは間違いなかったようで、パトリス様は扉を開いて部屋の中へ入っていった。廊下に上がったわたしは、呆れる思いでコレクションルームへ向かった。

いつのまに鍵を手に入れたの。執事が肌身離さず持っている鍵を、彼が盗み出せるとは思えない。もちろん執事が協力するとも思えない。きっと合い鍵を作ったのだ。そういえば女中たちの噂に、コレクションルームの前で何かしていたという話があったっけ。鍵の型でも取っていたのだろう。

ダントン氏とのやりとりも思い出せば、彼の目的は明白だった。伯爵家の人々も客たちもみんな会場へ行っている。使用人も忙しくて二階へなんて来る暇はない。そうして人目がなくなった隙《すき》に宝物を盗み出し、売り払って借金返済にあてようというわけだ。もしかしなくても、そのために毎日通って家のようすを調べていたのね。

いくらお金に困っているとはいえ、れっきとした男爵家のご子息が……いえまあ、ここの親族には問題のある人が多いようだけど。

呆れながらも物音を立てないよう気をつけて、わたしたちは開いたままの扉から部屋の中を覗き込んだ。真っ暗な部屋の中、ろうそく一つだけの明かりでパトリス様は動いていた。宝石を収めたケースや棚をこじ開けようとしているが、それぞれ施錠されている。さすがにこっちの合い鍵までは作れていないようで、彼は小声で「くそっ」と毒づいていた。

セドリック様がそっとわたしの肩を叩いた。一旦扉から身を引き、囁いてくる。

「私が見張っています。人を呼んできてください」

わたしはうなずき、すぐに踵《きびす》を返した。手を出せるところにもお宝はあるし、ケースや棚も硝子を割ればおしまいだ。今なら多少の物音くらいと大胆にやりかねない。そうして目的を果たしたパトリス様が逃げてしまう前に、もっとたくさんの人手を集めるべきだった。

セドリック様にあとをまかせて、わたしは大急ぎで一階へ戻った。会場の近くで使用人をつかまえて執事を呼んでもらい、手早く状況を説明する。執事はすぐに男手を集めて二階へ向かった。わたしも遅れじとついていった。ここまで来てあとはよろしくなんてできないわ。最後まで見届けるわよ！

もう音をひそめる必要もなく、みんなでどやどやと走ったが、階段を上りきらないうちに奥から悲鳴と大きな物音が聞こえてきた。

「何だ!?」

わたしも使用人たちも、ぎょっとして一瞬立ち止まった。あれはケースを叩き割ったなんて可愛いものではない、何かもっと大きなものが壊れる音だった。鈍い音も響いていたから、もしかして棚が倒れたとか？

でも、悲鳴は……？　多分セドリック様じゃなくて、パトリス様の方だと思うけれど……何があったの。

駆けつけた扉から、コレクションルームの中をおそるおそる覗き込む。予想どおり大きな棚が倒れていた。散乱する硝子《ガラス》や宝飾品の中、パトリス様が尻餅《しりもち》をついている。セドリック様の姿は見当たらなかった。

「パトリス様」

執事が声をかけた。びくりと肩が震え、パトリス様が振り返る。使用人たちがランプを突き出して室内を照らす。明かりの中、パトリス様のクラバットが汚れていることにわたしは気付いた。

なにかしら……クラバットだけでなく、シャツにも汚れが飛んでいる。ワインでもこぼしたような赤い色だ。

そうだと思いたかった。だって、とっさに考えたことが正解なら、あまりに恐ろしすぎるもの。彼のすぐ近くに転がっているのは、ケースの中に飾られていた宝剣だ。鞘《さや》から抜かれた刀身は、やはり赤いものに汚されていた。

倒れた棚の周囲に飛び散っているのは、ガラスだけではなかった。絨毯《じゅうたん》を黒っぽく染めている水のようなもの、あれは、まさか……。

「セドリック様は……？」

ほとんど無意識にこぼしたわたしの声に、またパトリス様が震えた。

「ち、違う！」

床から跳ね起きて後退る。どこにも逃げ場はないのに、わたしたちから離れようと彼は部屋の中を逃げながら必死にわめいた。

「違うんだ！　俺じゃない！　棚が勝手に倒れてきて――本当だ！　俺は何もしていない！」

使用人たちが彼を追いかける。取り押さえられてもまだ、パトリス様は違うと叫んでいた。

わたしはシメオン様の姿を求めた。彼に知らせなければ――震える足を叱咤《しった》して扉を振り返る。すると、室内の騒ぎに背を向けてするりと出ていく人影があった。

服装からして使用人の一人だろう。でも背格好がセドリック様に似ているように思えて、ひどく気になった。他のみんながパトリス様に注目しているのに、一人だけどこへ行くの？　警察にでも知らせるつもり？　そういうのは執事が命じることでしょうに。

もう一度室内を振り返る。気持ちを落ち着けて見回せば、倒れた人の姿は見当たらなかった。棚の下敷きになっているようでもない。こちらからは見えない死角にいるのだとしても、他の誰かが気付いているはずだ。おかしい。セドリック様はどこへ行ったの。派手な騒ぎにまぎれて、肝心なところが見落とされている。

わたしはすぐに廊下へ飛び出すことはせず、顔だけ出してさきほどの男の姿をさがした。薄暗い廊下に人影はなく、並ぶ扉の一つが静かに閉まるのが見えた。

その扉の前まで歩き、しばしためらう。ノックでもする？　――いいえ、相手に猶予を与えてはいけない。奇襲あるのみ。

わたしは把手《とって》に手をかけるや、勢いよく扉を開いた。

一歩中へ踏み込み、そこで止まる。窓からの明かりしかない暗い室内はしんとしていた。人の影も気配もないように思える。扉を間違えた？　いや、たしかにこの部屋へ入っていったはずだ。ずっと視線を外さなかったのだから、間違いない。

そろりと室内へ入る。使われていない部屋のようで、家具が少しあるだけだった。窓は閉まっている。近付いてたしかめれば、ちゃんと中から施錠されていた。

ここから外へ出たなら、鍵は開いているはずよね。なら、いったいどこへ消えたの？

暗がりに身をひそめ、わたしの行動を監視しているのだろうか。そう思うとぞくりと悪寒が走った。

やっぱりシメオン様を呼んでこようと思い直した、その時だ。

「困った人だな、証言だけして婚約者のところへ戻ればよかったのに」

突然耳元に声がして、わたしは飛び上がった。気配もなかったのにいつのまに!?　悲鳴を上げそうになった口は、一瞬早く伸びてきた大きな手にふさがれた。

反対の腕で身体も抱きすくめられる。声と身動きを封じられて、わたしは必死にもがいた。

「静かに。ひどい目に遇わせるつもりはないから、落ち着いて」

恐怖に取り乱す頭にも、それが聞き覚えのある声だとわかった。わたしは動きを止めて、自分をつかまえている身体に意識を向けた。このくらいの背丈……体格……この硬い手、たしかに知っている。彼と身を寄せてダンスの練習をした。ついさっきまで一緒にいた。

「騒がないでね？　強制的に黙らせるような、乱暴はしたくないから」

優しい声でわたしに言い聞かせ、そっと口を押さえていた手が離れた。抱きすくめる力も弛む。ほんの少し自由になった身体でわたしは振り返った。暗がりに慣れた目が背後の人の姿をとらえる。予想していた顔ではなかった。まったく見覚えのない男性だ。でもくすくすと忍び笑う声はやはりセドリック様のものだった。

「セドリック様……なのですか？」

「その名前はもう用済みだな。いずれ違う呼び方をしてもらうけど、今はそれでもいいよ」

どういうこと？　彼はセドリック様ではないの？　でもわたしの知っているあの人ではあるのよね？　つまり……どういうことなの。

「並みの令嬢じゃないとは思ってたけど、ここまで怖いもの知らずだったとはね。まっすぐ婚約者のとこへ行くと思ってたのにさ。どうしようかなあ、このまま君を残して行ったらせっかくの仕掛けがだいなしだよねえ」

開け放したままだった扉が閉じられた。その時はじめて、室内にもう一人いることに気付いた。廊下からの明かりが入ってこなくなると、もうろくに見えない。ただとても大きな人らしいということだけわかった。

何が起きているのか、わたしは混乱しながら必死に考えた。パトリス様が窃盗を働こうとして騒ぎになった……けれど、その陰でセドリック様も何かを企《たくら》んでいたの？　それは何。ここからこっそり姿を消すこと？　でもそれだけでこんな真似までするだろうか。あの大きな人影は？　協力者までいるということは、もっと大それたことを企んでいるのではないだろうか。

今、仕掛けと言っていたような……もしかして、パトリス様の騒ぎも計画のうち？

わからない。一体何がどうなっているの。

「せっかくだから、もうこのまま君も連れて行こうか。証人なら婚約者殿もいるしね。使用人たちも駆けつけたし、目的は十分果たされた。ちょっと予定外だけど、ご一緒してもらおうかな」

背後の男は状況に不釣り合いなほど軽い口調で言う。まるで遊びにでも誘われているかのようだ。だけどそんな気楽な話ではないと、言われなくてもわかった。

「ど、どこへ？」

「さあ、どこへ行こう？　どこでも、気の向くままに」

笑いながら歌うように彼は答える。そうしてわたしを抱いたまま、部屋の奥――窓の方へと身体を向けた。

「あの、待って。どういうことなんですか。説明してください。あの騒ぎはなんだったんです？　誰か怪我人《けがにん》がいるの？　まさかあなたが何かしたの？」

「ああ、大丈夫。あの血糊《ちのり》はただの演出だから。衝撃的な光景であれば、人の目はそこに集中するだろう？　泥棒より殺人事件だと思われた方がより大きな騒ぎになる。その隙に、僕らは悠々退散するというわけだ」

ぐいぐい歩かれてわたしも足を動かすしかなかった。また強く抱きすくめられ、足も半ば浮きそうな状態では踏ん張ることもできない。窓辺へと近付きながら、このままでは誘拐されてしまうのだとようやく理解した。

「や、やだ、だめですよ。わたしどこにも行きません。放してください！」

「騒がないで、マリエル。言っただろう？　乱暴な真似はしたくないんだ。しばらく気絶させるくらい簡単だけど、君に痛い思いはさせたくない」

「なら放してくれればいいのよ！　誰か――」

大声を出そうとお腹に力を入れたら、すかさずまた口を押さえられてしまった。

「んん、んーっ！」

「うーん、両手がふさがってたんじゃ出られないし、やっぱり我慢してもらうしかないかなあ」

なによそれ、わたしを殴る気!?　そしてそのまま誘拐されてどこかへ連れ去られるだなんて、冗談じゃない！

物語ではドキドキする展開でも、現実に経験したくなんかない。だってわたしには、助けに来てくれるヒーローはいない。シメオン様だって、手の届かないところへ消えてしまえばきっとすぐあきらめる。近衛騎士の務めは王族の警護であって、誘拐事件の捜査は管轄外だもの！

いや、行きたくない――!!

声にならない声で叫んだ時、一度は閉じられた扉が勢いよく開かれた。急にまぶしい光が差し込んできて目がくらむ。後ろの男も同様らしく、動きが止まった。

そこへ涼やかな声が響く。

「そこまでです。マリエルを解放し、おとなしく投降しなさい。抵抗しても逃げられませんよ」

――シメオン様！

視力が戻るより早く、その存在がわかる。安堵と喜びに涙が出そうになった。懸命に目をしばたかせれば、頼もしい姿が見える。その後ろから入ってきたのは、警官の制服を着た人々だった。

頭の上で口笛が鳴った。

「これは驚いた。いつの間に呼んだんだい？　ずいぶん手回しがいいじゃないか」

「当然です。宴が始まる前から待機させていましたからね」

さきほどは持っていなかったサーベルを、シメオン様は携帯していた。誰かに預けていたのだろうか。警官も待機させていたって……どういうこと。騒ぎが起きるとわかっていたの？

「……へえ。ちなみに何に気付いたのか、教えてもらってもいいかな」

「ポートリエ家の事情につけ込み、セドリックになり済まして入り込んだ偽物。目的は伯爵家の財宝。ただ盗み出すだけではつまらないと馬鹿げた演出を考え、私やマリエルを役者として引っ張り込んだ。脅迫されているかのように自分で偽装し、その罪をパトリスになすりつけようとした。彼もまたこの財宝を狙っていると気付いたので利用することを考え、警備にもわざと隙を作らせた。その上で騒ぎを起こし、まるでパトリスが誰かを害したかのように見せかけ、人々が騒いでいる隙に逃げ出して後日盛大な種明かしをして世間を驚かせようとした」

淡々と述べられる内容に、わたしは唖然《あぜん》とする思いだった。なにそれ……最初から全部が、真っ赤《まか》な嘘《うそ》だったというわけ？

たしかに疑問を感じることはあったけれど、全部が全部嘘だとは思わなかった。彼は見事に伯爵家の孫を演じていて、その点を疑おうとは思わなかった。

……だけど、振り返ってみれば不自然な点がいくつもあった。そう、庶民育ちなわりに貴族的な雰囲気で、でも身体はよく鍛えられていて、妙にちぐはぐだったのよ。

それぞれはささやかな違和感だ。シメオン様が警戒していなければ、わたしもそんなに気にしなかっただろう。この屋敷では、庶民丸出しの態度よりも貴族的な態度の方が受け入れられる。場の雰囲気に馴染《なじ》みやすい。だからきっと、この人もそう演じたのだ。

ふたたび口笛が響いた。

「お見事。さすが近衛騎士団副団長と称賛するべきかな。一体いつ気付いたんだい？」

己の企みを暴露されても少しもうろたえず、むしろ楽しそうに後ろの声は言う。ふてぶてしくもふざけた態度に、シメオン様もやはり淡々としたまま答えた。

「最初からですよ」

「最初から？」

「あなたは脅迫に怯え、荒事に対抗できない弱者を装っていたが、握手をした手は剣を知る手だった。騙したいのなら、厚い手袋をしておくべきでしたね」

「……………」

「外国で生まれ育ち、伯爵家の人々も親族も一度も会ったことがない孫。併せて考えると実に怪しい。即座に疑念を抱きましたよ。他人でもなり済ますのは簡単だ。なにせあなたは変装の名人だそうですから、姿はそっくりに作れたでしょう。リンデンへ遣わされた代理人も何度か面会したくらいで、セドリックのことを詳しく知るわけではない。拒否していたはずの相手が気を変えたと言ってきたのを素直に信じ、喜んで連れて帰った。それが偽物だとは気付かずにね」

本物のセドリック様は拒否していた？　この屋敷へ来るつもりはなかったのか。だから彼は、堂々と乗り込んできたのね。あとから本物が現れて嘘がばれるおそれはなかったから。

「あの日、あなたと会ったすぐ後にリンデンへ調査を依頼しましたが、なにぶん遠いので結果が返ってきたのはギリギリでしたよ。間に合ってなによりです――そういうわけで、あなたの計画は失敗だ。この屋敷の周りは騎士と警官隊が包囲しています。逃走は不可能ですよ」

サーベルや縄を構えた警官たちがにじり寄ってくる。わたしという人質がいるため、一気に詰め寄れずに警戒している。いまだわたしを捕らえる腕に武器はないけれど――でも、何か忘れていない？

わたしは室内を見回した。持ち込まれた明かりで照らされた中に、もう一人いるはずの姿をさがす。

「すごいよ、副長殿。そこまで言い当てるなら、当然僕の名もわかってるんだろう？　この際だ、ぜひ呼んでほしいね」

茶化すような言葉は、ただのはったりや強がりではないのだと気付く。みんなの注意を引きつけるためだ。シメオン様に伝えないと。わたしは必死にもがいたけれど、押さえつける手は少しも弛まなかった。言葉が出せない。お願い、誰か気付いて！

「コソ泥で十分ですよ。勝手に名前を使われて妖精もさぞ迷惑がっているでしょう」

「ひどいな、妖精《リュタン》はいたずら者が大好きさ。きっと喜んでくれているよ」

「ん――――っ!!」

必死にうめいた瞬間、死角になっていた物陰から人が飛び出した。とても大きな身体が警官たちに襲いかかる。二人があっという間に殴り飛ばされて倒れた。気付いた警官たちも、剣を構えるより早く殴られる。まるで岩のような拳が、丸太のような腕が、情け容赦なく警官たちを叩きのめしていった。

巌《いわお》のようにたくましい身体。それに反して、彫像のように美しい頭部。この異様な人物を見るのは二度目だ。サーカスの怪力男がリュタンの仲間だったなんて！

あっという間に警官をすべて昏倒《こんとう》させた大男は、シメオン様にも襲いかかった。息を呑んだわたしの前で、シメオン様は素早く飛びずさって拳から逃れた。

巨体に似合わない素早さで大男が追いすがる。二度三度とくり返される攻撃を、シメオン様は身軽にかわしていた。わずかな隙を突いて反撃に出る。サーベルの斬撃《ざんげき》を、素早く抜かれたカトラスが打ち返した。

目の前の戦いに身がすくむ。剣と剣がうなりを上げて互いを狙《ねら》っている。時々打ち交わされるたび耳障りな音が響いた。あれが触れれば肉が切れ、血が流れる。もし深く当たれば。それが危険な場所だったら。シメオン様が傷を受けてしまわないかと、怖くて見ていられない。でも目を閉じることもできない。そんなことをしたら、見ていないうちに彼が倒されてしまいそうに思えて、必死に姿を追うしかなかった。

「……あっ！」

危うくカトラスがシメオン様の肩をかすめそうになった。思わず声を上げ、もう口が押さえられていないことに気付く。リュタンも固唾《かたず》を呑んで二人の戦いに見入っていた。その隙になんとか逃げられないかと思うも、むしろ両腕でさっきより強く抱かれていて身体は動かせない。わたしの存在がシメオン様の枷《かせ》になっているのではと、気が気でなかった。

「副長！」

戸口に現れたのは近衛騎士だ。殿下に言われて応援に駆けつけたのだろうか。でも入ってこようとするのをシメオン様が制した。

「動くな！　そこで待機！」

たたらを踏んで騎士たちが立ち止まる。今あの戦いに割って入ってもシメオン様の足を引っ張るだけだ。一瞬の隙が勝敗を決する。それはわたしにもわかった。

カトラスが今度は鼻先をかすめていく。わずかに当たったのか、シメオン様が眼鏡を押さえた。ああ神様、どうかご加護を！

――けれど、死にそうにハラハラしていたのはどうやらわたしだけだったらしい。シメオン様は激しい攻防を続けながらも、終始表情は落ち着いていた。戸口で見守る騎士たちの顔にも焦りはない。わたしがそれに気付くことができたのは、素人目《しろうと》にも勝敗がはっきりしてきた時だった。

徐々に大男が追い詰められていく。シメオン様の冷静で確実な攻撃が、相手の体勢を崩していく。

互角に見えた攻防が次第にシメオン様の攻撃一色に変わり、大男は防御ばかりになる。それもどんどん苦しくなり、そしてついには彼の手からカトラスが飛ばされた。

次の瞬間シメオン様の足が大きく振り上げられた。剣の勢いにも負けない強烈な蹴りが、大男の横っ面に叩き込まれる。巨体が吹っ飛ぶほどの一撃だった。地響きを立てて倒れた身体に、間を置かずさらなる攻撃が加えられる。体重をかけた肘《ひじ》打ちが急所を仕留め、見事大男を完全に昏倒させた。

「捕縛を」

立ち上がりながらシメオン様が短く命令する。すかさず近衛騎士が飛び込んできて、警官の持っていた縄で大男を縛り上げた。

「さて……」

眼鏡を直しながらシメオン様がこちらを振り返った。

「まだ抵抗しますか？　言っておきますが、人質を取ったくらいで逃げられるとは思わないように」

声も表情も静かだけれど、こちらを見据える目はとても鋭く氷のように冷たい――いえ、違う。あれは氷ではなく炎だ。温度が高すぎて青くなっている炎だ。まっすぐ突き刺さってくるまなざしに、わたしまで灼《や》き殺されそうな息苦しさを覚えた。

――殺気というものを、生まれてはじめて感じた。

声を出すのも忘れたわたしの頭上で、ふっと息を吐き出すのが聞こえた。

「ダリオがやられるなんてねえ……信じられない。化け物だね、副長」

この期におよんでまだ余裕を失わない声に、いっそ感心するべきかしら。たとえ虚勢だとしても大したものだ。

「近衛なんて宮廷で澄ましているだけのお人形かと思ったのに。伯爵家の若様にしちゃ、ずいぶんな武闘派じゃないかい？」

「当然ですよ、騎士なんですから。少なくとも私とポワソン団長のいる間に、その名に見合わぬ肩書だけの騎士など在籍させませんせん」

「うっわー、きれいな顔して中身はバリバリの硬派か。とんだ見た目詐欺だね。はいはい、そんなにおっかない顔でにらまないでよ。こんな化け物に対抗しようなんて無駄な真似はしないから。それにリュタンは盗みが仕事で、殺しはやらない。お姫様はちゃんと返すよ」

わたしを抱きすくめていた腕が離れる。と思ったら、肩を抱かれた。

「残念だけど、今はあきらめるしかないな。またね、マリエル」

頬に息がかかったと思ったら、避ける暇もなく唇が押し当てられた。何をしているのよ、この泥棒は！

無言でつかつかとやってきたシメオン様がわたしを引き寄せた。なにやらあわてた感じに、近衛騎士がリュタンを捕縛する。つかまえているのに、むしろ彼を守ったように見えたのは気のせいかしら？

「……まったく」

今頃《いまごろ》やってきた警官隊にリュタンが引き渡される。最後にウインクを寄越して連行されていくリュタンをいまいましげに見送りながら、シメオン様はハンカチを取り出してわたしの頬をごしごしと拭いた。

「シメオン様、そんなに強くこすったらお化粧がはげてしまいます」

「そんなものより消毒の方が大事です。誰か、アルコールを」

「そこまでしなくても……」

あーあ、もう遅いわね。ハンカチに頬紅《ほおべに》が移っている。せっかく女神様たちが作ってくれたのに。

まあいいけど。宴はもう中止でしょうからね。

「……助けてくださって、ありがとうございます」

落ち着いてもわたしを放さない腕の中で、ほっと胸をなでおろした。同じように抱かれていても、まったく同じじゃない。この腕の中はどこよりも安心できる場所だ。安堵の喜びに満たされながら、わたしはシメオン様の顔を見上げた。

「あれだけ気をつけるよう言っていたのに、聞かないから怖い思いをするのですよ」

「忘れたわけではありませんでしたけど、まさかこんな真相だとは思わなかったのですもの。最初から気付いていらしたのなら、どうして教えてくださらなかったんですか」

「怪しいというだけで、証拠は何もありませんでしたからね。偽物ではなくセドリック本人が何かよからぬ企みを抱いているという可能性もあった。さっきも言ったように確認が取れたのはギリギリです。昨日連絡を受けて騎士団や警察に話を通し、急遽《きゅうきょ》捕縛計画を立てたんです。目立ちたがりのリュタンのことですから、仕掛けるのはきっと夜会の最中だろうと思ってね」

それで昨日出かけていたのね。だったら殿下もご承知の上で宴にいらしたということ？　堂々と騎士を連れてくる口実にはなるか……。でもわたしには何も言ってくれなかったのがちょっと不満だ。

「昨日はまともに話ができなかったでしょう」

「……でも、今日の朝にでも」

口をとがらせるわたしに、シメオン様もどこか拗《す》ねたように言い返した。

「言ってあなたが素直に聞いてくれるかわかりませんでしたから。セドリックには、ずいぶんと肩入れしていましたからね」

んまあ――それは、たしかに、すっかり騙されてしまったけど。リュタンの嘘八百に乗せられて、同情までしちゃいましたけど。やだ思い出したら悔しいわね！

「……意地悪ですね」

「あなたほどではありません」

「まあ、わたしのどこが？　聞き捨てなりませんわ」

「自覚がないだけでしょう。こっちがどんな気持ちだったと」

「わたしだって、シメオン様のせいでいろいろ大変な気分だったんですからね。あんなお菓子だけでごまかせると思わないでくださいよ」

「どの口がと言わせていただきますよ。そもそもあなたは――」

言い合いになるわたしたちの間に、ゴホンと大きな咳払いが割って入った。我に返って、ふたり同時に振り返る。戸口になぜかうんざりしたお顔の殿下が、腕を組んでもたれていた。

「いつまでやっている。残っているのはお前たちだけだぞ」

言われて気付けば、室内に他の人の姿はなかった。倒れていた警官たちもみんな運び出されたか息を吹き返したかで消えている。廊下からアランさんと他数名の騎士たちが、揃って妙に生ぬるい表情でこちらを覗き込んでいた。

「——失礼しました。行きましょう、マリエル」

「あ、はい」

気を取り直したシメオン様にうながされ、わたしも廊下へ向かう。外へ出たわたしに殿下が尋ねた。

「で、マリエル嬢？　好奇心で身を滅ぼしかけた猫として、今の感想は？」

これはお小言かしら。感想ですか……今の、素直な感想は……。

「……萌えました」

「——は？」

怪訝《けげん》そうなお顔になる殿下の横で、シメオン様が額を押さえる。わたしはようやく、心置きなく興奮に身をまかせることにした。

「危険だったことはわかっています。けっして遊びじゃないと承知しています。ご無事でよかったと心から思います……でも——でも！　すごく萌えました！　夢の対決実現！　息詰まる決闘！　殺気ダダ漏れの副長！　萌えです感動です生きててよかった神様ありがとう——!!」

人目を気にして抑えることなんてできない。この萌えを、興奮を、叫ばずにいられようか。今すぐ原稿用紙に叩き込みたい気分よ！　やっぱりシメオン様最高！　わたし本当に幸せです！

「……シメオン……」

「何もおっしゃらないでください。私はすでに、悟りの境地に達しています」

「……お前を心から尊敬する。見習いたいとは思わんがな」

――後日、騎士の戦う場面が迫力だったとアニエス・ヴィヴィエが称賛を受けたのは、おまけの話。

6

『怪盗リュタン、ついに逮捕される！』
『近衛《このえ》騎士団副団長、大手柄　リュタンの企《たくら》みを暴く』
『墓穴を掘ったリュタン　凝った演出が首を絞めた』
『ファン騒然　嘆く女性たち』

大衆紙から高級紙まで、すべての新聞の一面を、同じ事件が占領していた。一夜にしてサン＝テール中を駆け巡った特報は、今やラグランジュ全土へ広がろうとしている。道端や劇場の前では、連日呼び売りの少年が声を張り上げていた。

訪れた公園に、サーカスの天幕はもうなかった。警官隊が踏み込んだ時には、すでに跡形もなく消え去っていたらしい。団員たちも動物も、どこへ行ったのかわからない。鮮やかな逃げ足だった。

結局逮捕されたのは主犯のリュタンと怪力男の二人だけ。だけといっても、それこそが警察の悲願だったのだから、ドゥメルグ総監も大満足なようすだった。下っ端たちのことなんて、もうどうでもよさそうだ。

あの後、夜会は当然中止で、真相を知らされた伯爵夫妻は大変な衝撃を受けていた。お年がお年だから心配したけれど、幸い今は少しずつ落ち着きを取り戻している。でも伯爵はずいぶんと気力を失われて、もう周りに厳しく当たることがなくなった。それを喜んでいいのか不安に思うべきなのか、複雑なところだ。

今屋敷を取り仕切っているのはモニーク様だった。事件のあと、意外としっかり使用人たちをまとめて、当主夫妻の代理を担っている。舅姑《きゅうこ》に抑圧された意志主張もできない弱い嫁、というわけでもなかったらしい。

もちろん、なぜ事前に知らせなかったのかと、主に親族たちからシメオン様は責められた。でもわたしにした説明同様、簡単に決め付けられる状況ではなかったことや、リュタンを油断させ確実に捕らえるため、夜会は予定どおり開かれねばならなかったことなど、シメオン様は冷静に説明していた。警視総監や王太子殿下までが説得にあたったものだから、親族たちも黙って引き下がるしかなかった。

ちなみにパトリス様はめでたく勘当が決まった。リュタンに利用されたとはいえ、彼自身も窃盗を働こうとしていたのは事実だもの。わたしがダントン氏との約束もきちんと果たしたので、彼は父親と兄から厳しく叱責《しっせき》された上で男爵家を追い出された。風の噂《うわさ》で軍隊に入ったとか聞いたけれど、今の立場では士官になどなれないでしょうね。賭《か》け事と女遊びが大好きな遊び人の若様が、荒っぽい下級兵士たちの中に交じってやっていけるのか、ただ遠くから健闘を祈るばかりである。ああ、ウージェニーさんは若手の銀行家がご贔屓《ひいき》にしているそうだから、泣かせていないと安心してよくってよ。

舞い散る落ち葉もほとんどなくなった公園を歩きながら、わたしは屋台でアイスクリームを買った。外で食べるのは寒いけれど、これがサン＝テールの冬の名物よ。もっと寒くなったらスケートができる。シメオン様は付き合ってくださるかしら。

空いているベンチに腰かけてアイスクリームを食べた。どんな大事件が起きても、世間はおおむねいつもどおりの風景だ。若い恋人たちや元気な子供たちが前を通りすぎていく。孫とお散歩するお年寄りの姿もあった。

──あの後、ポートリエ邸に現れた本物のセドリック様は、ごくごく普通の庶民の若者に見えた。なるほど、リュタンの変装技術は素晴らしい。顔立ちや髪型などはそっくりだった。甘く端整な容姿は見慣れたもの。けれどそこに浮かぶ表情や、全身を取り巻く雰囲気はまったく異なっていた。

彼ははじめから一貫して本家に入ることを拒否していたらしい。それはわたしが聞いていた話とは少し理由が違った。

「十年前にも親父《おやじ》がはっきり断ったはずです。母さんと別れれば勘当を取り消し、俺《おれ》を跡取りとして認めてやるなんて言われて、誰《だれ》がうなずくと思ってんだ。親父は家を出た時点で身分も財産もすっぱり捨てて、戻りたいなんて思ってなかったんだ。俺も今の生活に満足している。真面目《まじめ》に働けば食うに困ることはない。子供じゃないんだし、両親が死んで一人になったからって、別に引き取ってもらわなくて結構だ。しかもその理由は家を継ぐ跡取りがほしいって、ただそれだけだろ。自分たちの勝手な都合ばかり押しつけるのはいい加減にしてください。迷惑なんですよ」

はじめて会う祖父母へ向けられる目には、冷ややかな怒りしかなかった。誰の説得にも耳を貸さず、彼は言いたいだけ言ってさっさと帰ろうとした。その足が、モニーク様の姿を見た時だけ止まった。

「あなたが、親父の兄さんの――伯父さんの、奥さんですか」

「……ええ」

うなずいたモニーク様に、セドリック様はポケットから取り出したものを差し出した。

「これは、あなたのものでしょう。お返しします」

モニーク様の目が大きく見開かれる。小さな指輪の箱にはわたしも見覚えがある。その中におさめられていたのは、やはりエメラルドの指輪だった。

リュタンが盗み出したのは、あのシィリン陶器の香炉だった。それとは別に、シモーヌ様から渡された指輪も持ったままだった。逮捕後どちらも取り戻され、他《ほか》に何一つ欠けていないと執事がすでに確認している。その後どういういきさつでセドリック様に指輪が渡ったのか――おそらく、シモーヌ様の希望によるものだろうけれど。

「どういう品なのかは聞きました。これを持つべきなのは俺じゃなく、あなただ」

「…………」

受け取ってよいのかと、モニーク様がためらっているのがわかる。苛立《いらだ》つようすもなく、セドリック様は静かに言った。

「伯父さんがあなたに贈ったんだから、今の持ち主はあなただ。誰かに譲るなり、棺桶《かんおけ》まで持っていくなり、自由に決める権利はあなたにあるはずでしょう。誰に何を言われても突っぱねればいい」

モニーク様の目から涙がこぼれた。彼女は指輪を受け取り、とても大切そうに抱きしめた。

亡き旦那《だんな》様からいただいた、思い出の宝物だったのね。それを譲らなければならないと言われて、だからあんなに暗いお顔になっていたのだわ。

「待って」

立ち去ろうとするセドリック様をモニーク様は呼び止めた。

「跡取りになれと、無理強いはしないわ。お義父様——お祖父《じい》様たちを許してとも言わない。でも、あなたたちはたしかに血のつながった肉親なのよ。それだけは拒絶しないであげて。特にお祖母《ばあ》様は、遠くにいる孫のことをずっと想《おも》っていらしたの。けっして家のためだけにあなたを迎えたがっていたわけではないのよ。それだけは、信じてちょうだい」

「…………」

セドリック様の視線がモニーク様からシモーヌ様へ向かい、無言で見つめ合う。結局何も言わないままそらされたけれど、立ち去る前に彼は言った。

「貴族ではないただの孫の俺でいいのなら、手紙くらいは書きますよ。けど仕事もあるし恋人もいるんで、こっちで暮らすことはできません。……結婚が決まったら、挨拶《あいさつ》に連れてきましょうか？　生まれも育ちも庶民の、ちっぽけなお針子ですが」

「ええ、待っているわ。わたしたちにも祝福させてちょうだい。それから——ありがとう」

軽くうなずいてセドリック様は出ていく。言葉もなく泣き崩れるシモーヌ様の背中を、モニーク様がなでていた。

——ポートリエ家の後継問題については、まだまだもめるだろう。強欲な親族たちが争うのは目に見えていて、シモーヌ様やモニーク様の心労を思うとお気の毒でしかない。でもわたしに関与できるのはここまでだ。王太子殿下も気にかけてくださっているし、なるべくいい形で決着することを心から祈って、ポートリエ家の人々とは別れた。

いろいろ思い出しながらアイスクリームを味わう。食べ終わる頃《ころ》になっても待ち人は現れなかった。どうやって暇をつぶそうかなと思っていると、こちらへ近付いてくる人影があった。男性だったので一瞬期待するも、それはわたしの待つ相手ではなかった。洒落《しゃれ》た身なりをした、でも貴族ではなさそうな、明るい表情の若者だった。

短い黒髪が、少し元気に跳ねている。よく日に焼けた肌が快活そうな印象を強めている。わたしの前に立って、にこにこしながら見下ろしてくる顔は、好感の持てる爽《さわ》やかなハンサムだった。

なにかしら。知らない人よね？　見覚えはない、と思う。

……でも、この青い瞳《ひとみ》を、どこかで見たような気も……？

「お嬢様が一人で出歩いていいのかい？　悪いやつにさらわれちゃうよ」

からかいを含んだ声も、知らないはずなのに知っている気がする。

「待ち合わせ中ですわ。すぐに婚約者が来ます」

「じゃあ、その前にさらってしまおうかな」

歌うように言われて、わたしは眉間《みけん》にしわを寄せてしまった。やっぱりこの人を知っている気がする。それもつい最近会ったばかりのような。こんな話し方をする人に、覚えがあるはずよ。

わたしが思い出すのを待っているのだろう。男性はにやにやしながら見下ろしている。シメオン様よりは年下かしら。でも立派な大人《おとな》なのに、子供のようにいたずらでやんちゃそう。

……うん？　いたずら……？

「——あなた」

「やっと思い出してくれた？」

彼はうれしそうに言って手を伸ばしてきた。わたしはあわててそれを払いのけた。

「どうして⁉　逮捕されたのに！」

「ああ、そうだねえ。あんなおっかない騎士相手じゃ、さすがに分が悪いし、包囲もされていたんじゃ仕方がない。あの場で悪あがきをしても無駄なんでおとなしく逮捕されたよ。でも最後までお付き合いするとは言っていない。僕を縛り首にしたがっている連中は山ほどいるだろうし、のんびり裁判にかけられるのを待つ気はないさ。警察とは早々にお別れしてきたよ」

——つまり、脱獄したということか。

開いた口がふさがらなかった。誰に呆《あき》れるべき？　せっかく捕らえたリュタンをあっという間に逃がしてしまった間抜けな警察か、それとも悪びれない泥棒か。

一つだけたしかなのは、シメオン様があんなに頑張ったのが、すべて無駄になってしまったということだった。

「あれ、なんかにらまれてる？　君にそんな顔をされるのはショックだなあ」

「何かわたしにご用？　せっかく逃げてきたのなら、さっさと高飛びでもなさったら」

「もう忘れちゃった？　僕は君を連れて行くって言ったはずだけどな」

リュタンは親しげに言った。

「あの時言ったことは結構本音だよ。サーカスで会った時から君のことは気に入っていた。子供みたいに無邪気な好奇心で目を輝かせていて、貴族の令嬢とは思えないくらい勇敢で行動的で、時々てんで予想外なことをしでかす。女中に扮《ふん》して使用人の中にまぎれ込んだりもしていたよね。面白かったなあ」

……わたしの行動を、すべて把握していたのか。そしてこっそり笑っていたと。ぬぬぬ。

だんだん腹が立ってきた。今思えば、ダンスの練習を頼んできたのも仕掛けの一つだったのね。それに亡き父親への思いを語ったあの場面！　よくも神妙な顔であんな嘘《うそ》八百並べ立てたわね。なんてやつよ、こっちは本気で同情して応援していたのに！

「一見地味でおとなしい、なんの面白味もない娘のようでいながら、実は突飛な思考や行動をしているとか面白すぎるだろ。わかってて二面性を使い分けてるよね。そういうのって好きだな。僕と同類の匂《にお》いがする。もうエメラルドの指輪はないけど、君が望むならルビーでもダイヤでも、なんでも手に入れてあげるよ。だからマリエル、僕と一緒においでよ」

「お忘れかしら？　わたしは宝石より花の方がいいとお答えしたはずよ。そしてそれはすでに贈ってくださる方がいるので間に合っています。そもそも盗んだものをもらって喜ぶ女性なんていなくてよ。あなたみたいな人には、たしかこう言うのよね。『おととい来やがれ』」

リュタンは声を上げて本当に楽しそうに笑った。

「やっぱり君はいいなあ。貴族にしておくのなんか、もったいないよ」

よけいなお世話よ。泥棒の情婦になる方がわたし的にもったいないわ。

「君はさ、見栄だのしがらみだのに雁字搦《がんじがら》めにされた貴族社会じゃ、思うように生きられないんじゃない？　あんな窮屈でつまらない世界、君には狭すぎるだろう」

「お気遣いいただかなくて結構よ。そんなふうには思っていませんから」

「そうかな？　みんなが君みたいにまっすぐで優しい人間ならいいけど、貴族なんてきれいなのは上っ面だけだ。裏側は犯罪者も驚くほど汚いものさ。ポートリエ家の事例を見ただけでもわかるじゃないか。もう十分に富も地位も持っているくせに、もっとたくさん持っている他人を妬《ねた》み、隙《すき》あらばかすめ取ってやろうと目を光らせている。気を許せばそんな連中にすぐ足元をすくわれる」

「…………」

わたしは立ちそこねたままリュタンの言葉を聞く。彼が本気でわたしをさらおうとしたら、逃げられるかしら。大声を出せば周りの人が警官を呼んでくれる？　でも駆けつける前に連れ去られるわね。とても危険な状況なのかもしれなかった。なのにあまり危機感を覚えない。多分リュタンに、力ずくでわたしをさらう気はないと感じているせいだった。

彼はわたしをその気にさせようと、言葉を連ねて説得していた。

「誰も彼もが他人を利用し、食い物にして、自らがのし上がるための踏み台にしている。美しい女も扇の陰では汚い悪意を吐き散らし、微笑《ほほえ》みの下に侮蔑《ぶべつ》を隠し持っている。君の婚約者だって清廉そうな顔をしているけど、相当な曲者《くせもの》だよ？　ただの優しい若様があんなにしたたかなわけがない。君に見せていない顔がたくさんあるはずだ。けっこう心当たりはあるんじゃない？　ル・コント姉妹ともよろしくやっていたしねえ。それに僕に向けてきたあの目。殺し屋みたいな目をしていた」

「…………」

「君はもっと広い世界に出た方が楽しく生きられる。君の心も、本当は解放を求めているはずだ。好奇心のままに奔放に、思う存分飛び回ればいい。どこへだって行けるし、なんだってできるよ。僕が連れて行ってあげる。見たことのない世界をたくさん見せてあげる。死ぬまで退屈させない。誰も君にあげられない楽しい人生を、僕ならあげられる。一緒においで、マリエル。後悔なんてする暇も与えないから」

大きな手が目の前に差し出される。わたしはそれをじっと見つめ――微笑んだ。

「曲者上等、それがなにか？」

返した言葉に、リュタンが目をまたたく。わたしは握り拳《こぶし》で熱く叫んだ。

「それでこそシメオン様よ！　したたかで油断のならない鬼畜腹黒参謀、大好物ですごちそうさま！人生大満足よ！」

「……え？」

わたしはすっくと立ち上がった。リュタンは思わずといったようすで手を戻した。

「そう！　貴族社会は美と醜の裏表！　ロマンスの裏に陰謀あり！　くり広げられる数々の人間模様、欲望と愛情、成功と破滅。さまざまな生きざまが演じられる最高の舞台よ！　わたしはそれを特等席から眺めるのが生き甲斐《がい》なの。そしてわき上がる萌《も》えを作品に叩《たた》き込み昇華することこそ我が人生！泥棒と冒険している暇なんてないのよ、すぐそばで今日《きょう》も誰かの人生劇が演じられているのだから！」

「…………」

作った笑顔も、いたずらな笑顔も、すべてが抜け落ちて、ただポカンとリュタンはわたしを見ている。おもいきり萌えを叫んだわたしは満足して、ふたたび彼に微笑んだ。

「と、いうわけで、あなたのご提案はお断りいたします」

「…………は、ははっ」

リュタンの顔が崩れる。彼はお腹《なか》を抱え、こらえきれないといったようすで爆笑した。

「あはははははっ！　なんだよそれ……ははは、本当に面白い子だなあ。だめだ、もっと君が大好きになっちゃったよ。とてもあきらめられない」

「そう言われても。お帰りはあちらとしか申せません」

「まあ、時間切れのようだし、今日のところは引き下がるよ。でもマリエル、世界は君が思うより広く驚きに満ちている。教えてあげるよ。きっとそのうち、僕の手を取る気になるさ」

リュタンがちらりと横へ視線を向ける。つられて見れば、こちらへ走ってくる姿があった。

「じゃあ、またね」

あの夜と同じ言葉をかけられ、そして同じように頬《ほお》に口づけして、リュタンはさっさと逃げ出した。見事な駿足であっという間に遠ざかるのを、わたしは呆れて見送った。

「マリエル！」

制服姿のまま息を切らせてシメオン様がわたしのそばへやってくる。その頃には、もうリュタンは視界から姿を消していた。

「あのコソ泥が……っ」

珍しく憤りをあらわにして、シメオン様が歯がみする。服の袖《そで》でわたしの頬をごしごしこすりながらたしかめた。

「何かされませんでしたか？　奴《やつ》は何を言っていたんです」

「大丈夫です。あの夜と同じ、ふざけたことを言っていただけですわ」

わたしもハンカチを取り出す。秀麗な額に汗が浮かんでいた。

わたしのために、必死に駆けつけてくださったのよね。その優しさと誠実さを疑う気なんて毛頭起きないわ。

「ちゃんとお断りしましたから。わたしはここで、シメオン様を見ているのが何より楽しいのですもの」

汗を拭《ふ》くわたしを、シメオン様は複雑そうに見下ろしている。呼吸が落ち着いてきて最後に大きく息を吐き出すと、彼は表情をあらためた。

「今後はあまり不用心に出歩かない方がいいですね。外へ出る時にはかならず供をつけなさい」

「うーん、大丈夫だと思いますけどねえ」

「何を根拠に。現に今さらわれそうになっていたではありませんか」

「強引な真似《まね》をする気はなさそうでしたよ。それに、わたしはちゃんと時間を見計らってきました。すぐシメオン様と落ち合えると思っていましたの」

ぐっと一瞬詰まって、シメオン様は不本意そうに答えた。

「出る直前に警視庁から連絡を受けまして。遅れたことは、謝ります」

「せっかくの作戦がだいなしでしたねえ。警察ってばどうしてくれましょう」

「殿下が絞ってくださっていますよ。世間から非難を受けるのは彼らですから、こちらの知ったことではありません。……リュタンが脱走したと報じられたら、快哉《かいさい》を叫ぶ連中も少なくないんでしょうね」

「庶民にとっては娯楽と一緒ですからね」

呆れた顔でシメオン様は首を振る。わたしはくすくすと笑った。

並んで歩けば、自然なしぐさで腕を差し出してくれる。彼と寄り添い、池の周りの散歩道を歩いた。

水面《みなも》にはたくさんの鳥がいた。氷が張る頃になると、彼らは南へ飛んでいく。どうせなら年中暖かいところにいればいいのにと思うけれど、そうはいかない鳥の事情があるのでしょうね。

「……話をしようと、約束していましたね」

しばらく黙って鳥を眺めながら、ふたり同じことを考えていたらしい。シメオン様が先に言ってきた。

「あなたにはいろいろ言わずに隠していましたから、さぞ不満が溜《た》まっているでしょう。なんでも言ってくださってかまいませんよ。お聞きします」

見上げれば彼もわたしを見下ろしている。澄んだ水色をしばらく見つめ、わたしは口を開いた。

「いざとなると何からお聞きすればいいのか……そうですね、まずは夜会の前日、ル・コント姉妹とお茶をご一緒なさっていた理由をお聞きしても？」

その質問がいちばんに来るとは思っていなかったのか、やや意外そうな顔をして、シメオン様は答えた。

「セドリック――リュタンが、あの屋敷で何をしていたのかを聞き出しました。奴がやってきた時のことから知っていて、関心を持っていたあの姉妹なら、リュタンの行動をよく見ていただろうと思ったのです。つまりは、裏付け捜査ですね。姉妹は自分の見たものが何だったのか、まったく気付いていませんでしたが、奴の正体と目的を知った上で聞けば、一見さりげなく見える行動にも意味があることがわかります。こちらの推測を確信に変える証言をしてくれました」

――やっぱり、そんなところですか。

言い訳のごまかしだなんて思わなかった。後ろめたさなど微塵《みじん》もない、淡々とした説明だ。本当にそれが理由だったのだと、素直に信じられた。

「女性をおだてて調子に乗せて、世間話にまぎれて情報を集めるだなんて、意外と器用でいらっしゃいますのね」

嫌味を言うつもりはないけれど、ちょっと予想外だったのでわたしはそう言う。シメオン様は困ったように視線をそらした。

「必要ならば、そういう手も使います。あまり誉められた真似ではないと承知していますが」

「責めているわけではありません。ただ、見た時はちょっと驚いてしまいましたから」

「……どこを、見たんです」

「多分、いちばん見てはいけなかった場面を」

「…………」

わたしが何を指しているのかわかったのだろう。シメオン様は頭を抱えそうな表情になってしまった。

「……申し訳ありません」

それでも言い訳はしない。姉妹に調子を合わせて口を軽くさせるためだったと、ちゃんとした理由があるのに、そう言って逃げることをしない。潔く非難を受けようという態度に、わたしは何を言いたかったのかほとんど忘れてしまった。

「冷静になれば、なにか理由があるのだろうとわかったので、大丈夫ですよ。ただ……それとは別の話になるんですが、ちょうどいい機会だから確認します。シメオン様は、このままわたしとの婚約を継続なさるおつもりですか？　やむを得ない事情ではなく、ご自身の意志でそうお考えでしょうか」

「もちろんです」

一瞬の間も置かず答が返り、また視線がこちらを向く。彼が本気でそう思っていると、信じさせる態度だった。

「でも、もともとはうちのお父様から無理強いされたのではないのですか？　弱みを握られて脅されて、しかたなく婚約されたのでは」

「またその話ですか。どこからそんな発想が出るのか知りませんが、エミール卿は脅迫などされていませんよ。彼が私相手にできるとでも？」

「シメオン様の秘めた想いに気付いて、それを盾に迫ったのでは？」

「え……」

あ、今の顔はちょっと動揺していたわ。図星だったということよね。

「いや、何を」

わたしは一度息をついて、おかしな態度にならないよう自分の気持ちを落ち着けた。冷静にお話ししよう。彼が冷静に聞けるように。

「わたし、気付いてしまったんです。シメオン様が本当は誰を愛していらっしゃるのか」

「……は？」

「できることならその方と結婚なさりたいでしょう。お察しいたします。でもかなしいことに、同性婚は認められていませんものね。恋愛段階でも社会の目は厳しく、なかなか理解を得られるものではありませんし」

「……はい？」

「まして相手が一国の王子――王太子となれば、大変な醜聞です。絶対に許されない、抹殺ものの話です。死んでも隠し通さねばならない想いだったでしょう」

「…………」

「それに、言いにくいのですが、お見かけしたところ殿下の方は、その……同性より異性の方がお好きなごようすで。シメオン様の片想い……なのですよね？」

ちらりと見上げると、シメオン様のお顔が真《ま》っ青《さお》になっていた。ああ、暴かれたくなかった真実を突きつけられて、動揺しているのがわかる。でもどうか、最後まで落ち着いて聞いて。

「安心してください！　わたしはけっして誰にも漏らしません！　親友のジュリエンヌにだって言わないし、もちろん作品のネタになんかしません！　死ぬまで秘匿するとお約束します。シメオン様にお話ししたのは、わたしに隠す必要はないと申し上げたかったからで」

「……マリエル」

「わたし、シメオン様を応援します！　シメオン様が想いを秘めたまま、殿下のもっとも近くにいられるように、できることはなんでも協力します！　偽りの婚約がおいやならすぐにも解消しますし、逆に偽装が必要なら結婚しましょう。なんでもおっしゃってください、わたしはあなたのいちばんの理解者になりますから！」

シメオン様は口を半端に開きかけたまま、言葉を失い固まっていた。広い肩が大きく上下する。動揺していたお顔はやがてどんどん険しくなっていき、おそろしい凄味《すごみ》を漂わせ始めた。こ、怖いんですけど。まさか口封じとか考えませんよね？　わたしは協力するって言っているじゃないですか。

「……あなたは、それでいいと言うのですか」

地獄の底から響いてくるような低い声で、シメオン様が尋ねた。わたしは懸命にうなずく。

「はい。誓って嘘偽りは口にしていません」

「婚約を解消しようが、偽装結婚しようが、ですか……」

きつく握りしめられた拳が震えている。わたし、なにかいけないことを言ってしまったかしら。精一杯誠意を示したつもりなのに。

「あなたにとって、私はその程度の相手なのですか……どうなろうと構わない程度の」

「え？」

怒りに満ちた声に、わたしは目をまたたいた。なに、それ？　わたしがシメオン様をどうでもいいと思って言ったとおっしゃるの？

「私との婚約を解消してもなんら不都合はない、未練もないと、そう言うのですか」

「そんなこと言ってないじゃないですか！」

「違うと言うならなんなのです⁉」

激しいまなざしに怯《ひる》みそうになる。でもここで逃げたら取り返しがつかなくなる。きっとそうなる。

わたしはぐっと奥歯をかみしめ、お腹に力を入れ直して答えた。

「どうでもいい人に偽装結婚なんてもちかけるわけないでしょう？　なんでそんな相手のために自分の人生を捧げなきゃいけないんですか。政略結婚だからって人生あきらめてるつもりはありません」

「……っ、だったら、なぜ！」

「あなたが好きだからです！」

勢いのまま思いきって言ってしまえば、シメオン様の顔から激情が一瞬で抜け落ちた。虚を衝かれた顔で彼は言葉を失う。その隙にわたしは一気にたたみかけた。

「好きな人のためでなければ、人生まで捧げられるわけないでしょう！　シメオン様が殿下のために命を懸けられるように、わたしはシメオン様のために自分のすべてを懸けます。全力で応援して、少しでもシメオン様が幸せでいられるようにお手伝いをしたいんです！」

息継ぎもなしに言い切って、わたしはぜいぜいと肩を揺らした。さあ、隠さずすべてを言ったわよ。これでもまだわからないなんて言わないでしょうね。

呼吸を整えて顔を上げる。そこでわたしは驚いてしまった。シメオン様の白いお顔が、さっきまでは青ざめていたお顔が、今はなんとも見事に真っ赤《まか》になっていた。口元を押さえ、目は泳いでいる。これはこれで予想外の反応で、わたしは何を言おうとしていたのか全部頭からすっ飛んでしまった。

「……あの、大丈夫ですか？」

近付いて覗《のぞ》き込めば、彼の肩が跳ねる。

「……っ、あ……その」

あれ、さらに赤くなったわ。耳もうなじも真っ赤っか。本気で大丈夫かしら。まさか頭の血管がぷちっといったとか言わないわよね？

「そ、それは……本当に？」

「はい？」

「ですから、私を……すす、好きだと」

「ああ、はい、本当です」

わざわざ確認されるのは恥ずかしい話なのだけれど、シメオン様があまりにうろたえているものだから、わたしは逆に落ち着いて軽く答えてしまった。

「ど、どういう意味でですか。また萌えとかそういう話ですか」

「もちろん、萌えを抜きにしてシメオン様は語れませんけど、それだけではありません。結婚して妻として添い遂げたいと、そう思う『好き』です。もっとも、シメオン様がそれをお望みでないのならすぐにでも身を引きます。好きな方にいやな思いはさせたくありませんから」

「望みます！　望むから引かないでむしろ飛び出してください！　いやだなどと死んでも言いませんー！」

「……そうですか」

ものすごい勢いで言われたので、ちょっと引いてしまったわ。

「でも、シメオン様はそれでいいのですか？　愛してもいない相手と、しかも女と結婚するなんて」

「結婚は普通女性とするものでしょう！　そもそも最初から間違っています！　私に男色の趣味はありません！　殿下に対しては臣下としての忠誠と友人としての好意以外、いっさいありません！」

「……そうなのですか？」

――あれ？　そうなの？　わたしの勘違いだった？

青くなったり赤くなったり、動揺しっぱなしのシメオン様は本心を言っているのかどうなのか、よくわからない。でもこのようすは、嘘には見えない気がする……かも。

「そうですよ！　なんでそんなとんでもない誤解をしたんです⁉　いえ、どうせまた何かの物語になぞらえたんでしょうけど、現実との区別は付けてください！　私に対しても殿下に対しても失礼でしょう！」

「物語じゃありません。だってシメオン様、トゥラントゥールの女神様たちに誘われても、全然相手にしなかったって。あの三人にまったく心を動かされないなんて普通の男じゃないでしょう？」

「なんですかその理屈は⁉」

「勝気と思わせて絶妙なところで可愛《かわい》さや頼りなげな顔を見せては男心をぐらぐら揺さぶるイザベルさん、お人形のように可愛く無邪気と思わせながらしたたかな顔も持つ小悪魔クロエさん、知性と大人の落ち着きでしっとり穏やかなくつろぎを与えてくださるオルガさん。この三人が揃《そろ》っていればどんな好みにも対応できそうじゃないですか！」

「あなたの方こそ同性愛者に見えますよ！　私より彼女たちの方が好きなんじゃないですか⁉」

「『好き』の種類が違います！　だったらシメオン様の好みはどんな人だと言うんですか⁉　これより魅力的な人がいるとでも⁉」

「ああどうせ私は悪趣味ですよわかっていますよ！　年がら年中奇天烈《きてれつ》なことを妄想しては保護色をまとって風景の中にまぎれて、人生を楽しむことしか考えていないモエモエ鳴く虫が好きだなんてね！」

「虫がお好きなんですか⁉」

「あなただ‼」

絶叫と言ってもいいシメオン様の大声に、驚いた鳥が一斉に飛び立った。それを見た子供がはしゃいでいる。遠くに甲高い声を聞きながら、わたしはポカンと目の前の人を見ていた。

「…………え？」

さっきのわたしのようにぜいぜい息をつきながら、シメオン様はがっくりと脱力した。そのまま、魂まで吐き出してしまうのではないかという深く長い息を吐く。

「……私が愛しているのは、あなたですよマリエル。結婚したいのはあなたです。我ながら理解できない趣味ですが、他の誰であっても幸せになれるとは思えない。私は、あなたとの人生を望みます」

──言葉の意味はわかる。でもわからない。なぜそうなるの？　え、どういうこと？

「……どうして」

最後にもう一度息を吐きながら、シメオン様は姿勢を直した。

「あなたは縁談が持ち上がってからはじめて顔合わせをしたと思っているでしょうが、私はもう何年も前からあなたを知っていましたよ。社交界に出てきた直後からね。ずっとあなたを見てきたんです」

「え……」

「おかしな娘がいると。どうやら小説を書くために周りの人々を観察し、噂話を聞き集めているらしいと、面白く思いながら見ていました。それが、いつの間にか恋情になっていたことに気付いたのは、婚約した後でしたけどね。無自覚なまま、エミール卿の話に名乗りを上げていたんです。鈍いと殿下にはさんざん呆れられましたよ」

「…………」

え、え、ええええ!?　何それ嘘ぉ!?　そんな真相だったの!?

……それは、つまり、物語的に超王道な、「実は見初められていました」展開？

……嘘。

「……人生、本当に驚きに満ちていますね」

「人が懸命に告白したのに、言うのがそれですか」

「驚きましたから」

うらめしげなシメオン様には申し訳ないけれど、そうとしか言えなかった。

なんという驚き。見なさいリュタン、冒険なんか必要ないじゃない。すぐそばに天地がひっくり返りそうな驚きがあったわよ。人生少しも退屈しないわ。

「まあ、つまりはそういうことですから」

シメオン様は咳払《せきばら》いをして話を戻した。

「婚約を解消する必要はいっさいまったくありません。解消したいと言われても抵抗します」

「わたしたち、結局両想いだったんですね」

「……そうなりますね」

しばし無言で見つめ合う。やがてこみ上げてきたものを、わたしはこらえきれなかった。

「……ぷっ、あはははっ」

「笑うところですか？」

「だって……ふふ、ふふふっ」

なにそれ、おかしい、馬鹿《ばか》みたい。これまでのことを考えると、本当に何やっていたのかしらと笑うしかない。わたしもシメオン様も馬鹿だわまったく。

「私に責任を持ってこないでください。全部あなたの奇天烈な発想のせいでしょう」

「いいえ、シメオン様も悪いです。ご自分がどんな方なのか、もっとちゃんと自覚なさってくださいな。そしてこのわたしがどういう女かも。物語のようなロマンスが生まれるなんて、誰も想像しないじゃないですか。こんな取り合わせ読んだことがありませんよ」

「事実は小説より奇なりと言いますよ。蓼《たで》食う虫も好き好き、とも言いますね」

「この場合虫はシメオン様の方ですね」

「……例えです」

むっと言い返すお顔にまた笑ってしまう。結局シメオン様だっておかしいってことを認めているじゃないですか。堂々と胸を張って言える話じゃないでしょうに。

「いつまで笑っているんですか」

不機嫌そうにされても笑いがおさまらない。

「いい加減にしなさい」

「だって、シメオン様が可愛らしいから」

わたしを好きと言ってくださる人。きれいなお顔で優雅に微笑み王子様の夢を見せ、時には厳しく周りを鍛えて鬼と呼ばれ、悪人にはさらにあくどく罠《わな》をしかける。素敵で、強くて、怖い人。なのにわたしの言葉に赤くなったり青くなったり、取り乱して絶叫したり。そんな姿も見せてくださる。それがおかしくて、可愛くて、いとしくてたまらない。自分は幸せなのだと、実感できたことがうれしくてたまらない。そう、今わたしは世界の誰より幸せだわ！　こんな喜びは物語の中にだって見つからない。

どうしようもない衝動にただ笑っていると、シメオン様が眼鏡《めがね》に手をかけた。さっと取り払い、胸ポケットに収めてしまう。はじめて見た眼鏡なしのお顔に、わたしは笑うのを忘れて見とれた。素敵ね。眼鏡があった方が萌えるけど、そのままのお顔はただただ素敵とときめくわ。

と、のんびり眺めていられたのも束《つか》の間だった。シメオン様の手がわたしに伸びて、眼鏡を取り上げてしまった。なんでわたしまで？　せっかくの素敵なお顔、ぼやけることなくしっかり見たいのに。

しっかり——見えるわね。

抱き寄せられ至近距離に近付けば、眼鏡がなくてもはっきり見える。シメオン様が長身をかがめてさらに顔を寄せてくるから、なんの問題もなかった。でも別の問題があるような……？

シメオン様の髪が頬に触れる。唇に吐息を感じたと思った時には、すでにわたしの吐息と混じり合っていた。

——それは、物語の中では幾度となく読んで、自分でも想像して書いてきた場面。胸の高鳴る甘い瞬間が、突然自分の現実に飛び込んできた。

たのもしい腕が強くわたしを抱きしめる。気付けばわたしも腕を伸ばして、彼の身体《からだ》を抱いていた。広い背中はうんと手を伸ばしても抱ききれない。大きな身体がいとおしい。身体の奥からこみ上げる想いがあたたかくてたまらない。

「…………」

そっと離れていくぬくもりに少しだけさみしさを覚えたけれど、離れたことでまた彼の顔がはっきり見えて幸せだった。わたしは大きく微笑む。シメオン様はふんと鼻を鳴らしたあと、いつものように微笑んでくれた。優しい、きれいな笑顔が大好き。真面目で誠実なところが大好き。でも必要なら

したたかにもなれる曲者っぷりも大好き。たまにおかしな行動を取るところも大好き。シメオン様のすべてが大好きよ。

「これで、決闘の場面だけでなく、口づけの場面も臨場感たっぷりに書けそうです」

「あなたは結局それですね。私は生涯ネタですか」

「そうですよ。いちばんそばで、ずっと見つめていたい人ですから。この席は他の誰にも渡しません」

「……とうに売り切れですから、他の誰も入れませんよ」

互いにくすくす笑いながらもう一度軽く唇を合わせる。水辺に鳥たちがまた戻ってきた。子供の投げる餌《えさ》に集まっていく。穏やかな風景を眺めながら、ふたたびわたしたちは歩き出した。

こうしてずっと共に歩いていくのね。氷が張っても、雪解けが訪れても、日射しが強くなっても、また落ち葉が舞い散っても。

くり返し、ふたりで季節の移り変わりを眺めていきましょう。何度もなんども、けして終わらない物語をともに作りましょう。

世界でいちばん萌える人。世界でいちばんいとしい人。

わたしはいつまでも、あなたをいちばんそばで見つめ続けますからね。

あとがき

はじめましての方も毎度おなじみの方もこんにちは、桃春花でございます。漢字で書くと中国の人みたいな名前ですが、「トウトゥエンホァ」ではなく「ももはるか」と読みます。よろしくお願いいたします。

薄い本も薄くない本もたくさん作ってきましたが、今回はバーコードがついた本です。これはびっくり、自分史上トップ10に入る事件です。どうりで宝くじが当たらないわけですね。なけなしの運がつぎ込まれた模様。

ベタベタの王道ラブロマンスが書きたい、という脈絡のない思いつきから、ノリと勢いにまかせて書いた話が、よもやここまで来られるとは。本当にうれしく、ありがたいできごとでした。機会をくださった一迅社様、丁寧なご指摘をくださった担当編集様、もったいないほど素敵なイラストを描いてくださったまろ様、そして読者の皆様に、心からのお礼を申し上げます。

加えて、蛇足ながら少しだけ物語の背景を。

本作の舞台は、イメージ的に19世紀頃、近代ヨーロッパをモデルにしています。シメオンたちは職業軍人で、騎士というのは伝統的に残された名称です。

となると、世の中産業革命で機械化の波が押し寄せているべきなのですが、私は機械には萌えられない質でして……ガンアクションやカーチェイスは好みではないのです。生身のぶつかり合い、剣と剣の戦い、そこにロマンを感じます。

さりとて時代を中世にすると、舞台に華やかさが足りません。銃のない時代といったら、ひらひらフリルのドレスなんてないし、眼鏡男子も存在しないし、ついでにトイレもない。ないないづくしです。

そんなわけで近代なのに銃は出てこないという、妙な世界になりました。車や蒸気機関車も走りません。しかし印刷・出版技術はあるという。我ながらいい加減ですね。申し訳ありません。

あくまでも架空の歴史、国ということで、お見逃しくださいませ。

それからもう一つ、大切なことを。私はＢＬはたしなみません。ＮＬ専です。これ本当。ネタ以上のものは出てきませんので、期待も心配もなさいませんように。

お約束要素をたくさん詰め込んで、とことん自分の好みにひた走った話ではありますが、願わくば読者様にも楽しんでいただけますように。この本のどこかでクスッと笑っていただけたなら、書き手冥利に尽きるというものです。

最後にもう一度、この物語に関わったすべての皆様、ありがとうございました。

マリエル・クララックの婚約《こんやく》

2017年3月5日　初版発行
2019年4月8日　第3刷発行

初出……「マリエル・クララックの婚約」
小説投稿サイト「小説家になろう」で掲載

著者　桃 春花

イラスト　まろ

発行者　野内雅宏

発行所　株式会社一迅社
〒160-0022 東京都新宿区新宿3-1-13 京王新宿追分ビル5F
電話　03-5312-7432（編集）
電話　03-5312-6150（販売）
発売元：株式会社講談社（講談社・一迅社）

印刷所・製本　大日本印刷株式会社
ＤＴＰ　株式会社三協美術

装幀　AFTERGLOW

ISBN978-4-7580-4925-2

Printed in JAPAN

おたよりの宛て先
〒160-0022 東京都新宿区新宿 3-1-13 京王新宿追分ビル5F
株式会社一迅社　ノベル編集部
桃《もも》 春花《はるか》 先生・まろ 先生